세상
사는 법

'환자에 대한 애정'은
환자를 의사의 친구로 만들어 주고,
의사와 삶을 공유하게 만든다.

세상
사는 법

박창업 지음

바른북스

환자를 대하는 의사의 최고의 처방은
'환자에 대한 애정'이다.

우간다에서 오 개월을 살면서 가장 불편한 것은 저녁에 밖에 나가지 못하는 것이다.

아침 최저기온은 20도 정도, 한낮의 최고기온은 30도 정도이니 활동하기에는 정말 좋은 날씨다. 하루에 한 번 정도 비가 오지만 30~40분 정도 소나기가 오고 나서, 선선한 바람을 동반한 햇살이 비춰주니 습하지 않아서 참 좋다.

누구나 총을 소지할 수가 있는 나라여서 치안이 불안하고, 특히 외국인은 범죄자들의 표적이 되기 때문에 어두워지면 혼자서는 거리를 다닐 수가 없어서 저녁 7시 이후에는 집에서 지내야 한다. 한국에서는 밤 문화를 즐기는 것이 일상이었는데, TV도 없이 방에서만 지내야 하니 혼자서 즐기는 것에 익숙해야 했다.

나는 오래전부터 혼자 살면서 즐겁게 살 수 있는 것을 나름대로 훈련해 왔다. 클라리넷을 연주하고, 노래를 부르고, 글을 쓰고, 책을 읽고...

저녁을 먹고 나면 설거지를 하고 나서 매일 위에 적은 순서대로 시간을 보냈다.

맨 처음 쓴 글이 〈키가 작아서〉였다.

기억에 남는 사람들의 삶을 정리하여 쓰기로 마음을 먹고 책상에 앉아서 돌이켜 보니 나의 삶도 문제투성이고, 나도 단점이 많은 사람이었음을 느꼈다. 단점이 없는 사람이 없겠지만, 나는 특히 허점이 많은 사람이었다.

나는 뛰면서 생각하는 스타일이고, 마음은 약해서 남의 부탁을 잘 거절하지 못해서 여러 번 손해를 보았다. 덜렁대는 성격 때문에 중학교 입학시험에서 실패를 하기도 했다. 그랬는데도 덜렁거리는 성격은 아직까지 고쳐지지 않았다.

'딤플 라이프'라는 말이 있다.

〈카가 작아서〉를 쓰면서 머리를 맴돌던 단어였다. 그리고 그것 하나를 쓰고 나자 실타래가 풀리듯이 기억의 창고 속에서 줄줄이 소재가 튀어나왔다.

환자들과의 대화 속에서 얻었던 아름다운 이야기들, 질병에 관련된 가슴 아팠던 사연들, 그리고 어느 날 아침에 번개 치듯이 머리를 스친 영감들을 모아서 짧은 소설들로 정리를 해보았다.

고교 시절에 문예반을 지도하셨던 국어 선생님께서 말씀하셨다.

"소설은 일단 재미가 있어야 돼. 그래야 끝까지 읽지. 그런데 끝까지 읽고도 독자의 가슴에 남는 것이 없으면 안 되지. 꼭 교훈을 담아야 돼!"

스승님께 이 글들을 미리 읽어보시도록 해드리고 싶었는데, 스승님의 건강이 여의찮아서 그것이 이루어지지 않은 것이 안타깝다.

오 년 전에 《나는 병신년생》을 출간했을 때, 바른북스의 편집장님이 후편을 쓰실 것 같은데 언제 쓰실 거냐고 물었었다.

《나는 병신년생》은 대학 시절까지의 이야기였다. 이번 《세상 사는 법》은 대부분이 의사가 되고 난 후의 경험과 소재를 토대로 글을 썼다.

글 중의 질환을 실감 나게 기록하다 보니 전문용어가 많이 사용된 것에 송구한 마음이다. 살면서 혹시라도 도움이 될까 하여 자세히 적었음을 양해해 주시기 바란다.

내가 의사라서 그런지 글의 내용에서 의사를 너무 미화하지 않았나 생각이 되기도 한다.

다만 35년간 개원의로서 살면서 내가 확실히 얻은 것은 '칭찬과 긍정'의 힘이다.

그리고 최고의 처방은 '환자에 대한 애정'이다. 그러다 보니 글도 그런 분위기로 흐른 것 같다.

'칭찬'은 약보다 더 탁월한 치료 효과를 나타낸다.
'긍정'은 약의 효과를 배가시킨다.
'환자에 대한 애정'은 환자를 의사의 친구로 만들어 주고, 의사와 삶을 공유하게 만든다.

나의 삶을 풍요롭게 해준 기억할 수도 없는 나의 이웃들과 환자들, 그리고 스승님께 감사를 드린다.

적도 밑에서
박창업

차례

서문

후기

키가 작아서

1

영미는 둘째 보람이가 학교에 갔다 와서 계속 방에만 있는 것이 마음에 걸렸다. 오늘이 2학년 첫째 날인 것이다. 거실 탁자를 닦고 나서 둘째의 방문을 두드렸다.

"보람아, 뭐 해? 나와서 딸기 먹자."

영미가 딸기를 탁자로 가져올 때 보람이가 문을 열고 나왔다. 이제는 삼월이면 딸기가 끝물이란다. 참, 세상이 달라져도 너무도 달라졌다. 보람이는 발을 신경질적으로 내디디며 걸어와서 소파에 앉았다. 평소에 진중한 아이가 오늘따라 이상했다.

"보람아, 왜 그래. 무슨 일 있었어?"

보람이는 딸기를 하나 먹더니 천장을 쳐다보았다. 그러더니 엄지를 세우며 소리쳤다.

"엄마, 올해도 1번이야. 1번!"

영미는 큰 소리에 놀랐고, 1번이라는 말에는 웃음이 나왔다.

"아니, 1번이 어때서? 1번, 좋잖아."

영미는 곁에 앉아서 딸기를 들었다. 보람이가 엄마를 잔뜩 노려보더니 입을 씰룩거렸다.

"유치원에서도 1번, 1학년 때도 1번... 아, 신경질 나."

"왜? 1번이 어때서 그래."

영미는 보람이의 속을 알면서도 내숭을 떨었다. 보람이는 딸기를 하나 더 집으며 엄마를 찬찬히 보았다.

"엄마, 알잖아? 번호가 키순이라는 것! 그러니까 올해도 내가 제일 짧다는 거야!"

오늘 아침에 식사시간에 보람이가 제발 올해는 키순으로 번호를 정하는 반이 아니기를 간절히 기도했었다. 그런데 이번에도 번호를 키순으로 정했나 보다. 영미는 작은 딸기를 하나 골라서 먹으며 보람이를 보았다.

"엄마는 작은 딸기가 더 맛있는데..."

"엄마, 내가 딸기야? 그리고 딸기도 좀 커야지 먹을만하지."

보람이는 제일 큰 것을 골라서 먹었다.

사실 식구들은 모두 큰 편인데 보람이만 유난히 작았다. 날 때는 정상이었고 영유아기 때도 작은 줄을 몰랐는데 어린이집을 다니면서 보니까 보람이가 작은 편이었다. 그런데 나이가 들수록 다른 아이들과 차이가 났다. 그래도 영특해서 다른 것은 남들보다 뛰어났다. 언어 습득, 숫자 놀이, 공간 지각 등이 모두 뛰어났는데 키가 작은 것이 본인도 신경이 쓰일 정도였다.

"선생님께 다른 방법으로 번호를 정해달라고 해볼 걸 그랬나?"

영미는 보람이를 달래려고 안 되는 일이지만 슬쩍 떠보았다. 보람이는 딸기를 또 하나 먹으며 눈을 흘겼다.

"이제는 틀렸어요. 이미 다 정했는데 미리 말했어야지..."

영미는 보람이를 바라보며 손을 비볐다.

"아니 너라도 미리 말씀드려 보지 그랬어?"

"엄마, 첫날부터 건방을 떨면 찍혀요. 찍혀!"

보람이는 소파에 벌렁 드러누웠다. 영미는 딸의 이마를 만져주며 미소를 지었다.

"올해 많이 크면 되지. 내년에는 꼭 5번쯤 되거라. 보람이 화이팅!"

3학년, 첫날. 보람이가 시무룩해져서 집에 돌아왔다. 문을 열어준 영미는 가슴이 덜컹했다. 오늘 아침에도 함께 손잡고 1번이 안 되기를 기도했는데...

'또 1번이구나.'

영미는 보람이의 눈치를 살폈다. 보람이가 가방을 멘 채로 소파에 앉았다. 영미는 일부러 웃으면서 보람이에게 말을 걸었다.

"반 분위기가 어땠어?"

보람이는 소파에 길게 드러누우면서 가락을 넣어서 자조 섞인 노래를 불렀다.

"이번에도 1번입니다. 이래도 1번, 저래도 1번이래요."

영미는 재미있다는 표정으로 다가가서 물었다.

"정말 또 1번이야?"

보람이는 벌떡 일어나더니 수다스럽게 설명을 했다.

"엄마, 선생님이 키순이 아니고 성적순으로 번호를 매기셨어. 그래서 좋아했는데, 그래도 또 1번이야. 1번!"

보람이는 다시 벌렁 누웠다. 영미는 손뼉을 치면서 보람이 옆에 앉았다.

"아이고, 이번에는 자랑스러운 1번이네, 그런 1번은 무조건 해야지."

"아니, 엄마 나는 그냥 1번이 싫어, 그놈의 1번이 싫어, 무조건 싫어!"

보람이는 일어나서 가방을 질질 끌고 제 방으로 들어갔다. 영미는 그런 딸을 보면서 생각했다.

'그래도 작년보다는 좀 큰 것 같은데...'

사실 키순으로 해도, 이름의 한글순으로 해도, '강보람'이니 1번이었다. 거기다 공부를 잘하니 성적순으로 해도 1번이었다.

2

"여보, 보람이 키가 좀 클 수 있는 방법이 없을까?"

영미는 거실에 앉아서 뉴스를 보는 남편에게 걱정스러운 얼굴로 물었다. 남편은 티브이에서 눈을 떼지 않고 건성으로 대답했다.

"아니, 보람이 키가 어때서. 귀엽기만 하고 좋은데..."

영미는 곁에 앉아서 리모컨을 들어 티브이를 껐다. 남편이 눈을 크게 뜨면서 영미를 보았다.

"여보, 보람이가 키 때문에 스트레스가 많아요. 한번 소아과에 가 볼까?"

남편은 냉큼 리모컨을 다시 빼앗더니 목소리를 높였다.

"때가 되면 다 크게 되어 있어요. 아람이 옷이나 버리지 말고 잘 놔 둬요. 나중에 보람이가 다 입을 거니까."

영미는 눈을 옆으로 찢으면서 남편을 노려보았다. 이 화상은 보람이의 고민에는 관심도 없이 천하태평이다. 그리고 아람이가 남자인데 아람이가 입던 옷을 보람이에게?

그때 아람이가 방문을 열고 나왔다. 녀석은 두 살 터울인데도 보람이보다 머리 하나가 더 있었다. 성큼성큼 걸어 냉장고로 가더니 아이스바를 꺼내서 들었다.

"아람아, 아빠도 하나 다오. 너 오늘 축구했냐?"

아람이가 아이스바를 하나 더 들고 와서 남편에게 한 손으로 주었다.

"아뇨, 요즘은 야구해요."

영미는 아빠에게 한 손으로 아이스바를 주는 아들을 나무랐다.

"아람아, 아빠에게 두 손으로 드리랬지, 두 손으로!"

아람이는 얼른 제 손의 아이스바를 입에 물고 두 손으로 아이스바를 남편에게 주었다. 남편은 흐뭇한 얼굴로 아들을 보며 아이스바를 받았다. 영미는 아들만 챙기는 남편이 이해가 안 되었다. 배울 만큼 배운 종합상사 과장이 아직도 아들, 아들 하니 말이다.

"보람이가 약간 조숙한가 봐요. 모든 검사가 정상인데…"

의사 선생님은 고개를 갸웃거렸다. 영미가 보람이의 키가 걱정되어서 종합병원에서 검사를 해본 것이다. 선생님은 조숙하면 성장판이 좀 일찍 닫혀서 키가 안 자란다고 하셨다. 집으로 돌아오면서 생각하니 그것도 이해가 안 되었다. 조숙하고 말 것도 없이 어릴 때부터 그랬으니까 말이다. '특발성 저신장증'일 수도 있단다. '특발성…' 원인을 모르는, 타고나 저신장증이라. 영미는 한숨이 나왔다. 보람이는 치료가 될 수 있으리라 기대가 클 텐데, 이것을 어떻게 설명해야 할까?

하늘은 푸르고 붉은 철쭉이 아파트 길가를 뒤덮고 있었지만 영미는 짜증만 쌓이고 있었다.

"엄마, 걱정 마. 다 알고 있었어. 나도 내 키에 대해서 공부했거든. '특발성'이 맞아."

보람이는 오렌지 주스를 마시며 오히려 영미를 위로했다. 빨간 원피스가 앙증맞게 잘 어울리는 보람이었다. 치마를 발랑거리며 클라리넷 가방을 들고 뛰어나가며 손을 흔들었다. 영미는 웃으면서도 한숨이 나왔다. 어릴 때 책을 많이 읽게 해서 좀 조숙하긴 하다. 키에 비해 가슴도 좀 커지는 것 같고.

3

영미는 악기를 가르치려고 학원을 찾았다가 당황했던 보름 전의 기억에 머리를 흔들었다.

"보람이 엄마, 피아노는 아직 힘들 것 같아요. 키가 작아서 발이 페달에 안 닿아요."

그냥 페달에 발이 안 닿는다고 하지, 왜, 키 이야기를 하는지. 그 말에 보람이는 고개를 숙이고 상담실을 나갔었다. 그래서 달래고 달래서 클라리넷을 배우기로 했다. 다행히 보람이가 재미있어하며 열심히 배웠다.

오늘 저녁에는 아빠 앞에서 배운 것을 자랑한다고 연습하러 나간 것이다. 영미는 커피를 한 잔 진하게 타서 들고 베란다로 갔다. 아파트 사이 길을 걷는 부녀가 보였다. 가방을 멘 것이 딸이 초등학생 같은데 키는 아빠와 비슷했다. 서로 어깨를 부딪치며 즐겁게 걷는 모습에 영미는 커피 맛이 너무 썼다. 그냥 주방 개수대에 커피를 쏟아버렸다.

그렇게 1번의 꼬리표를 달고도 보람이는 꿋꿋이 잘 견디었다.

고3이 되었다. 첫날 보람이가 밝게 웃으면서 돌아왔다. 영미는 혹시나 하는 생각으로 눈치를 보며 보조가방을 받아서 함께 방으로 들어갔다. 보람이가 영미를 돌아보면서 함박웃음을 지었다.

"짜잔... 엄마, 드디어 2번이 되었어."

영미는 깜짝 놀라서 물었다. 하마터면 들고 온 가방을 떨어뜨릴 뻔했다.

"어떻게...? 정말 2번이야?"

"응, 내가 세상 물을 먹어서 자존심을 좀 꺾고 2번 될 친구에게 부탁을 했지. '소영'이는 엄마도 알지? 소영이가 나보다 조금 크거든, 그런데 키 잴 때 소영이는 무릎을 구부리고 나는 발뒤꿈치를 들고 요령을 피웠지. 선생님이 눈감아 주셔서 드디어 2번이 되었어. 아! 2번, 2번!"

보람이는 손가락 2개를 펴 보이며 자랑스럽게 흔들었다. 영미는 쓴웃음을 지었다.

"그래 잘했네, 우리 딸. 내가 오늘은 저녁을 맛있는 소고기국밥으로 주마."

그날 밤에 보람이는 클라리넷으로 가족들 앞에서 생상의 '백조'를 연주했다. 연주를 마치고 한 멘트에 가족들은 빵 터졌다.

"제가 이제 1번의 사슬에서 풀렸습니다. 이제 백조처럼 꿈을 향해 훨훨 날아오르겠습니다. 짜잔!"

영미는 돌아서서 방으로 뛰어가는 보람이를 보며 마음속으로 빌었다.

'제발 더 늦기 전에 5센티만 더 커다오.'

4

오늘은 보람이가 몇 번을 망설이다 미팅에 가기로 한 날이다. 대학에 들어가고도 한 번도 미팅에 가지 않았던 보람이가 고3 때 1번을 대신

해 준 소영이의 부탁이라며 아침부터 설레발을 떨었다. 아니, 어젯밤부터 영미를 괴롭혔다. 키가 커 보이는 옷을 찾고, 상대가 제발 키가 작은 사람이 걸리도록 기도해 달라며 영미를 괴롭혔다.

여름이 지났지만 아직은 더웠다. 카키색의 반소매 트위드 원피스에 무릎까지 올라오는 얼룩말 무늬의 긴 양말을 신으니 정말 깜찍했다. 거울을 연신 들여다보면서 물었다.

"엄마, 너무 소녀틱하지 않아?"

"아니, 네가 소녀지 그럼 OL이냐? 지금 그 옷이 너에게는 딱이다. 예뻐!"

영미는 보람의 등 뒤에 서서 어깨를 다독여 주며 칭찬을 날렸다. 엘리베이터까지 나가서 배웅을 했다. 돌아와 소파에 앉아서 찬물을 마시며 눈을 감았다. 기도가 절로 나왔다.

"오, 하느님, 제발 키에 상관없이 즐겁게 놀다 오게 도와주세요."

기도를 하면서도 '키' 자에 힘이 들어갔다. 그놈의 키가 무엇이길래...

보람이는 하릴없이 아파트 사잇길을 걸으며 철쭉 잎을 뜯었다. 엄마가 늦게 들어오기를 기대하실 텐데... 9시도 안 되었으니, 지금 들어가기도 민망했다.

"아니, 벌써 오니?"

영미는 자기가 죄를 지은 것처럼 가슴이 철렁했다. 몸을 낮추어서 보람이와 얼굴을 맞추었다. 핸드백을 소파에 던지며 보람이가 짜증을 냈다.

"기도가 부족했나 봐. 하필 제일 키가 큰 놈이 걸렸어. 커도 너무 커서..."

보람이는 키발을 딛고도 손을 쭉 뻗어서 천장을 향했다.

"아이고, 그래서 2차 데이트 안 했어?"

보람이는 긴 양말을 아무렇게나 벗어서 욕실 쪽으로 던졌다.

"찻집에서 나와서 저녁을 사준대서 식당으로 가는데, 고개를 돌리니 내 눈이 그 녀석 가슴에 꽂히더라고. 어깨도 아니고, 아, 신경질 나!"

영미는 그래도 약간의 희망을 갖고 양말을 집어서 빨래통에 넣으며 물었다.

"그래 그 친구는 너를 마음에 들어 하든?"

보람이는 엄마를 돌아보면서 빙긋이 웃었다.

"그래도 엄마, 내가 얼굴은 한 미모 하잖수. 그러니까 그냥 얼굴로 개겼지."

영미는 그래도 너무 일찍 돌아온 것이 자기 일처럼 아쉬웠다. 주스를 한 잔 따라서 들고 영미 곁으로 갔다.

"저녁 먹고 그냥 왔어? 다음에 또 만나재?"

보람이는 흥미 없다는 투로 엄마의 주스 잔을 자기가 들었다.

"엄마, 생각을 해봐. 사귀다가 좋아져서 키스를 하려면 그 녀석이 앉 든지, 내가 의자에 올라서야 해. 그런데 무슨 다음이야, 다음은. 내가 키 좀 줄여서 오랬더니 막 웃더라고..."

보람이와 영미는 동시에 웃었다. 영미는 웃으면서도 가슴이 아렸다.

'참, 그놈의 키가 문제네...'

바라는 것은 오직 한 가지.

'오늘 면접에 나보다 짧은 지원자가 한 사람이라도 있기를...'

보람이는 복도에 앉아서 눈을 감았다. 그러나 이번에도 하나님은 자기의 기도를 외면하셨다. 전국에서 지원자가 모였는데도 남녀가 모조리 영화배우감이다. 두 명의 지원자들과 함께 들어갔는데 보람이가 가운데였다. 면접관은 네 사람이었다. 지원자들의 배열이 완전 'V' 자였다.

"수석 졸업이시네요... 그런데..."

보람이는 다음 말이 무엇일지 이미 알고 있었다. 마음을 단단히 먹고 똑바로 앉아서 면접관을 보았다. 면접관이 보람이를 보면서 다음 말을 하려 할 때,

"키가 작아서 할 일을 못 한 적도 없고, 키가 작아서 하려던 일을 못 한 적도 없습니다."

보람이는 먼저 당당하게 선수를 쳤다. 갑작스러운 대답에 면접관들은 어리둥절해하다가 두어 사람은 소리 내어 웃었다. 옆에 앉은 지원자들도 손으로 입을 가리며 웃었다. 그때 제일 선임인 듯한 면접관이 볼펜을 두드리며 조용히 미소를 지으며 물었다.

"그럼 제일 자신 있는 것이 뭐예요? 키 말고.."

보람이는 깜짝 놀랐다.

'이 질문은 키가 장점이라는 말인가?'

보람이는 약간 당황했지만 더 당당하게 대답했다.

"영어로는 어떤 사람이든지 설득할 수 있습니다."

"영어를 못 하는 외국인은?"

곧바로 질문이 들어왔다. 보람이는 가슴이 뜨끔했다. 이건 계산에 없던 질문이었다. 그러나

'내가 누구냐, 언제나 1번이었던 강보람이지.'

보람은 살며시 미소를 지었다. 그리고

"의사 전달의 방법은 언어 외에도 여러 가지가 있으니까요. 지금 저의 미소처럼요."

라고 말했다. 그 면접관이 손뼉을 치며 크게 웃었다.

5
=

오늘은 보람이가 신나게 핸드백을 들고 나갔다. 오늘부터 운전을 배우기로 했기 때문이다. 취직도 좋은 곳에 되었고, 이제 운전만 배우면 자신의 세계가 몇 배는 넓어질 거라고 생글거리며 뛰어나갔다.

영미는 베란다에서 보람이가 아파트 사잇길을 뛰어가는 것을 보면서 어떤 차를 사 주는 것이 더 넓은 세계로 가는 가장 좋은 도구가 될지 머리를 굴리고 있었다. 이제 아람이도 직장을 잘 다니고 보람이도 취직을 했으니 큰 시름은 던 것이다.

안방으로 가서 거울을 보았다. 이마의 잔주름은 두 자식을 기른 훈장이었고, 희어진 새치들은 남편 뒷바라지의 상장이었다. 화장대 앞에 앉아서 얼굴을 가만히 들여다보던 영미는 화장대에 놓인 가족사진을

들어보면서 행복한 미소를 지었다.

'점심은 무엇을 먹을까?'

냉장고의 사과나 한 쪽 먹고 말까 하고 냉장고 향했다. 요즘 아랫배가 조금씩 나오는 것이 신경이 쓰였는데 점심은 그 정도로 건너뛸 생각이었다. 그런데 갑자기 초인종이 울렸다.

'올 사람이 없는데? 누가?'

천천히 다가가는데 신경질적으로 문을 두드렸다. 놀라서 다가가 물었다.

"누구세요?"

"엄마 나야! 얼른 문 좀 열어줘!"

뜬금없는 보람이 목소리였다.

'아니 지금쯤 열심히 운전을 배우고 있어야 할 텐데...'

문을 열자 보람이가 씩씩거리며 뛰어들었다. 얼굴이 붉으락푸르락한 채로 신을 벗어 던지고 말도 없이 제 방으로 들어가더니 문을 부서져라 닫았다.

영미는 깜짝 놀라서 신발을 정리하면서 가슴을 쓸어내렸다.

'이게 무슨 일인가?'

문에 귀를 대고 들어보았다. 훌쩍거리는 소리가 나는듯했다. 영미는 문을 열어보려다 그만두고 물러섰다. 소파에 앉아서 이런저런 생각을 해보았다.

'운전연습 하다 사고를 냈나? 교습관에게 추행을 당했나?...'

한참을 기다리니 보람이가 시무룩한 얼굴로 나오더니 냉장고에서 물을 꺼내 벌컥벌컥 마셨다. 눈이 약간 충혈되어 있었다. 영미는 그런 딸을 보면서 조심스럽게 제안했다. 여간해서 화를 안 내는 딸이었기에 더 걱정스러웠다.

"보람아, 시원한 맥주도 있는데..."

보람이는 다시 냉장고로 가더니 맥주를 들고 왔다. 영미 곁에 앉더니 맥주를 마셨다.

"그래, 무슨 안 좋은 일이..."

영미의 말이 끝나기도 전에 보람이가 맥주 캔을 놓더니 침을 튀겼다.

"엄마, 내가 제발 키 안 큰 교관에게 배우게 해달라고 했더니 진짜 짜리몽땅 아저씨가 왔더라고, 거기까지는 좋았는데..."

보람이는 다시 맥주를 마셨다. 영미는 마른침을 삼켰다.

"나를 딱 보더니 침을 탁 뱉으면서 첫마디가, '아이씨, 키가 작네.' 이러는 거야. 첫마디가."

보람이가 다시 맥주를 마셨다. 입을 손등으로 닦더니 숨을 크게 쉬었다.

"키가 작으면 가르치기가 힘들다나, 그러면서 가르치는 시종,

'키가 작아서...'

'발이 짧아서...'

'키가 너무 작아서...'

나중에는 '키가 짝아서..'

계속 이러는 거야. 정말 환장하겠더라고. 내가 초보잔데... 그래서 못 하는 건데. 거기서 키가 왜 나와. 내가 한 바퀴 돌고 문 열고 나왔어."

보람이가 다시 맥주 캔을 들었다. 비어 있었다. 영미는 얼른 가서 하나를 더 가져왔다. 보람이는 다시 벌컥거리며 마셨다.

"내가 내리면서 뭐라 했는 줄 알아, 엄마. 나도 욕할 줄 알드라고. 안 해봤는데도 약이 올라서 악을 썼지."

보람이는 소파에 몸을 기대었다. 영미는 몸을 숙이고 보람이의 다음 말을 기다렸다.

"뭐라고 했는데?"

보람이가 숨을 고르더니,

"창을 내리고, 내리는 나를 멍하니 쳐다보는 짜리몽땅에게 욕을 했지. '야! 짜리몽땅! 이 새끼야, 너는 얼마나 크냐? 저도 생쥐만 한 것이!' 라고 악을 썼지."

영미는 깜짝 놀랐다.

'아니 그런 상스러운 욕을 보람이가?'

보람이는 씩 웃으면서 영미에게 안겼다. 그리고 노래 부르듯이 곡조를 넣어서 말했다.

"사무실 가서 큰소리쳤지. 저 싸가지 없는 짜리몽땅 때문에 여기서는 못 배우겠으니까 환불해 달랬지. 지가 부모님이 주신 내 키가 어때서 말끝마다 '키가 작아서.'라고 지랄이야..."

날자, 날아보자꾸나

1

엘리베이터 앞에서 콧노래를 흥얼거리는데 뒤에서 누가 아는 체를 했다.

"어머, 원장님, 그 노래를 아세요?"

돌아보니 단골 환자인 안효주 씨였다. 가족력이 있는 당뇨로 지속적으로 관리를 받고 있는 예쁘장한 미혼의 G-보험 설계사 아가씨였다. 언제나 세련된 정장 투피스 차림이었다. 오늘은 미색 정장 투피스였다. 붉은색 핸드백이 눈에 띄었다.

"아, 예전부터 좋아하는 노래죠."

희섭은 웃으며 효주 씨를 바라보았다.

"어머머, '에레스 뚜'를 아실 정도면 음악에 조예가 깊으시네..."

"'에레스 뚜'요? 이건 '그대 있는 곳까지'인데?"

엘리베이터가 도착해서 사람들이 내리고 있었다. 희섭을 먼저 밀어 넣으며 효주 씨가 대답했다.

"예, 한국에서는 그리 알려졌고요, 원명이 '에레스 뚜'예요. 스페인 노래죠."

희섭은 고개를 끄덕였다. 효주 씨는 9층에서 내렸다. 내리면서 붉은 핸드백을 흔들며

"원장님, 멋져요!"

라고 눈웃음을 날렸다. 희섭도 손을 흔들어 주었다. 이 노래는 1회인 지 2회인지 대학가요제에서 '상투스'라는 그룹이 중창으로 불렀을 때부터 반했던 노래였다. 가사도 곡조도 너무 멋있었다.

우리 의원은 19층 복도식 주상복합건물의 2층에 있었고, 나는 이 건물의 11층에 살고 있었다. 의원이 길가 쪽이 아니라 안쪽이어서 조용하고, 출퇴근을 같은 건물에서 하니 너무 편리하고 좋았다.

며칠 후에 효주 씨가 의원에 왔다. 아주 뚱뚱한 환자를 데리고 왔는데 이전에도 온 적이 있는 당뇨 환자였다. 약간의 발달 장애가 있는 것 같았다.

"동생이에요. 어젯밤에 약간 토했어요. 소화가 안 되는지..."

효주 씨가 걱정스러운 표정으로 동생을 보았다. 혈당을 재보니 공복 이라는데 145가 나왔다.

"효순 씨, 밤에 다른 것 드신 것 있어요?"

말없이 언니를 올려다보았다.

"밤중에 비스킷을 몇 개 먹었다고 해요."

희섭은 효순 씨를 진찰 침대에 누이고 배를 진찰했다. 별 이상이 없

었다.

"효순 씨, 혹시 설사했어요?"

대답 없이 고개를 저었다. 배를 여기저기 누르며 물었다.

"배가 아팠어요?"

다시 고개를 저었다. 곁에 섰던 효주 씨가 나무랐다.

"말을 해야지, 그게 무슨 버릇이야!"

희섭은 책상에 앉으며 효주 씨를 보았다. 동생이 일어나는 것을 돕고 있었다. 너무 뚱뚱하여 혼자서 일어나는 것도 힘들어했다.

"소화불량인 것 같은데... 일단 약을 먹어봅시다."

처방을 내면서 나이를 보니 32살이었다. 체중이 100kg이 넘을 것 같았다. 효순 씨가 나가자 효주 씨가 앞에 앉았다.

"원장님, 온 김에 저도 약을 지어 가려고요. 되죠?"

빙그레 웃으며 고개를 기울여 애교를 부렸다. 희섭이 간호사에게 눈짓을 하자 간호사가 혈당을 쟀다. 약은 일주일 정도 남아 있었다.

"그러죠. 바쁘신데... 그런데 효순 씨는 친동생이에요?"

희섭은 대기 환자가 없는 것을 확인하고 효주 씨에게 동생에 대해서 물었다. 효주 씨는 어색한 웃음을 띠며 고개를 끄덕였다.

"저희가 딸만 일곱이에요. 제가 셋째, 효순이가 여섯째예요."

"딸만 일곱이요? 대단하네... 그런데 효순 씨가 날 때부터 저래요?"

효주 씨는 자세를 고쳐 앉았다. 이야기가 길어질 것 같으니, 간호사가 진찰실을 나갔다.

"아니요, 초등학교 다니면서 자폐증이 생긴 것 같아요. 이유도 없이 아이가 이상해지더라고요."

희섭이 고개를 갸웃했다. 자폐라면 3~4세 이전에 발병해야 했다.

"그럼, 자폐증을 치료받았어요?"

희섭의 물음에 효주 씨는 고개를 저었다. 씁쓸한 미소를 지으며

"원장님, 가난한 집에 딸만 일곱.. 어떻게.. 그냥 지나면 좋아지려니 했죠."

라고 말하며 얼굴을 붉혔다. 희섭은 고개를 끄덕였다. 하긴 자폐를 치료하는 약은 없으니까 말이다. 전문적인 통합치료를 받아야 하니까...

"원장님, 그건 그렇고요. 원장님 골프 치시죠? 언제 주말에 저희 법인 카드로 접대할게요. 화재보험도 들어주시고... 언제나 반갑게 대해주시니, 제가 모시고 싶어요."

약간 수줍은 듯이 말하는 효주 씨의 모습이 갑자기 아주 예뻐 보였다.

"골프요? 좋지요. 더구나 효주 씨와 친다면 저야 영광이죠."

희섭은 만면에 웃음을 띠고 좋아했다.

차가 43번 국도를 따라 포천에 들어섰다. 효주 씨의 그랜저가 축석고개를 넘을 때 희섭이 물었다.

"오늘 멤버는 어때요? 잘 쳐요?"

효주가 희섭을 돌아보며 미소를 지었다.

"잘 치시죠. 지점장님하고 점장님 고객이신데 잘 치신대요."

"야, 이거 좀 부담되네. 나는 보기플레이언데..."

효주가 웃으며

"아유, 괜찮아요. 그냥 즐겁게 치세요. 내기도, 시합도 아닌데요. 뭐."

희섭은 입맛을 다셨다. 그러다가 효주를 보며 큰소리를 쳤다.

"그래, 날씨도 좋은데 효주 씨랑 소풍 나온 것이라 생각하지. 잔디밭으로 소풍 가는 것이 맞지?"

효주가 앞의 먼 산을 보며 대답했다.

"그래요, 산속의 잔디밭에서 데이트한다고 생각하세요. 제가 간식을 많이 준비했거든요."

오월이라 해가 길었다. 저녁을 먹고 나서야 어두워졌다. 희섭은 삼겹살에 소주를 두 잔 정도 마셨다. 지점장도 그의 고객도 점잖은 사람이었다. 희섭이 나이가 어린데도 깍듯이 대해주었다.

"원장님, 오늘 즐거웠어요. 생각보다 잘 치시더만. 제가 원장님 앞이라고 긴장했는지 잘 안 맞던데.."

돌아오며 효주가 칭찬을 했다. 희섭은 몸을 차에 깊이 기대며 효주를 보았다.

"점장이 처신을 잘하네. 처음 보는데도 전혀 어색하지 않게 즐겼어. 내일 보면 고맙다고 전해줘요. 그 고객도 점잖고."

효주가 천천히 차를 몰며 눈을 내리깔았다. 입을 삐죽이며

"점잖기는요... 둘이 공이 몰려서 함께 갈 때 은근히 한번 같이 놀자고... 미혼이라면서 어떠냐고 프러포즈를 하는데... 닭살이 돋았어요."

희섭은 웃었다. 흔히 있을 수 있는 골프장의 뒷모습이었다.

"아무튼 지점장은 사람이 괜찮더라."

"예, 점장도 원장님이 부담 없이 대해줘서 감사하다고 했어요. 원장님, 우리 고모리로 가서 차 한잔 마시고 가요. 제가 살게요."

희섭은 효주의 제안에 몸을 일으켰다.

"차? 좋지. 고모리 저수지가 경치가 좋아. 데이트코스로 딱이지."

효주가 희섭이를 돌아보았다. 은근한 눈빛으로 물었다.

"어마, 자주 가시나 보다. 사모님과?"

희섭은 밝게 웃으며 효주를 지그시 바라보았다.

"누가 그런 으슥한 데이트코스를 마누라랑 오나, 효주 씨 같은 여친이랑 오지."

"그러면, 여친이 있다는 이야긴데..."

"암, 있지, 아니 많지."

희섭이가 목소리를 높였다. 효주가 눈을 동그랗게 뜨고 희섭이를 보았다.

"많아... 많아요?"

희섭이가 재미있다는 표정으로 깔깔대며 효주를 놀렸다.

"왜? 많으면 안 되나? 이 얼굴에, 이 매너에..."

효주가 약간 실망한 듯 목소리가 작아졌다.

"아니 뭐, 그런 것은 아니지만... 그래도..."

희섭은 짓궂은 눈으로 효주를 보았다. 그리고 손으로 턱을 돌렸다. 눈을 마주치며 은근한 목소리로

"응... 이제 보니 효주 씨가 내가 여친이 없기를 바랐구나."

라고 속삭였다. 효주가 얼굴을 돌려 앞을 보며 까칠하게 말했다.

"아뇨... 뭐 그런 거야. 저하고 상관없는 사생활이니까..."

라고 중얼거렸다. 희섭이 다시 깔깔거리며 효주의 손을 잡았다.

"좋았어. 지금부터 이전의 여친은 다 정리하고 효주 씨를. 아니 효주 씨만을 여친으로 삼겠다! 어때 이런 단호한 결심."

이번에는 효주가 웃었다. 차는 구불구불한 국도로 접어들었다.

"아휴, 원장님이 바람기가 많으시네. 정말 이전 여친들을 다 정리할 수 있겠어요? 많다며."

차가 천천히 고갯길을 올라가고 있었다. 희섭이 손을 꼭 잡으며 속삭였다.

"사실은 고모리에서 집사람 친구가 찻집을 해요. 그래서 가끔 왔지. 하지만 진정한 데이트는 효주 씨가 처음이야. 처음!"

희섭이 '처음'이라는 단어에 힘을 주었다. 효주가 얼굴을 돌려 희섭을 보며 방긋 웃었다.

"거짓말이라도 기분이 좋네요. 제가 처음이라니."

두 사람은 커피를 들고 둘레길을 걸었다. 데이트하는 연인들도 많았지만 운동 삼아 걷는 사람들도 많았다. 두 사람은 호수 중간의 빈 벤치에 앉았다. 효주가 발을 동동거리며

"아, 참 좋다. 이런 한가하고 편안한 기분!"

이라고 말하며 웃었다. 희섭은 자연스럽게 어깨를 안았다. 효주가 희섭을 한번 보더니 가만히 있었다. 희섭이 말했다.

"파란 잔디 위에서 같이 노는 것도 좋았는데, 시원한 호수 바람 맞으

며 둘이서만 커피 마시는 것이 더 마음에 드네."

효주가 말을 받았다.

"그래요, 이리 둘이서만!"

희섭이 효주를 보았다. 눈이 마주쳤다. 희섭이 장난기 섞인 소리로
물었다.

"내 커피 마셔볼래요? 맛이 다를 텐데."

효주가 눈을 크게 뜨며 희섭을 보았다.

"맛이 달라요? 왜? 같은 아메리카노인데?"

희섭이 웃으며 커피를 한 모금 마시더니 효주의 얼굴을 잡고 살며시
입술을 포갰다. 효주가 놀라서 눈을 크게 떴다가 이내 눈을 스르르 감
고 희섭의 입술을 맞이했다. 희섭의 입에서 커피가 효주의 입으로 전해
지고 효주가 희섭의 커피를 맛있게 마셨다.

"정말 커피 맛이 다르네요. 커피가 이렇게 달콤하기도 하네요?"

효주가 얼굴을 붉히며 희섭의 입술을 손으로 닦았다. 루주가 효주의
손에 묻었다. 희섭은 앉아서 조용히 노래를 불렀다. '에레스 뚜'였다.

"영원히 사랑한다던 그 맹세..."

효주가 따라서 불렀다.

두 사람의 노랫소리가 호수의 물 위로 퍼졌다. 달빛이 노랫소리에 실
려 호수에 내려앉았다.

"원장님, 오늘 주신 달콤한 커피가 자주 생각나면 어쩌죠?"

주차장에 차를 세우고 효주가 미소를 지으며 살며시 물었다. 희섭은

싱긋 웃으며 효주의 볼에 입을 맞추었다.

"푸른 잔디밭으로 소풍을 가야지."

2

효순은 말이 없었다. 머리가 아프다고 잠을 못 잤다는데 희섭의 앞에서는 입을 다물었다. 혈압이 높았다. 이제는 혈압약도 당뇨약과 함께 복용해야 했다. 희섭이는 한숨을 쉬었다. 곁에 서 있던 효주가 효순이 어깨를 쳤다.

"너 겨드랑이가 가렵다며."

효순이 언니를 올려다보았다. 희섭도 놀라서 물었다.

"겨드랑이가 가려워? 언제부터? 양쪽 다?"

효순은 고개를 숙이고 말이 없었다. 효주가 속이 터진다는 표정으로 말했다.

"겨드랑이가 아무렇지도 않은데 어제부터 가렵대요. 그러면서도 긁지도 않아요. 정말 가려운 건지..."

희섭은 효순을 찬찬히 보았다. 효순이 고개를 살며시 들다가 눈이 마주치자 얼른 눈을 내리깔았다.

"효순 씨 겨드랑이 좀 볼 수 있을까?"

희섭이 다정히 말했다. 효순이 깜짝 놀라며 팔을 몸에 딱 붙이더니 몸을 움츠렸다. 희섭은 알았다는 표시로 고개를 끄덕이며

"그래요, 알았어요. 내가 가려움증약 줄게요. 하루에 한 번 가려울 때만 먹어요. 알았죠?"

라고 말하며 효순의 손을 잡아주었다. 손등이 살이 많아서 정말 호빵 같았다. 효순이 놀라면서도 손을 빼지도 못하고 언니를 올려다보았다. 효주가 그런 동생을 보며 한숨을 쉬었다.

"얼른 감사하다고 인사드려. 가자. 늦었다."

효순이 엉거주춤 일어나서 나갔다. 동생을 데리고 나가는 효주를 보면서 희섭은 가슴이 답답해져 옴을 느꼈다.

"효주 씨, 집에 효순 씨 방이 따로 있죠?"

"예, 효순이가 절대 못 들어오게 해요. 간간이 문 열 때 보면 엉망 같은데, 못 들어오게 하니 치울 수도 없고..."

"내가 보기에는 자폐보다는 우울증 같은데..."

"우울증이요?"

희섭은 저녁에 퇴근하기 전에 효주에게 전화를 걸었다. 효순을 정신과에서 적극적으로 치료해야 할 것 같았기 때문이다.

"원장님, 제가 지금 퇴근 중이니까요. 좀 기다려 주실래요. 10분쯤 후에 병원으로 갈게요. 뭐 좀 사 갈까요?"

효주는 오전에 입었던 곤색 트렌치 투피스에 흰색 셔츠블라우스를 입고, 레몬 티를 두 잔 들고 왔다.

"효순이가 정신과에 가자고 하면 절대 안 갈 거예요. 병원도 여기 아니면 안 가는데... 몸이나 가벼워야 끌고라도 가죠. 저리 뚱뚱하니..."

효주가 한숨을 쉬었다. 희섭은 답답했다. 그냥 우울증약을 처방해볼까 생각해 보기도 했다. 레몬 티를 마시며 제안했다.

"효주 씨, 내가 우울증약을 좀 주어볼까? 변화가 생기나 보게..."

효주는 잠시 생각에 잠기더니

"그럼 며칠 분만 약하게 처방해 주세요. 제가 잘 꼬드겨서 먹여볼게요."

희섭은 우울증약을 하루 두 번 먹도록 처방해 주었다.

"약은 내일 약국에서 지어요."

효주가 처방전을 받으며 미소를 지었다.

"원장님과 소풍날 잡기가 힘드네요. 달콤 커피를 먹고는 싶은데..."

며칠 후에 희섭은 아내와 저녁에 천변을 산책했다. 정말 산책하는 사람들이 많았다. 그런데 절반 이상이 강아지를 끌고 다녔다. 강아지에 치여서 걷기가 불편할 정도였다. 도란도란 이야기하면서 걷는데 앞서가던 사람들이 모두 옆으로 비켜섰다. 무슨 일인가 하고 쳐다보던 희섭은 깜짝 놀랐다. 저기 앞에 효주와 효순이 걸어오고 있었다. 효순이 길을 다 차지할 정도로 뚱뚱해서 사람들이 미리 비켜서는 것이었다. 희섭은 반가웠다. 빠른 걸음으로 다가가서 효순의 앞에 섰다. 미리 알아본 효주가 반갑게 맞으며 희섭에게 인사를 하고 뒤따라오는 희섭의 아내에게도 고개를 숙여 인사를 했다.

"안녕하세요, 사모님. 산책 나오셨나 봐요?"

희섭은 효순을 보며 명랑하게 말했다.

"효순 씨도 산책 나왔네. 잘했어, 잘해!"

효주가 곁에 서서 눈웃음을 치며 효순의 팔을 가볍게 흔들었다.

"예, 오늘은 지가 바람을 쐬자고 하네요. 기특하죠?"

희섭이는 효순이를 칭찬했다.

"그래 집에만 있으면 더 아픈 거야. 이제 매일 산책해요, 효순 씨."

어기적어기적 걷는 효순의 뒷모습을 보면서 아내가 혀를 찼다.

"저건 뚱뚱해도 너무 뚱뚱하다. 손목이 내 허벅지만 하네..."

며칠 후에 효주가 효순의 약을 타러 왔다. 효순이 조금씩 좋아지는 것 같다고 즐거워했다. 약도 아주 잘 먹는다고 희섭에게 감사를 몇 번이나 표했다.

"원장님, 제가 사모님과 같이 골프 쳐도 되죠? 제가 한번 모시고 칠게요. 원장님께서 가라고 권해주세요."

그러면서 눈을 찡긋했다. 희섭은 좋은 생각이라고 흔쾌히 동의했다.

그렇게 아내와 효주가 골프를 친 목요일 저녁이었다. 퇴근하고 집에 가니 아내도 방금 왔다면서 옷을 갈아입고 있었다. 희섭이 손가방을 탁자에 놓으며

"즐거웠어요? 거기가 좋은 골프장인데."

라고 물었다. 옷을 매만지며 아내가 웃었다.

"예, 좋았어요. 효주 씨는 아주 잘 치던데요. 거의 싱글 수준이던데."

그때 아내의 핸드폰이 울렸다. 핸드폰을 받더니, 놀라며 핸드폰을 희섭에게 주었다.

"예, 전화 바꿨... 예! 화상을 입어요? 많이?"

희섭이 놀라며 소리쳤다. 효주가 거의 울면서 부르짖었다.

"원장님, 어떡해요! 얼른 와주실래요, 배를 다 뎄어요. 펄펄 끓는 물에."

"아니... 집이 몇 호죠? 908호요? 알았어요. 내가 지금 갈 테니까, 절대 옷 벗기지 마요. 그대로 누워 있게 하고 손대지 마요. 내가 가서 처리할 테니까."

희섭은 서둘러 나가서 엘리베이터를 눌렀다. 뛰어가니 문이 열려 있었다. 효순은 자기 방에 '큰 대' 자로 누워서 울고 있었다. 헐렁한 티셔츠가 가슴까지 올라가 있고 아랫도리는 벗겨져 있었다. 희섭이는 다가가서 곁에 조심스럽게 앉았다. 화상 부위를 보면서 효순에게 속삭였다.

"효순 씨, 아프지? 조금만 참아, 내가 치료해 줄게."

배에는 넓게 여러 군데 물집이 잡혀 있었다. 사타구니와 허벅지에도 물집이 있었는데 좌측은 물집이 벗겨져 있었다.

"아니 왜 여기 물집이 벗겨졌어? 옷 벗기지 말라니까!"

희섭이 나무라듯이 물었다. 효주가 민망한 얼굴로 대답했다.

"그게 놀라서 급하게 옷을 벗기다 보니까... 저절로. 전화하기 전에요."

희섭은 혀를 찼다. 그러다 효순을 보며 빙그레 웃었다.

"그래도 대부분은 안 벗겨졌으니까... 치료가 어렵지는 않겠지만... 효순 씨 한 며칠만 우리 병원에 입원하자. 내가 그래야 잘 치료해 줄 수가 있어. 흉터 없이 깨끗이 낫게 해줄게. 아주 예쁘게 낫게 해줄게."

희섭은 상냥하게 효순의 머리를 만져주며 말했다. 효순이가 고개를 끄덕였다. 효순이에게 헐렁한 원피스를 입혀서 데리고 내려오라고 하고 먼저 방을 나왔다. 효주가 따라 나오더니 눈물을 글썽이며

"원장님, 효순이가 나 왔다고 일어나다가 책상 위에 커피포트에서 끓이던 물을 엎었어요. 꼭 잘 낫게 해주셔요, 예!"

라고 울먹였다.

"에, 알았어요. 내 동생이라고 생각하고 치료해 줄게."

효순이를 병실에 입원시키고 희섭은 화상치료를 위한 모든 준비를 하고 병실로 갔다. 아내에게도 도움을 청했다. 아무리 뚱뚱해도 아가씨였다. 더군다나 화상 부위가 회음부에도 있었다. 여자로서는 내놓기 참 부끄러운 곳이었다. 또 정신적으로 유약한 아가씨였다. 이것은 단순히 화상만 치료해야 하는 것이 아니었다.

복부의 화상은 치료가 쉬웠다. 피부도 벗겨지지 않았고 편평했으니까. 허벅지와 회음부가 어려웠다. 너무 뚱뚱해서 다리가 잘 벌려지지 않았다. 치료를 하고 다리를 탄력붕대로 감기가 너무 힘들었다. 아내와 효주가 끙끙거리며 다리를 번갈아 가며 들고 희섭이 힘들게 치료를 마쳤다. 화상치료에 거의 한 시간이 걸렸다.

"여보, 종합병원으로 보내는 게 낫지 않을까? 너무 힘들다."

대기실에 앉아서 음료수를 마시며 아내가 고개를 절레절레 흔들었다. 효주는 안타까운 얼굴로 희섭의 입만 바라보고 있었다. 주스를 마시고 캔을 쓰레기통에 버리며 희섭이 단호히 말했다.

"효순 씨를 종합병원에 보내면 완전히 찬밥 신세야. 그리고 병원 원내 감염으로 2차 감염되어서 흉터가 크게 남아. 치료가 이렇게 힘든데 어느 누가 정성껏 해주겠어. 대충대충 하고 말지. 힘들어도 내가 잘해줄게. 효주 씨 걱정 말아요."

효주가 고개를 숙여 감사를 표했다. 아내가 한숨을 쉬었다.

"그건 그렇지만... 하긴 효순 씨가 너무 불쌍해. 어쩌다 저리됐어..."

아내가 동의하면서도 답답한 표정을 지었다.

"사모님, 오늘 즐겁게 골프 치고 오셔서 밤에... 죄송해요."

효주가 다시 아내에게 머리를 숙였다. 아내는 싹싹하게 대답했다.

"아냐, 동네 의원이 이래서 좋은 거니까. 우리는 올라갑시다."

아내가 일어섰다. 희섭은 입원실에 가서 효순을 한 번 더 보고 걱정 말라고 웃어주고 나왔다.

힘들었지만 효순이는 잘 견뎠고 화상 부위도 잘 나아갔다. 그런데 3일째 되던 날 저녁에 효주가 책을 몇 권 가져왔다. 효순이 심심하다고 책을 가져다 달라고 해서 가져왔다며 보여주는데 시집이었다. 그런데 거기에 '이상'의 시집도 있었다. 아마도 글이 짧으니 긴 글을 읽거나 쓰기 힘드니까 시를 좋아하나 보다고 생각했지만, '이상'의 시집은 효순이가 보기에는 좀 특이했다. 그는 '박제가 되어버린 천재'니까 말이다.

"효순 씨가 뭐를 좋아해요? 시를 좋아하나요?"

효주가 대답했다.

"글쎄요? 시집을 읽는 것은 처음 보았어요. 그런데 '데이트'를 하긴

해요. 그래서 돈도 좀 벌어요."

희섭은 놀랬다. 입을 떡 벌리고

"데이트를 하며 돈을 벌어요? 효순 씨를 좋아하는 남자가 있어요?"

라고 물었다. 효주가 어이없다는 표정으로 웃으며 희섭의 허리를 찔렀다.

"아니요, 주식 거래 '데이 트레이딩'이요. 그걸로 돈을 좀 벌어요."

희섭의 입이 더 벌어졌다. 대기실 의자에서 벌떡 일어났다. 효주가 따라 일어났다. 희섭이 갑자기 입원실로 향했다. 효주가 따라가며 물었다.

"왜요, 무슨 일 있어요?

"데이트 방법 좀 물어보게요. 그걸로 돈을 번다니까."

효주가 실없다는 듯이 웃으며 따라갔다.

희섭은 효순에게 갔다. 자고 있었다. 뚱뚱해도 자는 모습은 아기천사 같았다. 입원실에서 나와서 대기실로 갔다. 의자에 놓인 시집들을 정리하는데 '이상'의 〈날개〉라는 소설도 있었다. 희섭은 효주를 불렀다.

"이런 책은 어떻게 구할까? 서점엘 다니나?"

효주가 눈을 흘겼다.

"아이구, 요즘은 인터넷으로 다 구해요. 안 되는 것이 없어요."

희섭이 〈날개〉를 들고 중얼거렸다.

"그렇다면 '이상'을 좋아한다는 이야기인데... 이건 내가 볼까?"

희섭은 소설책을 자기 책상 위에 던지고 의원을 나왔다. 효주도 따라 나왔다.

효주 씨가 전화를 했다. 효순 씨가 퇴원한 지 4일째였다.

"원장님, 효순이가 이제 치료받는 부위가 창피하다고 병원에 안 간 대요. 어쩌죠?"

희섭은 입맛을 다셨다. 이제 거의 다 나았고 피부가 벗겨졌던 허벅지 안쪽과 대음순 부위만 남았는데 두서너 번은 더 통원치료를 해야 했다.

"알았어요. 이제 복잡하지 않으니까, 내가 점심시간에 가서 잠깐씩 치료해 줄게. 효순이에게 연락해 놔요."

희섭은 책상에 놓인 '이상'의 〈날개〉를 만지작거리며 효주를 안심시 켰다.

"아유, 원장님 최고예요. 제가 꼭 필드로 한 번 더 모실게요."

전화기 너머로 기뻐서 볼이 터질듯한 목소리가 들렸다.

효순이는 거실에 놓인 의자에 앉아서 다리를 벌렸다. 희섭은 효순의 앞에 앉아서 치료를 했다.

참 묘한 풍경이었다. 하마 같은 아가씨가 벌려지지 않는 다리를 최대 한 벌리고 앉아 있고 희섭이는 그 앞에 엉덩이를 놓고 앉아서 허벅지와 대음순에 약을 발라주고 거즈를 붙여주고 있었다.

"원장님, 죄송해요."

효순이 손으로 눈을 가리고 부끄러운 목소리로 말했다. 효순이 말하 는 것을 처음 듣는 것 같았다. 희섭이 효순을 보며 웃었다.

"아냐, 의사가 환자 치료하는 건데, 환자가 오기 어려우면 의사가 와야지."

치료를 마치고 효순의 치마를 내려주었다. 치료 부위가 허벅지 안쪽과 대음순이었고, 집이니까 아예 팬티는 안 입고 있었다. 효순이 희섭을 보더니 수줍게 소곤거렸다.

"저랑 도봉산 같이 봐주실래요?"

희섭이 놀라서 창밖을 보았다. 도봉산이 훤히 보였다. 희섭이 웃으며 효순의 의자를 밀었다. 효순도 엉거주춤 일어나서 창가로 갔다. 창가에 효순을 앉히고 곁에 섰다. 창을 열었다. 시원한 바람이 불어 효순의 머리카락이 날렸다.

"여기서 도봉산 보는 것을 좋아하는구나?"

"예, 저는 꼭 도봉산에 올라가고 싶어요. 걸어서 못 가면..."

목소리가 거의 들리지 않을 정도로 소곤거렸다. 희섭은 좀 어이가 없었지만 내색하지 않고 웃으며 효순의 손을 잡았다. 힘주어 일으키는 시늉을 하며

"그래, 어서 나아서 같이 가보자. 일단 도봉산 기슭에 한 발짝 딛는 것이 중요해!"

라고 큰소리로 부추겼다. 효순이 밝게 웃으며 중얼거렸다.

"꼭 가고 싶어요. 훨훨 날아서..."

희섭은 효순이 우울증에서 벗어나고 있다고 생각하니 기분이 좋았다. 고개를 끄덕이며 함께 웃어주었다.

"언니한테는 말하지 마세요, 원장님. 언니한테 혼나요."

효순이 부끄러운 듯이 입을 가리며 소곤거렸다.

치료가 끝나는 날이었다. 희섭은 큰 짐을 덜어낸 기분이었다. 사실 점심을 먹고 이삼십 분씩 자는 것이 습관이 되어 있어서, 점심 후에 낮잠을 안 자면 오후가 좀 힘들었다.

효순이 밝게 웃으며

"원장님, 감사해요. 이제는 점심때 잘 쉬세요. 그런데 모래 한 번만 더 와주실래요. 제가 점심 대접할게요. 그리고 도봉산도 같이 보고요."

라고 모기만 한 소리로 소곤거렸다. 희섭은 효순의 말이 참 기특했다. 그리고 무슨 요리를 준비할지도 궁금했다.

"그래, 내가 와서 맛있게 먹어줄게. 도봉산도 같이 보고."

희섭의 대답에 효순은 입을 가리며 부끄러워했다. 희섭은 왕진 가방을 챙겨서 효순의 아파트를 나왔다.

저녁에 효주 씨가 빵을 사서 의원에 들렀다. 간호사들이 환호성을 질렀다. 효주는 희섭에게 고맙다고 몇 번이나 인사를 했다.

"어쩜 그렇게, 흉터도 거의 없이 치료를 잘해주셔서 감사해요."

최 간호사가 옆에서 엄지척을 하며 거들었다.

"저희 원장님이 화상치료 전문가세요."

"쓸데없는 소리하지 말고 빵이나 하나 가져와 봐."

희섭의 말에 최 간호사가 나갔다. 효주가 다가오더니 속삭였다.

"다음, 다음, 다음 주 일요일 어때요?"

효순과 점심 약속을 한 날 하필 점심시간 직전에 외상환자 두 명이 한꺼번에 들어왔다. 중랑천에서 자전거를 타던 노인이 여섯 살짜리 어린이를 치었는데 노인은 넘어지며 자전거길 모서리에 부딪혀서 눈두덩이 찢어졌고, 어린이는 페달에 부딪혀서 종아리가 찢어졌다. 어린이의 종아리를 붕대로 감아놓고 엑스레이를 찍도록 한 다음에, 노인 먼저 좌측 눈두덩이의 개방창을 봉합했다. 다행히 상처가 깊지는 않았다. 한숨을 돌리고 어린이를 치료하려는데 어린이의 보호자가 들어왔다. 별로 늙어 보이지 않은데 아이의 외할머니였다.

"아이고, 내가 잠깐 마트 간 사이에 혼자 거기를 왜 갔어? 왜!"

할머니가 손자를 곁에 앉히고 온몸을 만지며 아픈 데가 없는지 물었다.

"아니, 나는 자전거 길로 잘 가는데 야가 비탈을 뛰어내려 오더니 그냥..."

자전거를 탔던 노인이 할머니에게 하소연을 했다. 할머니를 모시고 들어와서 엑스레이를 보이며 설명했다.

"할머님, 종아리에 살짝 상처가 났는데, 뼈는 이상 없으니 너무 걱정 마셔요. 제가 흉터 작게 잘 꿰맬게요."

점심시간이 훌쩍 넘어서 희섭은 효순과의 약속을 까맣게 잊고, 효주가 이틀 전에 사다 준 빵을 커피에 곁들여 먹었다.

　2시 반쯤 되었을까? 의원 앞의 도로에서 구급차의 사이렌이 시끄럽게 울리며 엄청 소란했다. 그러더니 의원 앞, 약국의 약사가 뛰어 들어왔다.

　"원장님, 아파트에서 사람이 떨어졌대요. 안 나가봐도 돼요?"

　약사가 소리쳤다. 희섭은 깜짝 놀라서 일어났다.

　'이것은 또 무슨 일이야? 사람이 떨어져?'

　대기실의 환자들도 모두 웅성거렸다. 희섭이 가운을 걸치고 막 나가려는데 약국의 직원이 의원으로 들어오며 손을 저었다.

　"안 가셔도 돼요. 방금 119가 싣고 갔어요."

　대기실의 환자가 물었다.

　"몇 층에서 떨어졌대요?"

　"몰라요. 떨어지고 나서 알았으니까요. 지나가던 사람도 다쳤대요. 같이 싣고 갔어요."

　희섭은 자리에 앉았다. 한숨을 쉬었다. 우리나라 119시스템은 정말 잘되어 있다. 신속하고 대원들의 훈련도 아주 잘되어 있다.

　대기했던 환자를 다 보고 여유가 있어서 책상의 책을 들었다. 〈날개〉였다. 피곤하여 대충 넘겨 보는데 붉은 줄이 쳐진 부분이 있었다.

　　나는 불현듯 겨드랑이가 가렵다.

.....오늘은 없는 날개...

날개야 다시 돋아라.

날자, 날자, 날자, 한 번만 더 날자꾸나.

희섭은 이 글을 읽다가 그제야 효순과의 점심 약속이 생각났다.

'아이고, 이거 깜박했네. 하긴 알았어도 못 갔지...'

몹시 실망했을 효순의 표정이 떠오르자 희섭은 기분이 영 안 좋았다. 아파트에는 전화도 없었다. 입맛을 다시며 다시 소설을 보았다. 그런데

'꼭 도봉산에 올라가고 싶어요. 걸어서 못 가면...'

이라던 효순이 했던 말이 떠올랐다.

'같이 도봉산을 보자고 했는데..'

그러다 희섭은 갑자기 화들짝 놀랐다. 다시 책을 보았다.

'다시 날아 보자꾸나.. 겨드랑이가 가렵다...'

희섭의 눈이 왕방울만큼 커졌다. 효순의 속삭임!

'...걸어서 못 가면...'

희섭은 급히 관리실로 전화를 걸었다.

"소장님, 오늘 추락사고가 몇 호에서..."

희섭의 질문이 끝나기도 전에

"아, 예. 908호요. 거 돼지 같은 아가씨 있잖아요? 자살 같아요."

관리소장이 쓴맛을 다시며 말을 뱉었다.

희섭은 전화기를 놓고 털썩 주저앉았다. 가슴이 벌렁거렸다. 눈앞이 노랬다.

효주 씨가 아파트에 있었다. 희섭이 들어가니 희섭의 품에 안기며 울었다. 이미 눈이 퉁퉁 부어 있었다. 희섭은 효주의 어깨를 안고서 베란다로 가보았다. 이전에 효순이 앉았던 의자가 베란다에 놓여 있었다. 그런데 베란다 펜스에 딱 붙어 있었다. 의자의 베란다 펜스를 잡고 아래를 보았다. 1층 바닥이 까마득하게 멀어 보였다. 눈을 들어 도봉산을 보았다. 우뚝 선 도봉산을 이고 보랏빛 노을이 음울하게 번지고 있었다.

희섭은 눈을 감고 생각해 보았다.

효순은 있는 힘을 다해서 의자를 베란다로 끌었을 것이다. 그리고 의자 위에 올라서서 도봉산을 보며 힘껏 날아올랐을 것이었다. 비록 희섭이 점심 약속을 어겨서 실망했겠지만, 보란 듯이 도봉산을 향해서 날갯짓을 했을 것이었다. 효순이는 소리쳤을 것이다.

도봉산 꼭대기를 향해서!

"나는 걸어서 갈 수 없어. 날아갈 거야. 날아서 꼭대기에 갈 거야!"

희섭이는 눈물을 흘리며, 이제 사라져 가는 자줏빛 노을에 잠기는 도봉산을 보았다. 효주가 곁에 오더니 중얼거렸다.

"점심을 잘 차려놓고 먹지도 않고..."

희섭이 돌아서서 주방을 가보았다. 식어버린 새우 파스타 한 접시가 곱게 담겨 있었다. 그리고 오렌지 주스 두 잔!

아마도 자기는 주스만 마실 생각이었나 보다. 주스 잔을 만지며 희섭은 자책했다. 자신이 점심때 약속을 지켜서 왔었으면, 효순이가 혼자서 날아오르려 하지는 않았을 것이었다. 이렇게 생각하니 가슴이 찢어질 듯이 아팠다.

'혼자서 외롭게 도봉산을 보며, 있는 힘을 다해서 그 무거운 몸을 솟구쳤구나. 꿈을 향해서!'

희섭은 다시 창가로 왔다. 효주의 어깨를 안으며 중얼거렸다.

"효주 씨, 효순이는 자살한 게 아니야. 나에게 말했어. 저 도봉산 꼭대기로 날아갈 거라고. 꼭 갈 거라고."

이제 도봉산은 어둠에 잠겨 그 모습을 숨기고 있었다. 효순이처럼.

희섭이는 효주의 어깨를 감싸고 식탁에 앉혔다. 그리고 마주 앉았다. 효주는 멍하니 넋을 잃고 앉았다.

"효주 씨, 사실은 오늘 점심때, 효순이가 나와 점심을 먹자고 초대했어요. 이 파스타가 나를 위해 준비한 거야."

희섭의 이야기에 효주의 눈이 점점 커졌다. 희섭은 가슴이 먹먹해지며 눈시울이 뜨거워졌다.

"그런데 하필 점심시간에 개방창 환자가 두 명이나 갑자기 왔어. 그래서 내가 약속을 못 지켰지."

희섭은 끝내 울먹이며 눈물을 흘렸다. 효주는 입을 반쯤 벌린 채로 충혈된 눈을 동그랗게 뜨고 희섭을 보고 있었다.

"엊그제도 치료하고 함께 도봉산을 보았거든. 그때 그러더라고... 꼭 도봉산 꼭대기에 갈 거라고.."

효주가 고개를 숙이더니 훌쩍거렸다. 희섭은 울먹이며 겨우겨우 말을 이었다.

"나는 그냥... 단순한 바람이구나 생각했는데..."

효주가 고개를 들더니 목 놓아 울면서 말했다.

"아흐흐흑, 나에게도 언젠가 그런 이야기를 했었어요. 그때 내가 미친 소리라고 막 나무랐거든요. 어엉엉엉."

희섭은 접시에 곱게 놓인 파스타를 보았다. 힘들게 서서 요리했을 효순을 생각하니 눈물이 쏟아졌다. 희섭이는 안타까움을 삼키며 주스를 마셨다. 효순이의 정성을 마셨다.

"효주 씨, 우리 이러면 어떨까? 화장을 하고 가루가 된 효순이를 들고 도봉산에 가서 뿌려주면 어떨까? 일단 단지에 담아놨다가 좋은 날 같이 도봉산에 가자."

희섭이 아파트를 나오며 효주에게 제안했다. 효주가 눈을 감더니 고개를 끄덕였다.

"그래요. 그렇게 원했으니까 해주어야죠."

희섭이 엘리베이터 앞에서 말했다.

"그래야 나도 효순에게 진 마음의 빚을 조금은 벗을 것 같아."

하필 날씨가 흐렸다. 아니 보슬비가 조금씩 내리고 있었다.

"아니, 한 번도 안 가본 도봉산을 꼭 이렇게 궂은 날 가려 해요? 당신도 참..."

아내가 스틱을 건네주며 걱정했다. 희섭이도 도봉산 정상은 가보지 않았었다. 정상 부근이 좀 험하다고만 들었다. 희섭이는 아내에게 걱정 말라고 손을 흔들어 주며 아파트를 나왔다.

효주 씨가 효순의 뼛가루를 페트병 2개에 나누어 담아 왔다. 아무래 도 정상에서 단지의 가루를 뿌리면 너무 표가 날 것 같다고, 남들이 이 상하게 생각하지 않게 머리를 쓴 것이다. 둘이 한 병씩 배낭에 넣고 도 봉산 정상을 향했다. 다행히도 비가 더 굵어지지는 않았다. 부지런히 올라 도봉서원에 다다르니 비가 개었다. 도봉산장을 거쳐서 자운봉을 바라볼 수 있을 때 다시 비가 내렸다. 많은 사람들이 가다가 되돌아오 고 있어서 앞을 가는 것이 쉽지 않았다. 힘이 들 텐데도 효주 씨는 묵 묵히 뒤따라오고 있었다.

"날씨가 궂어서 정상에 사람이 없으면 좋겠다."

자운봉이 보이는 곳에서 효주가 숨을 헐떡이며 말했다.

정상 자운봉에 이르니 비가 제법 쏟아졌다. 비옷을 입었는데도 옷이 젖었다. 비가 내린 탓인지 정상에 사람이 거의 없었다. 다행이었다.

두 사람이 올랐을 때, 정상에서 서너 사람이 서둘러 내려가고 있었다.

"효주 씨, 춥지 않아?"

희섭이 페트병을 꺼내며 물었다. 정상에 설치된 펜스에 서서 산 아래 를 보고 있던 효주가 돌아섰다. 눈물인지 빗물인지 얼굴에 물이 흐르 고 있었다.

"정말, 효순이는 걸어서는 절대 못 오겠다. 날아서 와야지."

혼잣말처럼 중얼거리며 페트병을 꺼냈다. 희섭은 우측으로, 효주는 좌측으로 갔다. 산 중턱에 운무가 아름답게 덮이고 있었다. 두 사람은 병을 흔들어 효순의 몸을 정상에 뿌렸다. 비와 바람 그리고 안개에 싸여 효순의 몸은 도봉산 정상을 맴돌았다.

"효순아! 효순아!"

갑자기 효주가 효순을 부르며 오열했다. 펜스를 붙잡고 소리 내어 울었다. 희섭은 얼른 다가가서 효주를 붙잡았다.

"바보야, 이 좋은 세상에서, 한 번도 활짝 웃어보지도 못하고, 마음껏 돌아다니지도 못하고..."

효주는 희섭의 팔에 얼굴을 묻고 울었다. 비가 그치고 있었지만 바위 위로 눈물이 빗물처럼 떨어졌다. 희섭은 효주를 잡고 산 아래를 보았다.

비단결처럼 움직이는 운무 속에서 수줍게 미소 짓는 효순의 얼굴이 피어올랐다.

희섭은 도봉산장 옆 계곡으로 효주를 이끌었다. 물이 불었지만 다행히도 흙탕물이 아닌 맑은 물이었다.

"효주 씨, 여기서 병을 씻자. 효순이 마지막 몸을 여기에 씻어주자."

효주는 말없이 병을 꺼내더니 물을 채우고 씻어서 계곡물에 버렸다. 마지막 남았던 하얀 뼛가루가 계곡물을 타고 흘렀다. 희섭이도 병을 씻었다. 효주가 옷을 뒤적이더니 사진을 한 장 꺼내어 보여주었다.

"아빠 회갑 때 찍은 건데... 효순이가 제일 예쁘게 나온 거예요."

희섭이 사진을 보았지만 효순을 찾을 수가 없었다. 희섭이 물었다.

"자기는 알겠는데, 효순 씨는...?"

효주가 씁쓸히 웃었다. 사진의 아랫부분을 가리키며 말했다.

"내 옆에, 옆에 얘가 효순이예요. 이렇게 예뻤는데..."

희섭이 사진을 다시 보았다. 사진의 앞줄에서 밝게 웃고 있는 소녀가 보였다. 예쁜 색동 한복을 입고 있는, 오목조목 귀여움이 뚝뚝 묻어나는 얼굴이었다. 희섭은 사진을 들고 다시 한번 보았다. 또 한 번을 더 보고 효주에게 돌려주며 한숨 섞인 탄성을 뱉었다.

"야, 이리 귀여웠는데... 어쩌다가...."

한 줄기 햇살이 숲을 뚫고 들어와서 사진을 비추었다. 효주가 쓸쓸한 표정으로 사진을 쓰다듬었다. 사진을 소중히 주머니에 다시 넣고 몸을 일으켰다.

"살이 찌기 시작하니까 서너 달 사이에 20kg이 늘더라고요. 그러더니..."

비가 그치고 나니 숲속이 사우나 같았다. 햇살이 초록 잎을 스치고 개울물에 떨어져 반짝거렸다. 두 사람은 서로를 잡아주며 앞서거니 뒤서거니 산을 내려왔다.

"이제는 저 산은 도봉산이 아니라 효순이 무덤이네요."

전철역으로 향하며 효주가 맑게 갠 하늘을 향해 우뚝 솟아 있는 도봉산을 돌아보며 중얼거렸다.

도봉산은 포근한 운무를 허리에 감고 맑게 씻은 얼굴을 드러내 보이고 있었다.

너무 좋아지셔서

1
=

성진은 일을 다 마치지도 못하고 주간 보호 센터로 차를 몰았다. 한참 바닥 공사를 하는데 센터의 원장이 전화를 했다. 어머님을 모셔가라는 것이었다. 또 다른 할아버지와 싸웠다는데 어머님을 모셔가라는 것이다. 센터에 가보니 어머니가 얼굴이 벌게져서 씩씩거리며 놀이실 한쪽에 앉아 계셨다. 성진이가 들어서자 앉은 채 지팡이를 휘두르며 소리를 쳤다.

"저 영감탱이가, 저 영감탱이가..."

원장이 성진을 보면서 혀를 찼다.

"점심때까지 잘 계셨는데, 식사 중에 뭐가 마음에 안 들었는지, 옆의 할아버지한테 저러시네요. 할아버지는 그냥 벼락을 맞았죠."

열댓 명의 노인들이 둥그렇게 모여서 책상 위에 놓인 그림책에 그림 끼워 맞추기를 하고 계셨다. 어머니만 구석에 따로 앉아서 소리를 지르고 있었다. 성진이는 어머니 곁으로 갔다.

"너 잘 왔다. 저 영감이 나를 자꾸 째려봐. 밥 먹을 때, 밥 못 먹게 째려..."

지팡이로 누군가를 가리키는데 허공을 맴돌 따름이었다.

어머님은 발작적인 피해의식이 있었다. 아버지에게 당한 폭력적인 과거사가 원인이겠지만 이것이 발작적이라서 종잡을 수가 없었다. 그리고 그 발작이 한번 발생하면 몇 시간이 지속되었다. 아버지 돌아가시고 혼자 사신 지도 삼 년이 넘었는데 좀처럼 수그러들지 않았다. 정신과 약을 혈압약, 관절염약과 함께 드시는데도 호전되지는 않았다.

"엄마, 알았어요. 그래서 밥은 먹었어?"

성진이 엄마를 달랬다. 원장이 옆에 서서 혀를 찼다.

"식사는 우리가 달래고 달래서 다 드셨어요. 달래다가 요양사가 지팡이에 맞았어요."

그러면서 한쪽에서 노인들과 놀이를 하고 있는 요양사를 돌아보았다.

"그래 엄마, 이제 집에 가자. 저 할아버지 없는 집에 가자."

원장이 휠체어를 가지고 왔다. 어머니를 안아서 휠체어에 태우고, 센터를 나와서 차 뒷좌석에 앉혔다. 휠체어를 트렁크에 싣고 집으로 향했다. 한숨이 절로 나왔다. 한쪽 무릎은 관절 치환술을 했고 다른 한쪽은 시술을 몇 번 했는데도 양쪽 무릎이 아파서 제대로 걷지를 못하신다. 아파트에 들어서서, 다시 휠체어에 태우고 엘리베이터를 타고 8층에 올라가서 집에 모셔다드리고 성진은 다시 공사장으로 가봐야 했다. 오늘 일을 마무리해야 했기에 성진은 마음이 바빴다. 해가 길어지긴 했어도 사월의 해는 일찍 졌다.

"엄마, 나 금방 올 테니까. 방에서 티브이 보면서 있어. 화장실은 가지 말고 여기 이동변기 이용하고, 귤 까먹고 있어, 응."

성진은 어머니를 방에 앉히고 귤이 든 쟁반을 앞에 놓아두고 서둘러서 나왔다. 차를 타고 가는데 현장에서 함께 일하는 찬수가 전화를 했다.

"응, 나야. 타일이 왔어? 웬일로 일찍 보냈네. 그럼 타일 작업을 내일 하게 바닥을 오늘 끝내자. 나 지금 가고 있어."

저녁에 집에 가기 전에 어머니에게 들렀다. 다행히 얌전히 드라마를 보고 계셨다. 냉장고를 뒤져서 반찬을 꺼내고 밥솥에서 밥을 펐다. 국을 덥히려고 가스레인지를 틀었는데 불이 안 붙었다. 여러 번 해도 안 되어서 찬 대로 드렸다. 가스레인지의 건전지가 다 됐나 보다.

"진아, 너도 먹고 가지?"

다행히도 어머니가 밥은 잘 드셨다. 찬 국에 신김치, 멸치 짠지로 드시면서도 한 그릇을 다 드셨다. 가만히 보고 있으려니 가슴이 찡했다.

'언제까지 이렇게 모셔야 되나.'

하는 생각에 답답하기 그지없었다.

대충 설거지를 하고 자리를 펴드리고 나오면서 성진은 이제는 요양원에 모셔야 되지 않을까 생각을 했다. 어머님이 요양원 가는 것을 정말 싫어하시지만 이제는 성진도 너무 힘이 들었다. 누님과 남동생이 있는데 모두 멀리 살고 있었다. 그리고 어머니가 큰아들인 성진만을 편애하여서 두 사람은 어머니를 돌볼 의사가 전혀 없었다. 다행히 아버지가 생전에 13평짜리지만 아파트를 보증금 3천만 원에 전세로 얻어놓으셔서 어머니가 혼자서 사실 공간은 있었다. 성진은 내일 공사도 공사지만, 어머니가 얌전히 주간 보호 센터에 계셔서 자기를 도와주어야 할 텐데 하는 걱정이 더 많았다.

빌라 주차장에 차를 세우고 뒤로 기대어서 눈을 감았다. 삼 년 전에 아버지가 폐암으로 돌아가시고 어머니가 한동안은 좋아지시는 것 같았는데 무릎 수술을 받고도 보행이 불편하면서부터 갑자기 우울증과 피해망상이 생기셨다. 의사 선생님은 치매도 동반되고 있다고 하셨지만 성진은 치매는 믿고 싶지 않았다. 하긴 83세이시니 조금은 생겼겠지 하고 스스로 위안을 삼고 있었다.

막 차에서 내리려는데 핸드폰이 울렸다. 동생이었다. 오랜만의 전화고 이럴 경우는 백 퍼센트 돈 이야기다. 하나밖에 없는 동생 전화가 어찌 이리도 반갑지 않은지...

"어, 성호냐. 잘 지내냐?"

시큰둥하게 안부를 물었다.

"뭐, 잘 지낼 일이 있수. 근데 형. 정말 엄마는 꼭 그 아파트에서만 살겠다고 하요?"

녀석은 어머니가 사는 아파트 전세 보증금이 탐나는 것이다. 좀 허름한 집으로 옮기고 그 돈을 형제들이 유용하게 쓰자고 오래전부터 성진을 부추겼다.

"그 얘기는 그만허고... 제수씨랑 애들은 잘 지내냐?"

"성, 나는 애가 셋인디도 아직도 코딱지만 한 빌라에서, 이게 고아원이지 집이요? 근디 엄마는 대궐에서 혼자 삶시롱..."

성진은 어머니를 달래고 달래서 평소 단골로 다니시는 의원으로 갔다. 털털한 원장이 어머니를 반갑게 맞았다. 어머니가 의자에 앉으니 손을 덥석 잡고 손을 비벼주었다.

"박 여사님, 오늘은 좀 어떠신가? 혈압은 좋네."

"아이고, 박사님. 나는 살기 싫은디... 아픙께. 무르팍이 아픙께 왔제."

"어머님, 그려, 아픈 것은 어쩔 수 없고 주사 맞고 물리치료 하셔, 약은 있으시죠?"

어머니가 물리치료를 받으러 갔을 때, 성진이는 원장님께 양해를 구하고 상담을 했다. 지금 요양 등급을 다시 조정하여 요양원 입소가 가능할지를 물었다. 원장은 선선히 지금 정도면 요양원 입소가 어머니에게 더 좋을 수 있을 거라고 하면서 등급 조정 소견서를 써주었다. 그리고 치매 검사를 한 후에, 제일 약한 것으로 치매 약을 처방해 주셨다. 그래야 공단 심사에서 등급이 더 잘 나온다는 설명이었다. 성진도 그것은 동의했다.

며칠 후에 보험공단 노인 장기요양 담당자가 집을 찾았다. 성진이는 시간에 맞춰서 집에 대기하고 있다가 직원을 맞았다. 어머니가 실제로 보행이 많이 불편하고 정신과 약과 치매약을 드시는 것을 확인하고 직원들은 긍정적인 태도를 보이고 돌아갔다. 그런데 상담하는 것을 보시더니 어머니가 요양원으로 보내려고 한다는 눈치를 채셨다.

"야 이놈아, 그려 나를 고려장을 시킬라고 허제 시방!"

그러더니 엉금엉금 기어서 주방으로 가서 밥상을 집어 던지셨다. 성진은 얼른 달려들어서 어머니를 붙잡고 말리고, 달랬다.

"엄니, 그게 아녀. 아니고 등급이 잘 나오면 돈이 좀 덜 드니까…"

일을 완전히 제쳐두고 온종일 어머니 곁에서 어머니를 달랬다.

"엄니, 보시오. 나도 일 떨어져서 지금은 놀고, 성호는 맨날 죽겠다고 돈타령인디… 쪼금이라도 돈이 덜 들어가면 좋지 않겠소?"

며칠 후, 성진은 어머니를 싣고 H 요양원으로 향했다. 하늘이 성진의 마음처럼 우중충했다. 단골 의원 원장님이 소견서를 잘 써주신 덕에 등급이 상향 조정되어서 요양원 입소 자격이 생겼다. 의원 원장님이 어머니 손을 마주 잡고 자기가 촉탁의로 자주 가니까 걱정 말고 가서 계시라고 설득해서 겨우 요양원으로 입소하시게 되었다. 하얀 가운을 입은 요양원 원장은 여자인데 나이가 좀 들어 보였다. 휠체어를 직접 밀면서 어머니에게 상냥하게 말을 걸었다.

"어머님, 잘 오셨어요. 여기서 우리랑 잘 지내시다가 몸이 좋아지시면 다시 집으로 가시면 돼요. 어제도 할아버지 한 분이 좋아져서 집으로 가셨어요."

어머니는 눈을 크게 뜨고 원장을 보며 물었다. 많이 안심이 되는 표정이었다.

"좋아지믄 집으로 다시 가? 그러믄 좋지."

상담을 마치고 성진이 진지하게 물었다.

"정말로 좋아지셔서 집으로 가신 분이 있나요?"

원장은 성진의 어깨를 두드리며

"거의 없죠. 그리 말씀드려야 잘 적응하시거든요. 우선 잘 드시고 말도 잘 듣고... 그래도 우리 요양원은 규모가 있어서 물리치료사가 재활을 잘해요."

성진은 차에 앉아서 담배를 꺼냈다. 비가 내리더니 천둥이 쳤다.

'이게 최선인지, 잘하는 일인지...'

사전에 주변에 많이 물어보았지만 언제나 답은 두 가지였다.

'현대판 고려장이지.'

'그게 훨씬 나아, 돈이 문제지.'

다만 단골 의원 원장이 한 달에 두 번 와서 진찰한다니까 위로가 되었다.

담배 연기가 폐 속을 훑고 나왔다. 하얀 연기와 함께 성진의 걱정도 빗방울 속으로 뿜어졌다.

2

"아니 성님, 왜 그런 중요한 일을 이제야 말혀요. 기분이 상당히 나쁘요."

성호가 목소리를 높이며 성진에게 따졌다. 성진은 뜬금없는 동생의 말에 이게 무슨 말인가 하는 생각에 화가 났다. 담배를 주머니에서 꺼내며 함께 목소리를 높였다.

"얌마, 그게 무슨 말이여, 뭐가 기분이 나빠?"

"아이고 성님, 화났소? 엄니를 요양원에 널라믄 서로 상의를 해야지. 상의를!"

"야 짜식이, 보자 보자 하니까. 니가 엄니 센타 다닐 때 돈 한 푼, 아니 요구르트 한 병이라도 사 온 적 있냐? 내가 모시기 힘들어서 그리했는디, 그걸 왜 너하고 상의혀, 상의를."

성호가 잠깐 말을 끊었다. 성진은 담배를 길게 빨았다. 일하던 잡부가 곁을 지나며 눈치를 보았다.

"성, 나가 그런 것은 엄니가 성님만 챙깅께. 이날 이때까지 엄니는 성님뿐이지, 나나 누님은 눈에도 없었제. 성님이 그러는 것은 당연허당게."

성진은 쓴맛에 침을 뱉었다. 일은 밀렸는데 이야기가 길어질 것 같았다.

"그려. 그래서 뭐가 문제여, 시방!"

전화를 빨리 끝내려고 본론을 따졌다.

"성님, 아파트가 떴잖혀. 아파트가! 엄니도 안 사는디..."

"아파트?"

성진은 갑자기 뒤통수를 맞은 것 같았다.

"아파트가 왜 떠?"

갑자기 성호의 목소리가 작아졌다. 약간의 웃음기가 섞인 목소리가 들렸다.

"아이고 성님, 모른척하지 말고... 엄니가 안 살면 그 아파트에 성님이 들어가 사실라요?"

성진은 동생이 무슨 말을 이렇게 억지로 지어내나 싶었다.

"얌마, 엄니 집에 왜 내가 들어가 살어, 살기는. 엄니가 다시 사셔야제."

"하이고 성님, 나는 지금꺼정 요양원에 있다가 좋아져서 다시 집으로 돌아온 노인네를 본 적이 없구만요. 죽어서 온 영감들은 숱합디다만..."

성진은 담배를 던져서 발로 비볐다.

"야 이놈아, 너는 그럼 엄니가 요양원에서 죽기를 바라는 것이여!"

다시 언성이 높아졌다.

성호가 더 작은 소리로 차분히 말을 받았다. 성진은 발로 앞에 있는 각목을 힘껏 찼다. 건너편에서 일하던 찬수가 각목을 주우며 성진을 보았다.

"성님, 나가 이번 주말에 상의드리러 갈 꺼요. 가능허면 누님도 함께 갈 팅게 그때 이야기합시다. 긍게, 글피 저녁에요."

성진은 함께 일하는 찬수와 막걸리를 마시며 동생 이야기를 꺼냈다. 이야기를 듣더니 찬수는

"성진아, 성호 말도 일리가 있고, 니가 오해받을 만허다."

찬수가 총각김치를 한입 물었다. 성진은 눈이 커졌다. 막걸리 잔을 탁자에 거칠게 놓았다.

"일리가 있다고?"

찬수가 성진이를 달래듯이 막걸리를 한 잔 따랐다.

"너야 그런 맘이 없지만, 누가 봐도 엄니 아파트를 니가 혼자 처분할라고 한다고 생각할 수 있지. 안 그냐?"

성진이 막걸리 잔을 들며 물었다.

"그럼 우리 엄니는?"

"그거야, 일단 요양원에 들어가면 그것으로 인생 쫑 치는 것잉께."

찬수가 성진을 안타깝다는 표정으로 보았다. 같이 일하면서도 참 순진하다고 생각했는데 오늘 보니 너무나 착하고 순진했다. 성진이 갑자기 말이 없어졌다. 시무룩하게 앉아서 막걸리를 들이켰다. 고개를 드는데 눈시울이 붉어져 있었다.

"내가 정말 엄니를 고려장시켰나? 너 그리 생각하냐?"

찬수는 혀를 찼다. 막걸리를 쭉 들이켰다.

"성진아, 누가 고려장을 시켜, 누가, 누구를! 그게 아니고 우리 사는 것이 그런 것이여. 봐라 성진아. 니가 아무리 맴이 있어도. 니 엄니 점심 한 끼 따뜻하게 채려드릴 수가 없잖혀. 근디 거기서는 세끼 따뜻한 밥 먹여드려, 함께 놀아줘, 아프면 치료도 해줘. 그래서 모셔드리는 것이여."

"근디, 안 좋아진다니까..."

성진이는 안타까운 눈빛으로 찬수를 보았다. 찬수가 성진의 주먹을 잡았다.

"그거는 늙어서 그러는 거여, 집에 모시면 좋아지냐? 아마도 훨씬 빨리 돌아가실 거다."

두 사람은 막걸릿집을 나와서 어깨를 부딪치며 걸었다. 헤어질 때 찬수가 충고를 했다.

"성호한테 절대 화내지 말고, 엄니 상태를 보아가면서 아파트는 결정하자고 좀 시간을 벌어라. 형제간에 재산싸움 하는 것으로 보일까 겁난다."

성호는 혼자 왔다. 아니, 누나는 못 오고 성호만 왔는데 온 식구들을 다 데려왔다. 좁은 빌라에 성호 아이들과 성진이 딸이 모여서 아수라장이 되었다. 성진은 모두 데리고 나와서 돼지불고기를 사주고 먼저 들여보냈다. 성호와 둘은 소주를 나누면서 이야기를 했다.

"내가 생각해 봉께, 니가 그리 생각할 만했겄다. 미리 안 알려서 미안허다."

성진이는 찬수의 충고를 생각하며 먼저 사과를 했다. 성진이 사과를 하자 성호도 말소리가 조용해졌다.

"아니 뭐 그럴 수도 있지. 나야 엄니와는 담쌓고 살았응께..."

성진은 성호를 잘 달래서 일단 석 달 동안 어머니를 요양원에서 살펴보고 상태가 호전될 기미가 없으면 그때 아파트 문제를 다시 이야기하기로 합의를 했다.

성진이는 일주일에 한 번 정도는 요양원을 찾았다. 성진이 처도 시간 나는 대로 시어머니가 좋아하는 과일을 챙겨서 들렀다. 그러나 박 여사는 전혀 좋아지지 않았다. 먹는 것도 많이 줄었고 매사에 의욕이 없었다. 놀이 시간에도 안 나오고 침대에 누워만 있었다. 성진이가 찾아가도 원망만 늘어놓고 어서 집에 데려다 달라고만 했다.

"여기는 다 빙신들만 있어... 여기 있다가는 나도 저리 빙신 되겠다."

성진이는 답답했다. 원장 말로는 두 달 정도 지나면 요양원의 시스템에 적응하면서 좋아질 거라고 했지만 성진이 보기에는 영 아니었다. 진료하신 원장님도 적응하는 데 시간이 좀 걸린다고 하였다. 성진은 들어가기 힘든 요양원에 들어가셨으니 약속대로 석 달은 참아보기로 하였다. 아내도 어머니가 계속 적응을 못 하시면 다시 집으로 모시면 되니까 너무 실망하지 말라고 위로했다.

그리고 두 달이 지났다. 성진이는 지방에 일이 있어서 보름 정도 면회를 못 했다. 그런데 아내가 면회를 하고 왔는데 어머니가 달라졌다는 것이다. 잘 드시고 얼굴도 좋아지시고, 요양원에 잘 적응하시는 것 같다는 것이다. 신기하기도 하고 다행스럽기도 하여 올라오자마자 요양원에 들렀다. 정말 어머니가 명랑해지셨고 열심히 요양원의 프로그램을 따라 하고 계셨다.

원장님을 만나서 이야기해 보니 일주일 전에 촉탁의 선생님과 만나고 난 후에 좋아지신 것 같다는 것이었다. 다음 날 성진은 음료수를 한 박스 사 들고 의원을 찾았다. 원장님을 만나서 이야기를 해보니 원장님도 별말씀을 안 했다는 것이었다. 다만 어머니에게 걱정이 뭐냐고 물으니 냉장고에 고기를 넣어두고 왔다고 하시길래, 잘 드시고 치료 잘 받아야 얼른 가서 냉장고의 고기로 식사를 하실 수 있다고 했다는 것이었다.

그러고 보니 어제 성진이에게도 냉장고 잘 지키라고 알쏭달쏭한 말을 하셨던 것이 기억이 났다.

아무튼 어머니가 요양원에 잘 계시면서 우울해하지 않으시니 다행인 것은 사실이었다. 그러자 동생에게서 전화가 왔다. 어머니가 요양원에 잘 계시니 이제 아파트를 정리하자는 것이었다. 꼭 석 달을 기다릴 필요가 없다는 논리였다. 요양원에 전화로 확인을 해보니 오래오래 잘 계실 것이라고 했다는 것이다. 성진이는 마음에 걸리는 것이 있었다. 저러다 좋아지시면 다시 집으로 모셔야 되지 않을까 하는 걱정이었다.

"성님, 엄니가 좋아진다고 다시 걸 수가 있답디까. 인자는 어차피 거기서 사는 거요. 그러다 거기서 편히 돌아가시면 우리 모두가 좋지..."

성호는 신이 나 있었다. 성진은 일단 누님까지 모두 모여서 이야기하기로 했다.

3

"그러니까 보증금 3천을 세 가족이 똑같이 나누면 좋겠다. 그리고 백만 원씩을 떼서 어머니 장례비용으로 묻어두기로 하자."

성진이 보증금 문제를 마무리하려 하자 성호가 눈에 불을 켰다.

"아니, 누님도 똑같이요?"

성진이 성호를 노려봤다. 그리고 못을 박았다.

"그려, 법이 그려. 지금은 남녀의 구별, 출가했냐 안 했냐 구별이 없어졌어."

"그려도, 나는 애가 셋이고... 성님은 어머니한테 그 뭐시기냐... 우리보다 많이 받았응께..."

"그걸 편애라고 헌다, 편애!"

누나가 거들었다.

"맞어, 편애를 받았응께 이번에는 양보하면..."

성진이는 기가 막혔다. 그동안 어머니를 혼자 모시다시피 했는데, 어릴 때 편애를 받았다고 양보를 하라니 속이 끓었다.

"성호야, 그럼 니가 많이 가져가면 엄니 요양원비도 나눠서 낼래? 니가 삼 분의 일 내라."

그 말에 성호는 말을 잇지 못했다. 사실 요양원비도 매달 칠십만 원이 되었다. 성진은 가족끼리 돈 문제로 얼굴 붉히지 말자고 달래고 달래서 성진은 천만 원, 성호는 천사백, 누나는 육백으로 마무리를 했다. 대신 누나는 장례비를 안 내고, 아들들만 백만 원씩 내서 그것은 통장을 따로 만들어서 장례 때까지 손대지 않고 묻어두기로 했다. 성진은 아파트 문제가 누님의 양보로 원만히 해결되어서 너무나 좋았다. 어머니가 쓰시던 살림살이 중에서 쓸만한 것은 성호네가 가져가고 나머지는 폐기 처분 하기로 했다.

가을이 되었다. 어머니는 이제 냉장고 이야기 없이도 잘 적응하고 계셨다. 성진이 면회를 가는 횟수도 점차 줄었다. 아기 엄마가 가끔 가고 성진은 두 달에 한 번도 안 가게 되었다. 그만큼 어머니가 별문제 없이 잘 계셨다.

구정에 가서 뵈니 휠체어는 타시지만 습관이 되어서 타시지 조금씩 걷기도 한다는 것이었다.

담당 요양사들도 어머니가 제일 잘 지내신다고 칭찬을 해주었다.

"진아, 바쁜디 자주 올 것 없다. 나 잘 있응게 걱정 말고..."

면회를 마칠 때 어머니가 오히려 성진을 걱정해 주었다. 돌아오는 길에 성진은 노인요양 서비스가 참 좋은 제도라고 집사람과 침을 튀기며 이야기를 나누었다.

사월로 접어들어서 일감이 좀 늘었다. 성진이 지친 몸으로 집에 들어오니 아내가 한숨을 쉬고 있었다. 이른 봄인데도 날이 더웠다. 말이 인테리어 작업이지 노가다 일이라 이제는 힘에 부쳤다.

"여보, 우리 큰일 났어."

"왜, 무슨 일인데?"

성진은 의자에 앉아서 양말을 벗으며 물었다. 아내가 얼굴 가득히 걱정을 안고 양말을 주우며 말했다. 딸 효선이 달려와서 안겼다. 성진은 효선을 안아서 무릎에 앉히며 볼을 비볐다.

"어머니가 요양원을 나와야 된대요."

성진은 갑자기 뒤통수를 망치로 맞은 느낌이었다.

"그게 무슨 말이여? 요양원을 나와야 한다니. 말썽 없이 잘 계신다며..."

아내는 주방으로 가면서 힘없이 말했다. 성진도 효선을 내려놓았다.

"그게요. 너무 잘 계셔서 이제는 집에 가셔도 된다네요. 당신이 내일 요양원에 가봐요. 등급이 안 나온다고..."

성진은 이게 무슨 말인지 이해가 안 되었다.

"그러니까, 우리도 어쩔 수가 없어요. 어머님이 너무 좋아지셔서 이번 등급심사에서 떨어지셨어요. 아예 등급이 안 나왔어요."

원장은 미안하여 성진에게 고개를 들지 못했다. 성진은 눈을 부라리며 천장을 보았다. 하늘이, 아니 천장이 노랬다.

"등급이 안 나왔다고요?"

혼잣말처럼 중얼거렸다.

"우리가 어머니에게 좀 엄살을 떨라고 주의를 주긴 했는데... 어머니가 공단 담당자들 앞에서 그만...."

일 년 만에 실시하는 등급심사에서 어머니가 말도 잘하고, 계산도 안 틀리고, 걷는 것도 잘 걸으셔서 등급이 조정되었는데 아예 정상이라고 나왔다는 것이다.

"성진아, 자주 안 와도 된다니까 또 왔네."

어머니가 상담실 문을 빼죽이 열고 방긋 웃으면서 고개를 내밀었다. 성진은 어머니를 보고 웃어야 할지 울어야 할지 도저히 표정을 지을 수가 없었다.

"심사가 삼 개월마다 있으니까 삼 개월은 그냥 여기 계시면서 재검을 신청해 볼까요?"

원장이 제안을 했다. 그런데 그러려면 삼 개월은 정부 보조가 없으니 거의 매달 이백만 원씩 든단다. 그리고 그런다고 등급이 이전처럼 나온다는 보장도 없었다. 어머니가 극적으로 나빠지지 않으면 말이다. 그게 아니면 어머니는 내일 당장 요양원을 나가셔야 된단다.

"극히 드문 경운데, 좋아져도 너무 좋아지셔서.."
요양원을 나오는 성진에게 원장이 머리를 조아리며 속삭였다.
성진은 허탈한 마음에 다른 생각이 안 떠올랐다. 차에 앉아서 담배를 물었다. 마음이 너무도 울적했다.
'어머니가 너무 많이 좋아지셨다는데, 왜 아들인 내가 전혀 기쁘지 않은가, 왜, 왜?'

밀물은 반드시 온다

1

분만 환자가 산통이 시작되었다. 자궁 문이 8센티 정도 열렸다고 연락이 왔다. 우철은 눈을 비비면서 당직실을 나왔다. 경산 환자라 쉬우면 한 시간 정도에 끝날 것이고 어려우면 두 시간은 걸릴 것이었다. 시계를 보니 12시 30분이었다. 순조롭게 분만이 진행되기를 바라며 분만실로 향했다. 2층의 절반은 수술실과 분만실, 마취과장실이 도로 쪽으로 있고 절반은 신생아실과 산모대기실이 있었다. 2층의 복도 맞은편, 주택가 쪽은 당직실과 특실이 있었다.

분만은 잘 진행되었고 아기도 3.6kg으로 건강했다. 우철은 신생아가 울음을 크게 터트린 후에 신생아실 간호사인 이 간호사에게 안겨서 신생아실로 가는 것을 확인한 후에 회음부 절개 부위를 천천히 봉합했다. 수술방 당직인 고 간호사는 곁에 서서 하품을 하고 있었다.

"새 생명이 탄생하는 이 엄숙한 순간에 하품이 나오나? 더구나 여자가 입을 떡 벌리고..."

우철이 팔꿈치로 고 간호사의 허벅지를 쳤다. 고 간호사는 마지막 봉합사를 자르며 다시 하품을 했다.

"낮에 동생 학교 데리고 다니느라 한잠도 못 자고 나왔어요."

"왜? 엄마가 안 데리고 갔어?"

"엄마가 몸살이 났어요. 아마 오늘 병원에 오실 거예요."

고 간호사는 큰딸인데 이제 유치원을 다니는 늦둥이 남동생이 있었다.

우철은 오늘은 별다른 응급환자 없이 편히 자기를 바라며 당직실에 들어가 누웠다. 그리고 막 잠이 들려는데 전화가 울렸다.

"선생님, 아기가 이상해요."

신생아실 이 간호사였다. 우철은 벌떡 일어나서 신생아실로 뛰었다. 방금 태어난 아기가 청색증이 생기며 호흡이 약했다. 청진기를 대보니 폐 잡음이 심했다. 우철은 얼른 아기를 거꾸로 들고 등을 살살 두드렸다. 그리고 아기 코를 막고 아기 입에 숨을 몰아쉬어 주었다.

"빨리 분만실에서 썩션 가져와요."

아기가 입으로 약간 누런 물을 흘렸다. 입으로 썩션을 하니 물이 제법 나왔다. 그러다 아기가 재채기를 했다. 누런 물이 조금 더 나왔다. 청진을 해보니 폐 잡음이 많이 없어졌다. 아기를 제자리에 누이고 우철은 곁에 앉았다. 이 간호사는 이상하다는 듯이 고개를 갸웃거렸다.

"아기가 잘 울었는데, 분만하고 구강 썩션도 잘했는데…"

"미스 리, 산소를 0.5리터로 두 시간 정도 주자. 아마 양수를 많이 먹었나 봐. 잘했어. 무슨 일이든 이상이 있으면 꼭 나에게 연락해. 혼자서 우물거리지 말고."

아기는 정상적으로 호흡을 하며 잠이 들었다. 우철은 산모에게 가보았다. 잘 자고 있었다. 다른 분만대기 환자도 잘 자고 있었다. 내일 제왕절개 수술을 예약한 환자였다.

"내가 좀 볼 테니까, 미스 리는 좀 쉬어라. 두 시간만 봐줄게."

미스 리는 고맙다는 인사를 하고 신생아실의 쪽방으로 들어갔다. 미스 리는 낮에는 대학을 다니면서 밤에만 당직을 하는 신생아실 당직 간호사였다. 서로 가깝게 있었고, 밤에 산모나 신생아 때문에 자주 얼굴을 봐야 했기에 우철은 미스 리에게, 또 미스 리는 우철에게 서로 각별히 대하기는 했었다. 우철은 당직실에서 소설책 《태백산맥》을 가져왔다. 두 시간이 지나서 산소를 중단하고 쪽방 문을 열었다. 좁은 방에 간이침대가 있었다. 미스 리는 몸을 웅크리고 모로 누워서 자는데 벽을 보고 누워 있어서 초록색 유니폼이 말려 올라가서 허벅지가 다 보였다. 미스 리는 그것도 모르고 곤히 자고 있었다. 우철은 빈 신생아 바구니에서 담요를 가져와서 미스 리의 몸을 덮어주었다. 그리고 책을 마저 읽으면서 미스 리를 깨우지 않았다. 두 시간이 더 지나니 날이 밝아오고 있었다. 신생아를 청진해 보니 폐 잡음이 거의 없었다. 우철은 미스 리를 깨웠다. 눈을 비비며 나오더니 벽시계를 보고 놀랐다.

"어마, 6시가 지났네. 왜 안 깨우셨어요?"

미스 리가 담요를 개면서 우철에게 물었다. 우철은 일어나서 신생아실을 나오며 기지개를 켰다. 책을 흔들면서 당직실을 향했다.

"너무 곤하게, 코를 골면서 자길래, 예쁜 꿈 계속, 많이 꾸라고..."

미스 리는 눈을 크게 뜨고 놀라며 멍하니 우철의 뒷모습을 보았다.

얼굴이 붉어졌다.

'코를 골았다고? 내가?'

병원 식당에서 아침을 먹고 당직실로 오니 미스 리가 기다리고 있었다. 손에 자판기 커피를 두 잔 들고 있었다.

"아직 안 갔어? 학교는?"

"오늘 오전 수업이 없어요. 커피 드실래요?"

미스 리가 커피를 들어 보였다. 연보라색 셔츠에 청바지가 잘 어울렸다. 우철은 커피를 받고 당직실 문을 열었다. 미스 리는 이름이 서영이였다.

"들어와, 같이 마시자."

서영이는 조금 망설이더니 우철이 손짓을 하니까 주변을 둘러보고는 당직실로 들어왔다.

"에계계, 아무것도 없네요?"

들어와서 침대에 걸터앉으며 방을 둘러보았다. 우철은 책상 앞 의자를 돌려 앉으며 웃었다. 책상 위에 의학서적과 소설책만 몇 권 세워져 있었다.

"그럼 노총각 혼자서 사는 당직실에 뭐가 있겠냐?"

서영은 커피를 마시며 침대보를 만졌다.

"그래도 너무하다. 예쁜 액자라도 하나 있어야지..."

우철은 커피를 다 마시고 책상 밑에서 휴지통을 끄집어냈다.

"밤에만 일하면 힘들 텐데, 서영이는 대단해. 빈 컵은 여기에 버려."

서영이 빈 컵을 버리고 다시 침대에 앉으면서 엉덩이를 들썩거렸다.

"쿠션은 좋아서 잠은 잘 오겠네요."

우철은 책상 위의 책을 바로 세우며 물었다.

"서영이는 무슨 과야?"

"예, 사회복지학과를 전공하고 있어요."

"사회복지학과... 앞으로 전망이 좋지. 차츰 수명이 연장되고 국민들 수준이 높아지니까."

우철이 침대로 가서 서영의 곁에 앉았다. 서영이 약간 자리를 비켜주었다. 그러면서 고개를 약간 숙이며 손을 조물락거렸다. 속삭이듯이 하는 말이 우철의 귀를 간지럽혔다.

"밤에 고마웠어요. 신생아실도 지켜주시고... 또 담요도 덮어주시고."

우철도 장난하듯이 얼굴을 가까이 대고 속삭였다.

"그래, 예쁜 꿈 꾸었어?"

서영이 고개를 돌렸다. 우철은 보더니 쑥스러운 표정으로 속삭였다.

"꿈은 원래 잘 안 꾸어요. 어제 수업이 많아서 피곤했나 봐요."

"오늘 보니 서영이 참 귀엽다. 커피도 고맙고."

서영이 심각한 표정으로 자기 손을 서로 비틀며 물었다.

"근데, 제가 정말 코를 골았어요?"

우철은 눈을 크게 뜨며 되물었다.

"코를 골아? 아니, 못 들었는데..."

서영이 두 손으로 우철의 가슴을 마구 두드렸다.

"아이 몰라... 그것 때문에 얼마나 고민했는데... 아이잉."

우철은 뒤로 몸을 피하며 놀렸다. 서영이 눈을 흘기면서도 웃었다.

"안 골았어. 숨소리가 정말 고요했어. 서영아, 나도 쉬어야 되고, 너도 어서 가서 쉬어야지."

서영은 조용히 일어나서 고개를 숙인 채로 뒷걸음으로 문으로 갔다.

"선생님, 고마웠어요. 감사해요."

고개를 숙여서 인사를 하고 도망치듯이 방을 나갔다. 우철은 서영이 나간 문을 한참 바라보다가 벌렁 누웠다. 갑자기 피로가 몰려왔다.

2

저녁이 되었다. 오늘 제왕절개술로 낳은 신생아가 한 명 있었고, 어제 분만한 신생아까지 두 명이 신생아실에 있었다. 10시가 넘어서 신생아실에 갔다. 서영이 반갑게 맞아주었다.

"오늘 나온 아기는 괜찮아?"

"예, 아주 좋아요. 아기가 좀 커요. 4.2kg이에요."

서영이 아기를 들어 보여주었다. 얼굴이 포동포동하고 붉었다.

"애기 엄마가 덩치가 크더라."

우철이 아기의 볼을 만져주었다. 서영이 아기를 아기 바구니에 내려 놓더니 쪽방으로 갔다. 그리고 조그만 액자를 가져와서 우철에게 주었다. 화려한 꽃밭에 무수한 여러 종류의 꽃들이 피어 있고 가운데에 붉은 장미가 한 송이 크게 자리 잡고 있었다. 우철은 액자를 들어서 자세히 보면서 칭찬을 날렸다.

"이야, 무척 화려한데. 멋지다."

"방에 걸어두시면 분위기가 좋아질 것 같아서..."

서영이가 고개를 숙이면서 조그맣게 속삭였다. 우철은 서영을 보며 웃었다.

"미스 리는 원래 목소리가 그렇게 작아?"

서영은 더 고개를 숙이며 목소리도 더 작아졌다.

"아뇨, 저는 작은 줄 모르겠어요. 좀 작나요?"

우철이 서영의 손을 잡고 살짝 흔들며

"고맙다. 어서 가서 걸어봐야겠다."

라고 말하는데 전화벨이 울렸다. 서영이 후딱 손을 빼더니 전화를 받았다.

"예, 알았어요. 언니."

서영이 눈짓으로 응급실임을 알렸다. 우철은 서영에게 받은 액자를 다시 서영에게 주고 응급실로 갔다. 술에 취해서 넘어져 머리가 터진 환자였다. 피가 얼굴에 범벅이었다. 치료를 안 받겠다고 발버둥 치는 환자를 보호자와 같이 붙들고 겨우 봉합을 하고, 두개골을 촬영하라 했더니 욕을 바락바락하면서 비틀거리고 나갔다. 보호자에게 위험할 수 있는 경우를 설명하고 약을 처방했다. 한숨을 쉬며 앉아 있는데 응급실 간호사 미스 김이 시원한 포도 주스를 가져왔다. 우철은 가운에 피가 튀어서 알코올로 닦고 있었다.

"신생아실에 문제 있어요?"

미스 김이 의미심장한 목소리로 물었다. 우철은 계속 피를 닦으며 대수롭지 않게 대답했다.

"응, 어제 신생아가 양수를 많이 먹어서 청색증이 왔었거든."

"어제 일인데 오늘까지 가보셨다... 거기 미스 리가 좀 예쁜데, 몸매도 잘 빠졌고.."

우철은 피식 웃으며 미스 김의 어깨를 쳤다. 주스를 마시며

"그래도 너만 하겠냐. 체격이나 미모나 네가 훨 낫지."

라고 미스 김을 띄워주었다. 미스 김은 볼펜으로 턱을 찌르며 웃었다.

"그렇게 생각하신다면 약간 안심인데... 걔가 참 착하긴 하지."

우철은 일어나 손가락으로 미스 김의 턱을 찔렀다.

"귀여운 미스 리 보러 신생아실 간다. 쓸데없는 전화로 분위기 깨지 마라."

우철은 손을 흔드는 미스 김을 뒤로하고 2층으로 올라왔다.

"근데 왜, 서영 씨는 브라를 안 했어?"

우철은 그동안 궁금했던 것을 물었다. 항시 보면 초록색 유니폼만 입는 것 같았다. 여자들의 등에 보이는 브라 끈의 자국이 안 보였으니까.

서영이 웃으며 얼굴을 붉혔다. 아기에게 우유를 먹이며 우철을 보았다.

"우유 먹일 때 브라를 안 해야 아기하고 더 친밀히 접촉이 되죠. 아기가 훨씬 더 안정되는 것 같아요. 심장 소리를 더 밀접히 느끼니까요. 하지만 다른 때는 해요."

우철은 참 기특하다고 생각이 되었다. 일어나서 서영의 어깨를 도닥

거려 주며 물었다.

"그건 배운 거야, 자신의 생각이야?"

서영이 아기에게 주던 젖병을 옆에 놓고 아기 등을 두드렸다.

"그냥, 그렇게 생각했어요. 선생님 생각은 어때요?"

"그건 여기에서 근무하면서 잘 관찰·기록하여 논문으로 제출해도 되겠다. 브라 할 때와 안 할 때의 아기가 보이는 반응의 차이. 내 생각도 아기에게 훨씬 좋을 것 같아."

"어떻게 반응을 알아요?"

서영이가 눈을 굴리며 물었다. 우철은 볼펜을 돌리며 'HR'이라고 썼다.

"다른 것은 알 수가 없고 심박수가 가능한 지표가 되겠지. 얼마나 뛰는지는 측정이 가능하니까. 브라를 하고 안고 있을 때와 노브라로 안고 있을 때의 차이."

서영은 눈을 반짝이며 방긋이 웃었다. 우철은 서영을 보며 안고 있는 신생아 볼을 만졌다.

"이 액자는 어떻게 골랐어?"

서영은 얼굴을 붉히면서도 우철을 똑바로 보았다.

"선생님 방에 꼭 어울리는 것을 찾으려 했는데, 가게에 가니 이것이 눈에 딱 띄었어요. 마음에 드셔요?"

"방이 환해지겠다. 분위기가 전혀 달라지겠다."

우철은 서영에게 환하게 웃어 보이며 액자를 들고 방으로 향했다. 그러다 돌아와서

"미스 리, 내가 언제 저녁 살 테니까 날짜를 맞춰보자. 데이트 신청이

니까 자기 쉬는 날, 나도 쉬면 되겠지."

라고 데이트 신청을 했다. 서영은 환하게 웃고만 있었다.

우철은 아침을 먹고 올라오자 곧바로 잠이 들었다. 새벽에 교통사고 환자가 와서 두어 시간을 설쳤더니 많이 피곤했다. 다행히 오늘은 수술 스케줄이 없어서 좀 쉴 수가 있었다. 잠이 깨니 11시였다. 일어나서 서영이가 준 액자를 책상 앞에 걸었다. 조그만 해서 걸기는 쉬웠다. 화려한 꽃들 중에서 가운데 붉은 장미가 마치 서영이 같았다. 우철은 고개를 갸웃거리며 액자의 의미를 되짚어 보았다.

'고 깜찍한 것이 이걸 노리고 이 액자를 골랐나?'

3

분만실이 조용해졌다. 셋째가 아들이라고 친정어머니가 방실방실 웃으며 아기를 보고 또 보며 딸을 칭찬했다. 나가는 산부인과 과장님께도 몇 번이나 고맙다고 인사를 했다.

"고생했다. 이제는 복 받을 일만 남았다. 종손 집안의 대를 이었으니..."

분만실을 나오는 딸의 손을 만져주며 연신 칭찬을 했다.

산모를 침대로 옮기고 돌아와서 서영은 아기를 더운물에 씻겼다. 친정엄마는 여기저기 전화할 데가 많다면서 1층으로 내려가고 있었다. 아기를 씻기는데 산모 방에서 무슨 소리가 났다. 다른 대기 환자는 없었다.

'별일이 없었는데.'

하며 아기를 씻겨서 포대기로 싸는데 또 소리가 들렸다. 아기를 신생 아 바구니에 놓고 산모 방에 귀를 대보았다. 꺽꺽거리는 소리였다.

'산모가 토하나?'

서영은 수건으로 손을 훔치며 산모 방으로 서둘러 가보았다. 방에 들 어서다 서영은 방 안의 광경에 기겁을 했다. 산모가 바닥에 거꾸러져 있었다. 달려가서 산모를 보았다. 얼굴이 잿빛이었다. 눈이 허옇게 뒤집 어져 있었다. 거의 숨을 못 쉬고 있었다. 서영은 정신없이 응급실로 전 화를 했다. 서영의 보고를 듣자마자 우철이 득달같이 뛰어 올라왔다.

"빨리 인튜베이션(기관지삽관) 세트 가지고 김 간호사 오라고 해. IV 라인 잡고."

우철도 정신이 없었다. 코를 막고 구강 대 구강 인공호흡을 하며 청 진기로 심장을 청진했다. 아마도 가장 응급상황인 '양수색전증' 같았 다. 김 간호사가 달려왔다. 인튜베이션을 하고 앰부 백으로 인공호흡을 하면서 맥을 짚었다. 약하게 뛰는 듯 마는 듯 했다. 에피네프린을 근육 주사 하고, 김 간호사에게 인공호흡기를 맡기고 과장님께 전화를 했다. 아직 집에 도착하지 않으신 것 같았다. 삐삐로 호출을 하고 곧바로 구 급차를 대기시켰다. 환자가 죽기 전에 종합병원으로 옮겨서 처치를 해 야 한다. 늦으면 회생이 불가능할 것이었다. 한시가 급했다.

과장님과 연락이 안 되었지만 인공호흡을 하면서 영등포의 종합병원 으로 향했다. 친정엄마는 전화를 하다 말고 와서는 딸의 회색빛 얼굴 을 보고 바닥에 주저앉았다. 구급차가 출발 준비를 마치고 환자를 실었다. 우철은 서영을 찾았다. 신생아실에서 넋을 잃고 있었다.

"미스 리, 정신 차리고. 차트 정리 잘해라. 발견한 시간, 나에게 연락한 시간, 내가 온 시간, 처치 시작한 시간을 다 빠짐없이 잘 적어야 돼. 알았지? 혈압, 호흡, 맥박. 지금은 기록이 제일 중요해!"

구급차가 출발했다. 우철은 인공호흡을 계속하면서 기도했다.

'죽으면 안 됩니다. 제발 살려주세요. 응급실 갈 때까지는 꼭 살아 있어야 합니다. 하느님, 환자를 살려주세요!'

친정어머니는 딸을 붙들고 꺼이꺼이 미친 듯이 울었다.

"아이고, 아들 잘 낳고 이기 무슨 변고여? 아가, 아가! 눈 떠봐... 눈을 떠봐!"

병원에 돌아오니 응급실 김 간호사가 걱정스러운 표정으로 맞았다.

"어떻게 됐어요?"

"응, 살아서 응급실에 들어갔어. 과장님 오셨어?"

우철이 파김치가 되어서 거친 호흡을 내뱉으며 말했다.

"오셔서 신생아실에 계세요. 방금 오셨어요."

우철은 신생아실로 갔다. 과장님이 심각한 표정으로 앉아서 산모의 차트를 보고 있었다. 아까 가실 때의 복장 그대로였다. 우철이 들어오는 것을 보더니 큰 한숨을 쉬며 물었다.

"살아서 갔어?"

"예, 거기서도 '양수색전증'으로 생각하고 바로 중환자실로 갔습니다."

과장님은 볼펜으로 책상을 두드리며 고개를 끄덕였다.

"참 인생이라는 것이... 아들이라고 방긋이 웃던 모습이 눈에 선한데, 이런 일이 일어나네..."

우철은 옆을 보았다. 서영은 쪼그리고 앉아서 벌벌 떨고 있었다.

"차트 정리는 잘되었네. 불가항력이야. 우리가 할 일은 다 했고, 운명은 하늘만 알겠지..."

과장님은 어깨를 늘어뜨리고 신생아실을 나가셨다. 우철이 따라 나갔다. 우철을 돌아보더니

"산부인과 의사가 겪는 숙명이지. 누구도 피할 수 없는..."

이라고 넋두리를 하며 어깨를 늘어뜨리고 계단을 내려갔다. 우철은 그 모습에서 산부인과 의사의 고뇌를 읽을 수가 있었다.

불가항력적인 치명적 질환. '양수색전증'.

"수고했네. 미스 리도 잘했으니 기운 내라고 해. 울지 말고."

과장님이 가시고 우철은 신생아실에서 서영을 달랬다. 서영은 자기가 너무 늦게 산모에게 가서 산모가 더 위험해졌다고 자책을 하고 있었다. 우철은 서영을 열심히 달래고 격려했다. '양수색전증'은 발생 기전은 알지만 원인도 모르고 예방법도 없다. 정말 운명이 그리 정하면 분만 후나 분만 중에 일어나는 불가항력적이자 치명적인 질병이다. 서영은 우철의 품에 안겨서 울었다. 우철은 등을 도닥여 주며 달래고 또 달랬다.

다음 날 서영이 병원에 못 나왔다. 우철은 걱정이 되었지만 기다릴 수밖에 없었다. 병원이 전체적으로 침울했다. 산모는 '양수색전증'이 확실한 것으로 판명이 되었고 중환자실에서 치료 중이나 중태라고 알려

왔다. 그다음 날 서영이 출근을 했다. 우철은 일찍부터 신생아실에 가려 했지만 초저녁에 환자가 많았다. 10시가 넘어서야 환자들이 정리가 되었다.

"나 신생아실에 가 있을게."

우철이 미스 김에게 말하자 미스 김이 걱정을 했다.

"착한 애가 충격이 엄청났을 거예요. 그것 처음 당하면 며칠 잠 못 자요. 환자 오면 연락드릴게요. 어서 가서 아픈 마음을 어루만져 주시와요. 그랬다고 진짜 만지지는 마시고!"

미스 김이 마지막 말에 힘을 주어 못을 박았다. 우철은 실없이 웃으며 고개를 크게 끄덕이고 응급실을 나왔다. 서영은 얼굴이 달덩이가 되어 있었다. 예쁜 얼굴이 눈은 퉁퉁 부어서 뜬 것인지 감은 것인지 구분이 어려웠다.

"자려고 누우면 산모의 그 잿빛 얼굴과 꺽꺽거리는 소리가..."

서영이 다시 훌쩍거렸다. 우철이 서영의 어깨를 잡았다. 어떻게 위로를 해주고 힘을 주어야 할지, 어제부터 곰곰이 생각했던 이야기를 들려주어야겠다고 생각했다.

"미스 리, 이런 일 처음이지?"

서영이 고개를 끄덕였다.

"앞으로 또 이런 경우를 당할 수도 있어. 그럴 때마다 이런 태도를 가지면 이 일 못 하지. 이번에 잘 극복해야 다음에는 더 잘 대처해서 환자를 살릴 수가 있어."

서영이 부은 얼굴을 들어 우철을 보았다. 우철은 자신 있는 미소를 지으며 서영에게 충고했다. 서영은 꼼짝하지 않고 들었다.

그리고 그 후로 서영은 아기에게 분유를 줄 때도, 분만대기실을 갈 때도 속으로 중얼거렸다.

'나는 최선을 다했다. 불가항력적인 일이었다. 나는 이겨낼 수 있다. 다음에는 침착하게 대처하면 살릴 수 있다.'

서영은 택시에 앉아서 우철의 손을 꼭 잡았다. 우철은 웃으며 서영의 손을 토닥여 주었다.

"잘 알았지? 절대 다른 이야기는 할 것 없어. 차트에 써진 대로만 이야기하면 돼. 중요한 것은 말을 안 바꾸는 거야. 말을 바꾸는 순간 형사들은 문제가 있다고 의심을 시작해."

서영은 걱정스러운 표정이었지만 입술을 꼭 다물고 스스로를 달랬다.

오늘은 두 사람이 산모 사망 사건에 대해서 참고인 조사를 받으러 영등포 경찰서에 가는 날이었다. 원장님의 배려로 두 사람이 한꺼번에 받게 되었다.

형사는 서영이 혼자만을 조사하려 했지만 우철이 강력히 항의했다. 자신이 변호사는 아니지만 너무 참고인이 떨고 있으니 곁에만 있어주겠노라고 사정 반, 항의 반 섞어서 주장했다. 그리고 조사를 받는 내내 서영의 손을 잡아주었다. 쓸데없는 말을 하려 하면 더 세게 잡아서 말렸다. 조사를 하던 형사가 웃으며 물었다.

"두 분이 애인 사이셔요? 부부 사이셔요?"

서영이 깜짝 놀랐고, 우철은 빙긋이 웃으며 대답했다.

"지금은 아니지만 애인 사이가 될지도 모르죠?"

형사가 고개를 들어서 서영을 보았다. 서영은 얼굴이 빨개져서 고개를 더욱 숙였다.

경찰서에서 나오며 서영은 어지럽다고 경찰서 현관 계단에 주저앉았다. 우철이 자판기 커피를 두 잔 꺼내 와서 주었다. 그리고 서영의 곁, 계단에 앉았다. 서영은 커피를 마시고도 한참을 앉아 있었다.

10월 중순의 오후, 바람은 시원하고 하늘은 맑고 햇살이 따사로웠다.

택시를 타고 가면서 서영은 좀 안정을 찾았다.

"선생님, 고마워요. 선생님이 함께 와주지 않았으면 저는 막 울었을 거예요. 꼭 죄를 지은 것 같았어요. 형사가 그렇게 무서운 줄은 오늘 처음 느꼈어요."

서영은 우철의 어깨에 머리를 기대며 몸을 가늘게 떨었다. 우철은 눈을 감고 조용히 말했다.

"사실 나도 떨렸는데, 너를 보호하려니 더 침착한 척했지. 경찰서는 언제나 기분이 나빠. 그런데 서영이가 말을 침착하게 잘했어. 진술할 때는 안 떨더구만."

서영은 어깨를 기댄 채 우철의 손을 잡았다.

"선생님의 충고를 기억했죠. '나는 최선을 다했다. 불가항력이었지만 최선을 다했다.'라고."

우철은 어깨를 안아주며 흡족하게 웃었다.

택시가 남부순환로를 들어섰을 때 서영이 고개를 숙이며 조용히 물었다.

"선생님, 아까 그 말 진짜예요?"

우철은 서영을 보며 되물었다.

"무슨 말?"

"애인이 될 수도..."

우철은 서영의 말에 크게 웃었다.

"에잉, 그냥 얼른 말을 끊으려고 했지. 그런데 사람 일이란 모르는 것이니까.. 우리가 애인 사이가 안 되리란 법은 없지..."

서영은 고개를 더 숙이며 조그맣게 소근거렸다. 그리고 우철의 손을 다정히 잡았다.

"어쨌든 기분이 좋았어요."

차가 병원 앞에 도착했을 때, 우철이 먼저 내려서 서영이 내리는 것을 도왔다. 손을 잡아주자 방실거리며 좋아했다. 우철이 귀에 대고 속삭였다.

"둘이 시간을 못 내서 밖에서 데이트를 못 하니까, 이렇게 데이트하게 되네. 오늘 데이트도 멋졌지?"

서영이 눈을 왕방울만 하게 뜨며 정색을 했다.

"어머머, 경찰서 계단에서 커피 마시며 한 것도 데이트예요?"

우철은 서영의 푸념을 간지럽게 느끼며 먼저 병원으로 들어섰다.

맑고 파란 하늘에서 10월의 햇살이 따뜻하게 서영의 어깨를 감싸주었다.

4

우철은 석 달을 기다려서 주말에 시간을 냈다. 군대에 갈 날이 한 달도 남지 않았다. 중간에 시간이 났었는데 갑자기 서영이 집에 가야 할 일이 생겨서 미루었다. 서영의 집은 태백이었다. 부모님이 건어물 장사를 하시는데, 넓은 밭도 가지고 있는 경제적으로는 여유로운 집안이었다. 두 사람이 모두 밤낮으로 일하고 공부하는 상태라서 주말이면 서로가 할 일이 많았다. 가끔씩 우철이 신생아실로 가서 대화도 하곤 했지만 여유롭게 데이트하는 것이 힘들었다.

그래도 밤 시간에 짬짬이 얼굴을 보면서 이야기하다 보니 서로 정이 많이 들었다.

우철도 군대에 가기 전에 아파트를 장만하려고 밤낮으로 당직을 서며 고단함을 견디고 있었다. 우철은 서울에서 오랜만에 친구들을 만나서 저녁을 먹기로 했기에 서영이는 식사 후에 찻집에서 만나기로 했다. 저녁 약속은 못 지켰지만 서영은 선선히 저녁식사를 양보했다. 대신 찻집은 서영이가 정하기로 했다.

서영은 창가에 앉아서 택시에서 내려 걸어오는 우철을 보았다. 참 잘생긴 남자다. 우철은 검은색 반코트에 갈색 목도리를 휘날리며 빨간 쇼핑백을 들고 찻집으로 뛰어 들어왔다. 멀리서 한강 물이 형형색색의 야경 불빛에 반짝이고 있었다. 하얀 입김이 얼굴을 가렸다. 초겨울이지만 밤바람이 매서웠다.

"많이 기다렸지? 친구들이 안 놓아줘서, 미안해."

우철이 탁자 맞은편에 앉으며 목도리를 풀었다. 서영은 조용히 웃으며 행복한 표정을 지었다. 서영은 하얀색 니트 폴라 티에 회색 미디스커트를 입었다. 롱 패딩은 접어서 옆 의자에 놓아두었다.

"정말, 서로 밖에서 만나기가 어렵네요. 그래도 이렇게 만날 수 있어서 좋아요."

웨이터가 다가왔다. 우철은 뜨거운 커피를, 서영은 레몬 티를 주문했다. 잔잔한 피아노곡이 흐르고 있었다. 슈만의 '트로이메라이'였다.

"저 피아노곡을 아니?"

우철이 커피를 마시면서 물었다. 서영은 혀를 약간 내밀며 고개를 저었다.

"많이 들어보긴 했는데..."

우철이 빙그레 웃으며 커피잔을 내려놓았다.

"'꿈'이라는 뜻의 '트로이메라이'야."

서영이 눈을 반짝였다. 몸을 앞으로 기울이며

"'꿈'이라고요?"

라고 물었다.

"응."

서영이 찻잔을 두 손으로 감싸며 우철을 바라보았다. 하얀 니트의 붉은 장미 브로치가 유난히 반짝였다.

"오늘 이 분위기에 딱 맞네요. 저는 꿈을 꾸고 있는 것 같으니까요."

우철은 귀엽다는 표정으로 서영을 보면서 들고 온 쇼핑백을 탁자에 올렸다. 서영이 눈을 크게 뜨며 쇼핑백을 보았다.

"내가 너에게 주려고 작은 선물을 샀어. 너도 방에 걸어두고 보면 좋을 것 같은 그림이야."

우철이 조심스럽게 액자를 꺼냈다. 잘 포장된 포장지를 풀어서 자기 쪽으로 그림을 향하게 했다. 그리고 장난스럽게 물었다.

"자, 무슨 그림일까요? 알아맞혀 보세요."

서영은 눈을 굴리며 생각에 잠겼다가 그림을 손가락으로 가리켰다.

"꽃? 아니, 풍경화?"

우철이 액자를 돌리며 말했다.

"풍경화가 맞기는 맞아."

그런데 그림을 본 서영이 깜짝 놀라며 손으로 입을 가렸다.

"어쩜.... 어쩜, 이렇게..."

우철이 놀라며 그림을 서영에게 밀면서 물었다.

"왜? 이 그림을 알아? 집에 있어?"

서영은 입을 가렸던 손을 떼더니 자기 의자 곁에서 하얀 쇼핑백을 들어 올렸다. 그리고 잘 포장된 액자를 꺼냈다. 포장지를 열자 우철이 더 놀랐다. 우철의 것과 똑같은 그림이었다.

"야, 서영 씨도 이 그림을 골랐네. 우리가 뭔가 통하네... 많이 통하네!"

우철이 서영을 지긋한 눈으로 보았다. 서영은 고개를 숙이고 있더니 훌쩍거렸다. 우철이 당황하여 서영의 손을 잡았다.

"왜 울어? 그림 잘 골랐구만. 너무 의미가 있는, 나에게도 딱 맞는 멋진 그림인데."

서영이 고개를 들며 미소를 지었다. 눈가에 눈물이 흐르고 있었다.

"사실 이 그림은 전번에 샀었어요. 그런데 그 꽃 그림도 너무 좋아서 2개를 다 샀거든요. 그리고 이것은 선생님과 헤어질 때 축복의 의미로 드리려고 아꼈어요."

울먹이더니 다시 고개를 숙였다. 우철은 서영의 손을 더 세게 잡으며 물었다.

"서영아, 그 꽃 그림의 가운데 붉은 장미가 너지? 너를 상징하지?"

서영이 고개를 번쩍 들었다. 젖은 눈이 더 맑아 보였다. 그러다 고개를 숙이며 조그맣게

"어떻게 그걸 아셨어요? ...그래서 먼저 드린 건데."

라고 말했다. 그리고 민망한지 혀를 살짝 내밀며 미소를 지었다. 우철이 껄껄거리며 웃었다.

"착한 것 같으면서도 앙큼해요, 이 아가씨가."

서영이 손을 슬그머니 뺐다. 의자 밑으로 내려서 손을 감추었다.

"그런 것이 앙큼한 거예요?"

진지한 질문이 탁자에 떨어졌다. 우철은 일어나서 서영의 곁에 가서 앉았다. 다시 손을 잡아주면서 노래하듯이 속삭였다.

"마음이 통하는 사람끼리는 눈빛만으로도 대화를 하듯이, 꽃 그림을 보면서 매일 너와 대화를 하곤 했지."

서영이 우철을 돌아보며 기쁘고도 놀란 표정을 지었다.

"날마다? 어떤 대화요?"

"응, 그냥... 밥 잘 먹었냐? 오늘은 옷이 이쁘네. 남자친구는 생겼

니?... 뭐 그런 것이지."

서영은 입을 삐죽이며 고개를 돌렸다. 우철은 귀엽다는 표정을 지으며 서영의 어깨를 안았다.

"저는 이 액자를 자기 전에 한 번씩 보고, 잘 닦고 잤어요."

우철은 가슴이 아릿했다. 매일 닦고 잤다니... 서영이 고개를 들어 꿈꾸듯 잔잔히 말했다.

"선생님이야말로 밀물이 오면 힘차게 꿈을 향해 대양으로 나가셔야죠."

그리고 우철을 가만히 바라보면서 말을 이었다.

"저는 그 배가 밀물을 타고 출발할 때 선생님과 함께 타고 있는 꿈을 꾸곤 했어요. 정말 꿈이었지만 그럴 때는 몸이 저절로 뜨거워지고 너무나 행복했어요."

우철은 빙그레 웃으며 서영의 어깨를 더 다정히 안았다. 서영이 입술을 살며시 깨물었다.

"서영아, 지금 그 말은 프러포즈네? 응, 일단 이 프러포즈는 내가 접수하기로 하고.... 정말 꿈이고, 힘들고도 아름다운 꿈이기도 하고.."

우철은 서영의 어깨에서 손을 내려 자신이 사 온 그림을 들었다. 서영은 고개를 숙이고 가만히 그림을 보고 있었다.

"너도 밀물이 들어오면 힘차게 떠날 준비를 하고 있잖아. 그래서 힘든 공부도 하고 있는 것이니까. 나와는 잠깐의 아름다운 꿈을 서로 꾼 것이지. 하지만 꿈은 이루어질 때 더 아름다운 것이니까...."

우철은 고개를 돌려 서영을 보았다. 서영도 맑은 눈을 반짝이며 우철을 바라보았다.

"아! 이 꿈에서 깨어나지 않으면 좋겠어요. 프러포즈는 아니지만 받아주시니 감사하고요."

우철과 서영은 탁자에 놓인 두 그림을 보았다.

석양이 아름다운 바닷가 모래톱에 놓인 돛단배. 그리고 그 밑의 작은 글귀!

The high tide will come, always.

On that day I will go out to the ocean!

세상 사는 법

1

1989년 사월에 개업을 하고 육 개월이 지났다.

이제 좀 자리가 잡혀서 단골도 생기고, 마을에서 인지도도 생겨 환자가 늘기 시작했다. 나도 내가 의정부에 개업을 하리라고는 꿈에도 생각 못 했는데...

가까운 부대에 군의관으로 있는 후배가 인사를 왔다. 삼 년 후배지만 단과대학 체육대회 때 탁구선수로 마주쳤던 기억이 있었다. 이 후배는 왼손잡이라서 아주 힘들게 시합을 했던 기억이 있어서 반갑게 만나서 저녁을 먹었다.

"선배님은 어떻게 이곳에 개업을 하셨어요? 연고가 있으셔요?"

후배가 물었다. 영권은 소주를 마시며 고개를 저었다.

"아니, 전혀 없지. 가족들이랑 도봉산에 놀러 왔다가, 산 중턱에서 보니 마을이 제법 크더라고 공장들도 좀 있고, 내려와서 복덕방에 물으니 마을에 의원이 없다길래. 그래서 자리를 잡았지."

반주로 소주를 한 잔씩 하고 영권은 술도 깰 겸 후배와 당구장으로 갔다. 의원 옆에 전주에서 가까운 관촌 출신의 어른이 운영하는 작은 당구장이 있었다.

"아이구, 원장님이 다 오셨네? 당구 좀 치시나?"

이 사장이 반갑게 맞았다. 고향은 관촌이지만 이 동네에서 20여 년을 살아서 거의 터줏대감이셨다. 체격도 컸고 얼굴도 넓적한 인상 좋은, 그야말로 동네 아저씨였다.

"예, 한 이백 칩니다."

"그려 그 정도면 제법 치는 편이지."

담배 연기 자욱한 당구장에서 후배와 당구를 치는데 주인이 와서 물었다.

"막내가 핸드볼 선순데 요즘 허리가 아프다네... 진찰 한번 해주실래요?"

"아! 그 중학교 다니는 아들? 많이 아프대요?"

"한 보름 전부터 그러는데... 조금씩 심해진다네..."

주인이 음료수를 게임판 아래에 놓으며 걱정을 했다.

"내일 오전에 데려오시죠. 제가 봐드릴게요."

다음 날 점심시간이 지나서 이 사장은 아들과 함께 의원에 들렀다.

"현호야, 허리가 언제부터 아팠어?"

"그전에도 가끔씩 아팠는데... 한 이 주 됐어요. 운동하다 떨어졌거든요."

영권은 현호를 진찰대에 눕히고 찬찬히 진찰을 했다. 그리고 고개를 갸웃거리며 이 사장에게 말했다.

"떨어지면서 근육이 놀란 것 같은데... 애가 허리가 원래 안 좋은데요. 일단 쉬면서 물리치료를 해보면서 경과를 보면 어떨까요?"

이 사장이 곤란한 표정을 지으며 손을 비볐다.

"오 원장, 그래서 말인데... 진단서를 떼서 학교에 제출하고 쉬게 하고 싶은데 어떻게 안 될까?"

영권은 볼펜으로 책상을 두드리며 이 사장을 보았다.

"사장님, 진단서를 떼드리는 거야 어렵지 않은데. 진찰을 해보니 허리 엑스레이를 찍어보는 것이 좋을 것 같아요. 그것을 보아야 진단 기간이 확실해지니까요."

이 사장이 반색을 했다. 현호를 자리에 앉히면서

"그래 이 기회에 허리를 찍어보자. 확실히 해야지. 운동선순데..."

영권은 의뢰서를 서랍에서 꺼내며 이 사장에게 권했다.

"사장님, 제가 의뢰서를 써드릴 테니 시내에 방사선과 전문의원을 찾아 가셔요. 올해 개업했거든요. 제 소견서를 가져가면 잘해주실 거예요."

"아니, 여기서 찍지?"

영권은 일어나서 미안한 표정으로 이 사장의 손을 잡았다.

"사장님, 우리 의원의 엑스레이는 파워가 약해서 허리가 정확히 안 찍혀요. 그냥 가슴, 팔다리는 찍을 수 있는데... 그러니 수고스럽더라도 전문의원에 가서 찍어가지고 필름과 판독지를 가지고 오셔요."

이 사장은 밝게 웃으며 고개를 끄덕였다. 영권이 주는 의뢰서를 받으며

"아 그래? 그러면 지금 금방 갔다 오지."

라고 말하며 아들을 데리고 나갔다.

영권은 동향 사람이라고 자기를 많이 챙겨주는 이 사장이 고마워서 더 잘 진단을 해주고 싶었다. 진찰을 해보니 우측 하지로 신경 증상이 약간 나타나서 '요추 간 원판 탈출증'이 약간 의심이 되었다.

'아직 어린데... 운동을 계속할 수가..'

영권은 속으로 중얼거리며 볼펜을 돌렸다.

퇴근을 하려는데 현호가 필름과 판독지를 가져왔다. 영권은 필름을 뷰 박스에 걸고 판독지를 읽었다. 일어나서 필름을 다시 보면서 고개를 끄덕이며 진단서를 꺼냈다. 삼 주 진단을 내리고 '절대안정 요함'이라고 비고란에 덧붙였다.

"현호야, 조심해야겠다. 핸드볼이 몸싸움이 심한 운동이라서... 허리가 약간 어긋나 있어. 아빠가 오셨으면 잘 설명해 드릴 텐데..."

현호가 진단서를 받으며 고개를 주억거렸다.

"방금 시내 갔다 오시다가 사고가 났어요. 트럭이 중앙선을 넘어서 받았어요."

영권은 깜짝 놀랐다.

"아니 정면충돌이야? 트럭하고?"

현호가 눈을 마주 보며 걱정스럽게 대답했다.

"예, 지금 G 정형외과에 입원했어요. 무릎이 깨졌다고 내일 수술한다고..."

영권은 현호를 보며 물었다.

"그래 그 정도면 다행이네. 근데 너는 안 다쳤어?"

현호는 진단서를 뒷주머니에 넣으며 목을 돌렸다.

"예. 저는 뒷좌석에 누워 있었거든요. 아빠는 무릎을 핸들 밑에 부딪혀서 그랬나 봐요."

"그려 다행이다. 엑스레이 안 찍고 그냥 써줄걸... 괜히 더 잘해주려다 아빠만 다치셨네. 미안하다야."

"아뇨. 감사합니다."

크게 고개를 숙여 인사를 하고 돌아서서 나가는 현호를 보며 영권은 입맛을 다셨다. 이게 의사들이 흔히 말하는 'VIP 사고'다. 잘 아는 분이나 친척, 특별히 신경 써야 할 환자에게 더 잘해주려다 사고가 나는 경우가 많았다. 기분이 개운치 않았지만 무릎을 내일 수술한다니 큰 사고는 아닌 것 같아서 위로가 되었다.

2

다음 날, 출근하니 황 간호사가 진찰실로 들어오더니 조심스럽게 말했다.

"원장님, 현호 아버지가 돌아가셨대요."

영권은 윗도리를 벗다가 눈을 크게 뜨면서 되물었다.

"누구? 현호 아버지?"

갑자기 머리가 띵했다. 몸을 돌려 황 간호사를 보며 다시 물었다.

"현호 아버지가 왜?"

"모르겠어요. 밤에 성모병원에서 돌아가셨대요."

"성모병원? G 정형외과에 입원했다던데?"

황 간호사가 나가며 대답했다.

"저도 거기까지만 알아요. 조금 전에 현호가 울면서 왔다 갔어요."

동네가 작으니 오는 환자마다 이 사장의 죽음에 대한 이야기를 하거나 그의 죽음에 대해서 물었다. 온 동네가 터줏대감 같았던 이 사장의 죽음으로 하루 종일 들썩였다. 현호는 답답했다. 무릎을 수술하다가 죽은 것도 아니고 수술하려고 입원했다가 종합병원으로 옮겼는데 죽었다는 것이 이해가 안 되었다. 가장 가능성이 있는 경우는 골절로 인한 지방색전증이다. 이 병은 외상, 특히 큰 뼈가 골절되었을 때 생기는 것으로 예방법도 없고 원인도 모르는 무서운 병이다. 그래도 빨리 발견하여 치료하면 죽기까지는 안 하는데...

근무가 끝나자마자 장례식장으로 갔다. 큰아들은 대학교 2학년, 딸이 고등학교 2학년, 현호가 중학교 3학년이고, 몸집 좋은 동갑내기 부인이 있었다.

부인은 넋을 잃고 앉아서 울고 있었다. 영권이 영정을 마주하니 그냥 손을 붙잡고 울기만 했다. 영권은 마치 자기의 잘못으로 어르신이 돌아가신 것 같아서 머리를 들 수가 없었다. 영권은 인사를 마치고 큰아들 재호를 불렀다. 재호도 정신이 없기는 마찬가지였지만 그래도 큰아들이라서 나름 침착했다. 문상객들로 가득 차 있는, 담배 연기에 고스톱 치는 함성에 소란하기 그지없는 장례식장 한쪽에서 상을 받았다. 물만 마시며 재호에게 물었다.

"재호야, 사망진단서 받았지?"

재호가 고개를 끄덕였다. 사망진단서가 없으면 장례식장에서 받아주질 않는다.

재호가 안주머니에서 봉투를 끄집어냈다. 받아서 읽던 영권은 눈이 번쩍 뜨였다. 사망 원인이 '간 파열로 인한 복강 내 과다 출혈, 추정'이라고 쓰여 있었다. 영권은 고개를 갸웃했다. 그러면 무릎만 다친 것이 아니라 상복부나 검상돌기부분을 핸들에 부딪혔다는 것으로 추정이 되었다. 재호는 더 조용히 재호를 붙잡고 신중히 이야기했다.

"재호야. 바쁘더라도 내일, 꼭 G 정형외과에 가서 초진 기록과 입원 기록을 복사해 놔라. 그리고 성모병원의 응급실 진료 기록도 복사해서 받아두어라. 이것은 좀 문제가 있다."

재호가 퉁퉁 부은 눈을 반짝이며 고개를 크게 끄덕였다. 그때 갑자기

"아이고 원장님도 오셨네!"

하며 영권의 어깨를 잡는 사람이 있었다. 동네에서 양아치로 소문난 '고재봉'이었다. 사람들이 이름 대신에 그렇게 불렀다. 성이 고 씨인 젊은 사람인데 술을 먹으면 개차반이고 성격이 난폭해서 동네 사람들이 도끼로 사람을 여럿 죽인 '고재봉'의 별명을 붙여서 불렀다.

"아후, 고 선생은 벌써 한잔하셨네요?"

"아니, 이 성님이 이리 허망히 죽었어, 왜 죽었디야. 원장은 알지?"

재호는 자리로 돌아갔다. 영권은 고 씨와 또 다른 동네 사람들과 잠깐 이야기를 나누다 돌아왔다.

돌아오면서 곰곰이 생각을 해보았다.

'이것은 초진 의사가 간 파열의 가능성을 놓친 것이다. 분명히 핸들에 타박을 입었을 텐데... 정형외과 의사라서 무릎만 진찰하고 입원을 시켰구나. 허 참!'

영권은 신경질이 나기 시작했다. 화가 났다. 의사가 한번 실수하면 이런 엄청난 결과가 일어나는 것이다. 두 아들에 딸 하나, 그리고 나이 든 부인이 졸지에 아버지와 남편을 잃고 가정의 대들보가 사라진 상태로 살아가야 하는 것이다. 돌아오는 내내 의뢰서를 받아 들고 흡족한 웃음을 보이며 아들의 손을 잡고 나가던 이 사장의 후덕한 모습이 떠올랐다.

3일 후에 재호가 어머니와 함께 찾아왔다. 음료수를 한 박스 사 들고 감사했다고 인사를 했다. 영권은 마음이 씁쓸했다.

"재호야 내가 말했던 것 다 챙겼냐?"

재호가 안주머니에서 두툼한 봉투를 꺼냈다. 영권은 얼른 받아서 펼쳐 보았다. 부인은 손수건으로 눈을 훔치며 말없이 앉아 있었다.

G 정형외과의 초진 소견을 읽다가 영권은 한숨을 쉬었다.

환자 내원 당시의 주 증상이 '흉통'이었다. 이 사장은 사고 후 오른쪽 무릎은 아프지만 걸어서 내원을 할 정도였으니 심하지는 않았다. 오히려 흉부 타박상으로 가슴이 많이 아팠던 것이었다. 그런데 G 위원 원장은 무릎 사진과 가슴 사진을 찍고 무릎의 슬개골 골절만 보았고 늑골은 골절이 없으니 무릎 수술 스케줄을 잡고 입원시킨 것이었다.

상복부 좌상으로 인한 다른 상황을 간과한 것이었다. 그리고 당직 의사에게 맡기고 본인은 퇴근했던 것이었다.

입원 기록은 밤에 당직 의사가 기록한 것이었다.

20시;   환자가 숨이 차고 가슴이 아프다고 호소함. 진통제 근육주사.

21시;   환자가 호흡 곤란, 복통 호소; 청진은 특이 소견 없음

22시;   환자 의식 소실, 복부 팽만. BP; 90/60, H/R;128.

             원장님 연락; 전원 하라 하심.

성모병원 응급실 기록은 이랬다.

22시 45분;   앰뷸런스로 내원. 슬개골 골절로 입원 중 내원.

             B/P; 80/60. H/R; 166. 의식 소실

             동공 반사; No.

             복부 팽만; +

             N/S 1000mliv,

             CBC check.

22시 55분;   복부 천자; Uncoagulated blood; ++.

23시;   C/T 실 이동 중 심정지...

기록을 다 읽고 영권은 최대한 침착하게 두 사람에게 말했다.

"이것은 초진에서 흉부 타박상을 입었을 때 생각해야 할 간 손상을 놓친 겁니다. 슬개골이 골절될 정도의 타박상을 가슴에 입었다면 의사라면, 특히 외상을 보는 의사라면 간의 손상을 생각하고 진단을 좀 더 철저히..."

그러자 부인이 갑자기 소리쳤다.

"그러면, G 의원에서 잘못한 것이네? 진단을 못 했응게!"

그러더니 소리를 지르며 울었다.

"아이고 내가 큰 병원 가라니까. 동향 사람이라고 잘 안다고 찾아가더니..."

다시 울음을 멈추고 영권의 손을 붙들고 소리쳤다.

"그 원장도 별거 아니라고 수술하면 괜찮다고 했어요. 내가 저녁에 갔다가 그 말 듣고 그냥 집에 왔당께? 아이고 이게, 이게..."

어머니를 달래며 재호도 눈이 붉어졌다.

"원장님, 이게 의료사고죠?"

재호가 신중하게 물었다. 영권은 답답했다. 의료사고가 분명했다. 이것은 G 정형외과 원장이 사망에 큰 책임이 있었다. 너무 쉽게 생각한 것이었다. 그리고 당직 의사도 환자의 입원 내력을 보았다면 보다 신속히 복강 내 출혈을 의심하고 처치를 했어야 했다. 영권이 간호사에게 눈짓으로 부인을 모시고 나가라고 했다. 간호사가 부인을 잡아 일으키자 손을 뿌리치며 강하게 소리쳤다.

"왜? 내가 들어야제, 내가! 애들 아부지가 죽었는디... 어서 자세히 말해봐..."

영권은 재호에게 눈짓을 했다. 재호가 어머니를 달래서 진찰실을 나갔다가 들어왔다. 영권은 저녁에 조용할 때 다시 혼자만 오라고 재호를 돌려보냈다.

재호는 저녁에 여동생과 같이 왔다. 혼자서 와서 듣고는 자신도 정신이 없어서 정리가 안 될 것 같다고 했다. 영권은 오후 내내 이 문제만을 생각했다.

'어떻게 이 억울한 죽음을 가족들에게 설명하고 이해시킬 수가 있을까?'

두 사람은 조용히 영권의 앞에 앉았다. 딸은 아직도 눈이 약간 부어 있었다. 아빠를 많이 닮아서 가슴이 더 아팠다.

"잘 들어요. 이미 장례를 치렀기 때문에 지금은 어렵지만 한 번쯤은 G 정형외과에 가서 물어볼 수는 있죠. 왜 초기에 간 손상을 예상하지 못하셨는지, 그리고 더 일찍 종합병원으로 전원 하지 않았는지. 그것이 사망의 직접적인 원인이라고 생각하시지는 않는지, 물어보고... 녹음을 할 수 있으면 녹음하고..."

영권은 조심스러웠다. 사망 원인도 '추정'이기에 사건화하려면 변호사를 선임해야 했다. 그래서 변호사 선임 전에 사전 준비를 해야 했다.

"이길 확률이 반반이지만 변호사를 사서 법정 투쟁을 해볼 만은 해요. 필요하다면 내가 증언을 해줄 수도 있어."

영권은 재호의 손을 붙잡고 다정히 말했다. 딸이 고개를 떨구고 울었다. 영권은 딸의 어깨를 어루만져 주었다.

"지은아, 울지 말고. 니가 엄마 곁에서 엄마를 위로해야지..."

고개를 숙이고 돌아가는 남매를 보면서 영권은 G 정형외과 김 원장의 거만한 얼굴이 떠올랐다. 이곳에 개원한 최초의 정형외과 원장이었다. 주변에서 일어나는 교통사고 환자를 싹쓸이하며 돈을 긁어모았다는 원장이었다. 그러기에 검사, 판사, 경찰 모두에게 안면을 트고 있었고, 그들과 친분도 두터웠다. 지역 향우회 개원 의사 모임에서 만나면 언제나 그것을 자랑했다.

'그 잘난 얄팍한 의료 지식으로 그동안 얼마나 많은 사람을 고통스럽게 했을꼬? 얼마나 많은 사람을 죽였을까?'

생각하니 영권은 화가 나면서도, 자신도 의사라는 사실에 두려움이 생겼다.

3

그리고 영권은 이 문제를 한동안 잊고 지냈다. 부인도 재호도 찾아오지 않았다. 동네 사람들도 물어보지도 않았고 모두 일상으로 돌아갔다. 당구장도 부인이 그럭저럭 운영을 하고 있었다.

일주일쯤 지났을 때였다. 황 간호사가 전화를 돌렸다.

"원장님, 경찰서래요."

"경찰서?"

전화를 받자 카랑카랑한 목소리가 영권의 귀를 긁었다.

"오영권 원장님이시죠?"

"예, 제가 맞는데요."

"아, 예. 별건 아니고, 고발장이 접수돼서요. 한번 서로 나와주셔야겠는데요. 참고인 조사를 받으셔야 돼서요."

영권은 이게 무슨 소린가 했다.

"참고인 조사요?"

메마른 목소리가 다시 카랑하게 다시 울렸다.

"예, G 정형외과에서 영업방해와 기물파손으로 몇 사람을 고발했는데 원장님이 참고인으로 되어 있어요. 바쁘시니까, 저녁에 오시죠. 1층 형사과니까 저희가 기다리겠습니다."

영권은 갑자기 골치가 아팠다.

'이게 무슨 일이야? 영업방해?'

재호에게 전화를 해보았다. 그랬더니 엉뚱한 일이 벌어진 것이었다.

재호가 이 동네에서 자라서 동네 친구들이 많이 있는데, 재호는 그래도 정신 차리고 공부를 해서 대학을 갔지만, 대부분이 고교 졸업 이후에 할 일 없이 동네에서 껄렁거리고 동네에 있는 대학교의 학생들과

싸우기나 하고, 도봉산 등산객들과 시비나 걸어서 말썽을 피우고 지내고 있었다. 재호 아버지 일을 듣고 친구 몇 명이 재호와 함께 G 정형외과를 찾아갔는데, 거기에 고재봉이 끼어 있었단다. 재호는 영권의 조언대로 가서 자세히 묻고 가능하면 대답을 녹음하려고 했는데, 병원에 가니 원무과장이라는 사람이 친구들을 들어오지 못하게 막았던 것이다. 재호가 혼자 들어가는 것을 본 친구들이 왜 못 들어가게 하냐며 현관에서 원무과장과 다른 직원들과 다투는데 갑자기 '와장창'하면서 현관문이 부서졌다. 뒤에서 물러나 그 꼴을 보고 있던 고재봉이 벽돌을 집어서 던진 것이다. 대기실의 환자들이 기겁을 하고 구석으로 달아났다.

"야, 이 쌍놈의 새끼들아. 멀쩡한 사람을 죽여놓고 왜 우리를 막아! 엉!!"

고재봉이 다른 벽돌을 또 하나 들고 씩씩거리며 다가왔고 친구들과 병원 직원들은 기겁을 하고 물러났다. 간호사가 경찰에 연락을 했고, 원장이 가운을 휘날리며 나왔다.

"야, 니가 원장이냐? 니가 우리 형님을 죽였지. 이 쌍!"

고재봉이 벽돌을 치켜들었지만, 원장은 노련했다. 피하지 않고 고재봉을 노려보더니

"그걸로 맞으면 나도 죽겠네. 한번 때려보시지."

하며 오히려 고재봉에게 다가갔다. 고재봉은 그 기세에 일단 한풀 꺾였다.

"야이 쌍, 니가 잘못해서 우리 성님이 죽었잖혀?"

"이봐, 젊은이, 화가 난다고 이러면 안 되지. 법이 있잖아, 법이."

원장은 유연하게 고재봉을 데리고 시간을 끌었다. 그리고 경찰들이 왔다.

지금은 사망 원인이 문제가 아니라 병원에서 행패를 부린 것에 대한 처벌이 더 큰 문제가 되었다는 것이다. 재호의 이야기를 듣고 영권은 경찰이 자기를 부른 이유가 이해가 안 되었다.

'그 일에 왜 나를 부르지?'

고재봉은 그날로 구치소로 갔단다.

"죄송해요, 원장님. 괜히 저희 때문에..."

재호가 기운 없는 목소리로 말했다.

"아니다 재호야, 내가 도울 일이 있으면 당연히 도와야지. 너무 걱정 말아라."

4
=

"편히 앉으시죠."

"늦게까지 수고가 많으시네요."

영권은 최대한 공손하게 형사에게 인사를 했다. 경찰서는 언제나 기분이 좋지 않은 곳이었다. 얼른 마치고 나가야겠다는 생각뿐이었다. 나이가 제법 듬직한 형사가 타이프를 앞으로 당겨서 놓고 질문을 시작했다. 아니, 먼저 미란다의 원칙을 불러주었다.

"저는 강력계 김범수 형사입니다. 불리한 증언은 거부하셔도 되고 변호사를 선임하셔도 됩니다. 성함은?"

"아뇨 저는 그런 일을 사주하지 않았습니다."

형사는 다른 서류를 뒤적이더니 영권 앞에 내밀며 사근사근하게 물었다.

"여기 이재호 씨의 진술에 의하면 가서 따져보라고 했다는데..."

영권은 짜증이 났다. 형사를 노려보았다. 형사는 무표정하게 서류를 흔들었다.

"예. 따져보라고는 했죠. 형사님, 이것은 어떤 의사가 보아도 의료과실입니다. 초진에서 치명적인 간 손상을 놓친 거예요."

영권이 목소리를 높였다. 형사가 코를 헤집었다.

"원장님, 우리는 지금 그걸 따지는 것이 아니고, 원장님이 소동을 피우도록 사주를 했느냐를 묻고 있어요. 사망 원인은 이 사건이 아닙니다."

영권은 기가 막혔다. 눈을 똑바로 뜨고 대답했다.

"예, 가서 원장님께 물어보라고는 했죠. 왜 무릎 수술을 하기로 한 아버지가 '간 손상으로 인한 과다 출혈'로 돌아가셨는지. 아들이니까 물어봐야죠. 안 그래요? 졸지에 아버지가 돌아가셨는데..."

형사는 코를 후비던 손을 내려 독수리 타법으로 타이핑을 했다.

"그러니까 따져보라고는 하셨네요?"

영권은 목소리를 높였다.

"예, 그랬죠."

형사가 갑자기 엄숙한 목소리로 영권에게 말했다.

"이것도 어떻게 보면 사주한 것이 될 수도 있습니다."

"에? 그게 행패를 사주한 것이라고요?"

"상황에 따라서는 그럴 수도 있다는 것입니다."

형사는 타이핑을 마치고 서류를 뽑아서 영권에게 주었다. 영권은 기가 막혔다. 그리고 기가 죽었다.

"천천히 읽어보시고, 수정할 것 있으면 말씀해 주세요."

그러더니 뒤를 보고 소리쳤다.

"한 형사, 나 커피 한 잔 다오."

젊은 형사가 자판기 커피를 들고 왔다.

"아니 왜 조장님이 직접 하셔요. 당직도 아니시면서..."

"그러게, 서장님이 거시기 건이라고 나보고 하란다... 지겹다. 야!"

영권은 다 읽고 '따져보라고'라는 단어를 '여쭤보라고'로 고쳐달라고 조용히 그러나 강하게 주장했다. 김 형사는 고개를 끄덕이며 다시 타이핑을 해서 보여주었다.

다 마치고 나오려는데 형사가 점잖게 한마디 했다.

"원장님, 이런 일에 괜히 발 담그지 마세요. 이것은 별거 아닌데, 잘못 걸리면 정말 피곤하거든요. 아마도 검찰에서 한 번 더 부를 겁니다. 그때도 지금처럼 공손히 자세 낮추시고요..."

"검찰에서요?"

영권이 놀라서 물었다.

"예, 의료기관에서 행패를 부리면 가중 처벌 되거든요. 원장님이 행패를 부리신 게 아니니까... 너무 걱정은 마시고요."

영권은 최대한 공손하게 인사를 하고 취조실을 나왔다. 차를 타고 돌아오면서도 계속 머리를 맴도는 단어는 '사주'였다.

'행패를 부리도록 사주를 했다. 사주, 사주...'

정말로 3주 후에 검찰에서 소환장이 날아왔다.

이번에는 오후 3시에 출두 요청이 왔다. 3층 제4 검사실이었다.

바짝 긴장해서 앉아 있는데 칸막이 앞의 아가씨가 물었다.

"커피 드릴까요?"

영권은 아니라고 손을 저었다. 10분쯤 기다리니 문이 열리고 새파란 대학생이 들어왔다. 아니, 대학생 같은 젊은이가 들어왔다. 그리고 중년의 직원이 뒤따라 들어오면서 들고 온 서류를 젊은이에게 두 손으로 주었다. 젊은이가 칸막이 뒤의 검사 책상에 앉았다.

"오영권 씨 들어와요."

메마른 목소리였다. 목소리가 막대기로 치면 산산조각이 날 얼음 같았다.

영권이 칸막이를 돌아섰는데도 얼굴도 보지 않고 서류를 넘기며 물었다. 책상에 '검사 유명수'라는 명패가 반짝거렸다.

"병원, 아니 의원에 가서 따져보라고 하셨네요?"

영권은 침착하게 말했다.

"따져보라고는 안 했고, 사망 원인에 대해서 물어보라고 했죠."

검사는 여전히 고개도 들지 않고 서류를 보며 다시 물었다.

"사망진단서에 병명이 나와 있는데 왜 궁금하죠.?"

영권은 다가가서 턱을 잡아서 들고 마주 보고 이야기를 해주고 싶었다.

"검사님, 진료 기록을 보시면 초진 시에는 '흉통'이 주 증상이었고요. 입원은 '우측 슬개골 골절'로 입원했는데, 사망진단은 '간 파열로 인한 과다 출혈'이거든요. 검사님은 이상하지 않아요?"

영권은 하소연을 했다. 이 검사가 재호 아버지 죽음의 억울함을 풀어 주지 않을까? 하는 희망을 가지고 간절한 음성으로 말했다. 검사가 얼굴을 들었다. 처음으로. 그러더니 안경을 고쳐 쓰며,

"그래서 가서 그걸 따져보라고 했어요?"

라며 날카롭게 물었다. 영권은 검사의 질문에 갑자기 경찰서 김 형사의 말이 떠올랐다.

'사망 원인은 사건이 아닙니다.'

영권은 기가 죽었다.

"아닙니다. 아들에게 이상하니 가서 원장님께 여쭤보라고 했죠."

검사가 볼펜으로 책상을 두드리며 다시 물었다.

"그 말을 할 때 그 자리에 누구누구 있었어요?"

영권은 질문의 뜻을 이해 못 했다.

"예?"

하고 다시 물었다.

"아니 원장님! 아들에게 말할 때 누가 같이 있었냐고."

약간 신경질적인 질문이 나왔다. 영권은 귀싸대기를 후려갈겨 주고

싶었다. 자기보다도 한참 어린놈이 어디에다가 반말을...

그러나 꾹 참고 최대한 공손히 대답했다.

"아 그때요? 큰아들하고 딸이요."

"다른 사람은 없었어요?"

얼음같이 차가운 질문이 떨어졌다.

영권은 공손히 말했다.

"없었습니다."

그때 전화벨이 울렸다.

아가씨가 받더니 소리쳤다.

"영감님, 부장님이신데요."

유 검사가 전화기를 들었다. 영권은 놀랐다.

'영감님? 이 젊은이가 영감님?'

그리고 한 번 더 놀랐다. 전화를 받는 유 검사의 바뀐 목소리 때문
이었다.

"예, 부장님, 아! 지금 하고 있는데요."

설설 기어들어 가는 낮간지러운 목소리였다. 그런데 더 쩌렁쩌렁한
목소리가 전화기에서 울렸다.

"그래, 자네가 그 원장에게 '세상 사는 법' 좀 잘 가르쳐라. 개업한 지
일 년도 안 되었더만..."

"예, 예. 제가 잘 조치하겠습니다."

영권은 헛웃음이 나왔다. 유 검사가 다시 차가운 표정으로 영권을
보았다.

"원장님, 원장님이시니까 말씀드리는 건데요, 환자들에게 너무 친절하게 다 말하지 마십시오. 그냥 좋게 넘어갈 일이 이렇게 복잡해지지 않습니까?"

영권은 다시 김 형사에게 했던 말을 할까 하다가 그만두었다. 금방 들은 '세상 사는 법'이 떠올랐다.

이번에는 돌아오면서 "세상사는 법"이라는 문장을 중얼거리며 돌아왔다.

"세상 사는 법!"

5

한 달 보름쯤 후에 '기소 유예 처분'이라는 용지가 검찰청에서 날아왔다. 그날 또 한 장, 의사회 송년회를 M 호텔 그랜드 볼룸에서 12월 23일에 한다는 통지서가 왔다. 기소 유예 통지서를 갈기갈기 찢어서 쓰레기통에 버렸다. 영권은 송년회에 갈까 말까 망설였다. 가서 그 원장 얼굴을 보면 꼭 사고를 칠 것 같았다. 아니, 아예 보기가 싫었다. 안 가려고 마음먹고 통지서를 구겨서 버렸다. 그런데 송년회를 일주일 앞두고 의사회 총무이신 선배님이 전화를 하셨다.

"오 원장, 잘 지내나?"

"아이구, 선배님, 덕분에 힘들다는 개업 첫해를 잘 보내고 있습니다."

"그래 다행이다. 동네에서 평이 좋더만. 그건 그렇고 올해 송년회에 나와라."

영권은 약간 당황했다. 어떻게 안 나가려는 것을 알고 미리 전화를 한 것 같은 느낌이 들었다. 목소리가 작아지며 양해를 구하려는 말을 했다.

"아니.. 선배님, 저는 좀..."

그러자 선배가 목소리를 높였다.

"아냐, 너 꼭 나와야 돼. 나와서 김 원장님께 고맙다고 인사하고 술 한 잔 드려라."

영권은 당황했다. G 정형외과 원장에게 고맙다고 하고 술을 올리라고?

영권이 대답이 없자 선배가 설명을 했다.

검찰과 경찰서에 김 원장님이 전화해서 영권이는 기소 유예로 처리해 달라고 부탁했다는 것이다. 만약에 그렇지 않았으면 최소한 벌금형이나 정식재판을 받을뻔했다는 것이었다. 영권은 일단 알았다고 대답했다. 선배는 꼭 그리하라고 다시 당부하고 전화를 끊었다.

영권은 진료가 끝난 진료실에 앉아서 생각했다.

'아니, 누가 누구를 봐주었단 말인가? 왜 내가 벌금형을 받아? 자기가 고발하고 자기가 손을 써서 나를 봐주었다?'

영권은 신경질이 났다. 송년회에 가기로 마음을 먹었다.

'세상사는 법'이 참 어려웠다.

최대한 멋진 정장을 차려입고 호텔로 들어섰다. 멀리서 선배가 보더니 달려와서 반갑게 맞아주었다.

"잘 왔다. 올해 개업도 했으니 전체 회원들에게 인사도 하고, 그다음에 김 원장님을 뵈어라."

영권은 일단 맨 끝 좌석에 앉았다. 회원들이 속속 참석하여 자리를 잡았다. 의사회장님의 인사말이 있고, 직전 회장인 김 원장의 축사가 있었다. 그리고 올해 개업을 한 의원을 소개 하는 순서가 되었다. J 방사선과가 소개되어서 원장이 나가서 인사말을 했다. 그리고 영권이 소개되었다.

"이런 화기애애한 분위기의 지역에 개업을 하여 여러 선배님들과 정을 나누게 되어서 무척 기쁩니다. 앞으로 더욱 열심히 진료하고 지역사회의 일원으로 열심히 섬기겠습니다."

우렁찬 박수를 받으며 자리로 돌아오다가 영권은 김 원장에게 다가 갔다. 선배가 맞은편에 자리를 만들어 주었다. 김 원장은 약간은 불편한 표정으로 영권을 보고 있었다. 영권은 침착하게 아무렇지도 않다는 표정으로 빈 맥주잔을 들었다.

"원장님, 한 잔 올리겠습니다."

김 원장이 잔을 떨떠름한 표정으로 받았다. 영권은 김 원장을 무표정하게 바라보다가 김 원장이 잔을 비우고 자기에게도 맥주를 권하자 잔을 받았다. 잔을 반쯤 비우고 영권은 자세를 바로 하고 앉았다. 그리고 정중히 인사말을 했다.

"원장님께서 저 때문에 신경을 써주셨다고 들었습니다. 감사합니다."

'감사합니다.'에서는 목소리를 높였다. 주변 사람들이 큰 소리에 놀라고개를 돌려 두 사람을 보았다. 김 원장은 몸을 뒤로 기댄 채로 영권의 인사를 받았다. 영권은 자세를 바꾸지 않고 말을 이었다.

"그런데 원장님, 얼마 전에 저희 동네에서 아들 둘에 딸 하나를 둔 어른이 죽었습니다."

영권의 말에 김 원장이 얼굴을 구기며 자세를 고쳐 바로 앉았다. 총무 선배가 놀라서 영권에게 다가왔다.

"의사가 진단을 잘못해서 죽었거든요. 그런데."

말을 하려는데 선배가 막았다.

"오 원장, 여기서 또 왜 그래?"

영권은 선배의 제지를 무시하고 말을 이었다. 김 원장이 인상을 잔뜩 찌푸리며 두 손을 모으고 몸을 탁자에 기대었다.

"그런데 원장님, 그 의사가 자기 실수를 모르더라고요. 실수를 알고 반성을 해야 다음에는 그런 실수를 안 할 텐데. 모르면 또 그런 일이 일어나지 않겠습니까?"

선배도 말을 못 하고 멍하니 서 있고, 주변의 의사들도 조용해졌다. 모두 영권의 다음 말을 기다리는 듯했다. 이미 이 사건을 모두 알고 있었고 영권이와 김 원장의 만남을 호기심을 가지고 바라보고 있었다. 김 원장은 얼굴을 붉히며 손을 쥐었다 폈다 하면서 듣고 있었다. 영권은 내친김에 말을 쏟아냈다.

"그래서 또 아들과 딸이 있는 가정을 풍비박산 내는…. 그렇게 돈을 벌어서…. 우리가 사람을 살리고자 의사가 되었는데, 그런 일이 또 있으면 안 되지 않겠습니까?"

영권은 울컥하는 마음에 목소리가 떨렸다. 마지막에는 목소리가 잘 나오지도 않았다. 말을 마치고 일어서서 남은 맥주를 단숨에 마셨다. 얼굴을 붉히고 영권을 멍하니 바라보는 김 원장에게 고개를 숙여 인사를 했다.

"선배님, 잘 마셨습니다."

그리고 영권은 돌아서서 말리는 선배를 뿌리치고 송년회장을 나와버렸다. 함께 앉아 있던 의사들이 모두 입을 벌린 채 숨을 죽이고 있었다.

택시를 타고 돌아오면서 영권은 통쾌하여 혼자서 웃었다.

'이제는 어떤 일이 일어나도 좋다.

후련하게 하고 싶은 말을 했으니 뒷감당도 내 몫이다!'

차 안에서 영권이 계속 웃자 기사가 돌아보며 물었다.

"손님, 엄청 기분이 좋으시네요?"

영권이 좌석에 몸을 기대며 소리쳤다.

"기사님, 계란으로 바위를 쳐보셨수?"

기사가 웃었다.

"왜, 바위를 쳐요? 잘 삶아서 먹어야지."

영권이 몸을 앞으로 숙이며 기사 귀에 속삭였다.

"생각보다 훨씬 더러워지더라구요. 바위가."

$$\underset{=}{6}$$

밤새 영권은 개업 장소를 바꿀까 생각하고 고민에 빠졌다. 지역의사회 최고 원로를 다른 의사들 앞에서 망신을 주었으니 이곳에서 편히 개원의로 지내기는 어려울 것 같았다.

송년회 다음 날, 출근하니 황 간호사가 영권의 눈치를 보며 물었다.

"송년회는 잘 다녀오셨어요? 안 가신다더니..."

"으응, 참을성이 없어서 사고를 쳤다. 대형 사고를..."

영권은 의자를 뒤로 쭉 빼며 한숨을 쉬고는 입술을 다물었다.

"하이고, 큰일이네. 어쩜 좋아."

이 일을 대충 알고 있는 황 간호사도 한숨을 쉬며 대기실로 나갔다.

퇴근 시간쯤, 황 간호사가 놀라서 뛰어 들어왔다.

"원장님, 그.. 그.. 김 원장님이 오셔.."

영권이 놀라서 자리에서 일어났다. 얼른 대기실로 나갔다. G 정형외과 김 원장님이 서 계셨다. 영권을 보더니 밝게 웃으며 다가왔다.

"아니 원장님께서 연락도 없이... 이렇게..."

영권이 공손히 고개를 숙였다. 김 원장은 영권의 어깨를 두드리며

"들어가서 얘기하세."

하며 앞서가셨다.

"내가 어제 충격을 크게 받았네. 나도 아들 둘에 딸 하나를 두었거든."

영권을 앞에 앉히고 가슴속에 담아온 것을 영권의 책상에 글로 쓰

듯이 조용히 쏟아놓으셨다.

"자네 말대로 사람을 살리려고 의사가 되었는데... 정말로 반성했네. 내가."

영권은 고개를 숙였다.

"선배님, 그냥 객기를 부린 것인데... 감사합니다."

"아냐, 자네 같은 후배가 있으니 고맙고 든든하네. 우리 올해가 가기 전에 술 한잔 나누세. 자네한테 '세상 사는 법'을 다시 배워야겠어."

김 원장이 미소를 지으며 영권의 손을 굳게 잡아주고 진료실을 나갔다. 영권은 따라 나가서 깊숙이 머리를 숙여서 인사를 했다. 그리고 중얼거렸다.

'세상 사는 법?'

해가 바뀌었다.

영권은 환자가 조금씩 늘어가는 재미에 개원의로서의 보람을 느꼈다. 동네 어른들은 이 사장의 일로 곤욕을 치르면서도 환자와 보호자를 위해서 열심히 나서주었다고 너도나도 칭찬을 해주었다.

첫 금요일 저녁에 당구장 이 사장의 부인이 찾아왔다. 과일 상자를 현호가 들고 퇴근 시간에 맞춰서 왔다. 검은 갈색의 밍크코트를 입고 방울 무늬 스카프를 두르고 있었다. 많이 세련되어 보였다.

"웬일이세요?"

부인은 앞에 앉고 현호는 과일 상자를 들고 뒤에 섰다.

"요즘 당구장은 어때요?"

영권이 물었다. 부인이 고개를 저으며

"아빠 계실 때만은 못하지, 그래도 그럭저럭..."

이라고 말하다가 영권의 손을 덥석 잡았다.

"근데 어제 그 원장이 집으로 찾아왔었어. 얼마나 놀랐는지."

부인이 영권의 손을 더 꼭 잡으며 눈물을 글썽였다. 영권이 더 놀랐다.

"김 원장님이요?"

"미안하다고, 어떻든 자기 병원 믿고 왔다가 그랬으니 책임을 느낀다고.."

영권이 티슈를 뽑아드렸다. 받아서 눈을 훔치며

"그게... 돈 봉투를 주고 갔어. 원장! 원장 덕분이야. 그 양반이 원장 이야기를 했어. 자기가 많이 배웠다고... 근데 이거를 받아야 되나, 어쩌나 몰라서..."

라고 말하며 영권을 보았다. 영권은 김 원장의 미소를 떠올리며 고개를 끄덕였다. 부인의 손을 다정히 잡고 말했다.

"어머니, 좋은 마음으로 주신 거니까.... 잘 쓰셔요. 그 원장님이 원래 이렇게 잘하신대요. 아픈 상처를 어루만져 주시는 거죠. 의사시니까."

一死一得

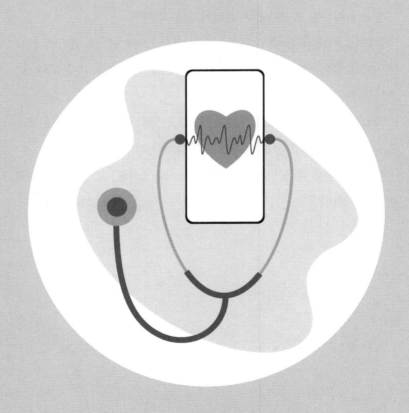

1

기덕은 차를 주유소로 꺾었다. 출발 전에 충분히 기름을 넣는 게 좋을 것 같았다.

하늘은 너무 파랗고 맑아서 막대기로 치면 '쨍'하고 금이 갈 것 같았다.

"여기서 미리 가득 채우고 쉬지 말고 용평까지 가자."

두 아들은 손뼉을 치며 좋아했고, 아내 세희는 조용히 웃기만 했다. 정말 오랜만에 온 가족이 함께 나들이를 가는 것이었다. 작년 여름에 2박 3일로 제주도를 다녀온 후에 일 년이 넘어서야 온 가족이 겨울 여행을 하는 것이었다. 차가 주유소에 자리를 잡자 머리가 희끗한 노인이 사무실에서 나왔다. 대개 앳된 청소년들이 주유를 하였었는데 오늘은 달랐다. 그런데 노인이 안면이 있는 사람이었다. 노인도 창을 내리고 앉아 있는 기덕을 보면서 아는 체를 했다.

"아이고, 원장님, 주말 나들이 가시나 보다."

정말 고집불통 할아버지로 약 먹는 것을 죽는 것만큼 싫어하셨다. 체격은 좀 크지만 약간의 비만에 고혈압이 있는데도 한사코 약을 안 드셨다. 건강에 너무 자신감이 넘쳐서 자기는 백 살까지는 약을 안 먹겠다고 호언을 하시는 분이었다.

감기몸살에도 약은 꼭 하루분만 처방을 원했다. 자기 말로는 그것도 다 안 먹고 낫는다는 것이었다. 아침에는 앞산에 등산을 하고 자기 전에는 꼭 반신욕을 하며, 술, 담배도 안 하셨다. 보기에도 건강하셨는데 그 건강을 계속 유지하기 위해서 꼭 필요한 약도 안 드시는 것이었다.

기덕은 시동을 끄고 차에서 내려서 대화를 나누었다.

"어르신, 요즘은 컨디션이 좋으셔요? 어찌 애들이 없고 어르신이 하셔요?"

주유구에 노즐을 넣으시며 혀를 내둘렀다.

"이놈들이 두세 달을 못 견뎌요. 어제 일하고 오늘은 말도 없이 안 나오네. 가득 넣어줘?"

그러시면서 왼쪽 어깨가 불편한지 어깨를 돌리시며 근육을 풀었다. 기덕이 물었다.

"예, 가득이요. 근데 어깨가 안 좋으셔요?"

"가끔 아프다가 풀리곤 해. 근데 요즘은 머리가 좀 아파."

기덕은 카드를 꺼내며 채근했다.

"어르신, 이제는 혈압약을 드셔야 돼요. 두통도 혈압 때문일 거예요."

"그런가?"

그러면서도 어깨를 돌리셨다.

주말이 지난 월요일에 주유소에서 만난 강택수 어르신이 일찍 의원을 찾아오셨다.

"주 원장, 머리가 기분 나쁘게 계속 아파."

혈압을 재니 '170/100'이었다.

"어르신 아침 식사하셨어요?"

"아니, 안 먹고 왔지. 검사할까 봐서."

기덕은 생년월일을 확인해 보았다. 국민건강검진에 해당이 되는 연세였다.

"미스 유, 우리 어르신 일단 일차 검진을 해드리자. 그리고 어르신은 제가 약을 3일분만 드릴 테니까 드시고 목요일에 오셔요. 약 받으시면 약국에서 바로 한 알 드셔요."

강 씨는 검진을 하고 돌아갔다. 흉부 엑스레이상에도 심비대가 제법 있었다.

강 씨는 목요일 날도 일찍 내원하셨다. 직장에 나가면서 들르시는 것이다.

앉자마자 빙긋이 웃으며 인사를 했다.

"원장, 머리가 안 아파. 정말 혈압 때문이었나 봐."

기덕은 책상을 두드리며 맞장구를 쳤다.

"그 보셔요. 진즉에 드시라니까. 그리고 검사 결과를 보니 고지혈증도 있으셔요. 어르신, 이제는 건강을 위해서 약의 도움을 받으셔야 돼요."

강택수 씨는 그 후로 열심히 정기적으로 내원하여 혈압약과 고지혈증약을 복용하셨다. 그리고 가끔 어깨가 아프다고 오셔서 물리치료를 받으셨다.

그 덕에 어르신의 큰아들과 작은아들도 검진을 받고 함께 고혈압약을 복용하게 되었다.

그리고 일 년 반쯤 지난 어느 날. 강 씨가 왼쪽 어깨가 아프다고 내원하셨다. 이번에는 좀 많이 아프고 통증도 오래간다는 것이었다. 엑스레이 촬영을 해보았다. 관절강에 미세한 석회화가 있었다. 노화 현상이었다.

"어르신, 일종의 퇴행성관절염이네요. 많이 아프시면 주사를 맞으시고, 자주 오셔서 물리치료 받으세요. 약은 드리는데 약으로 완치가 되는 것은 아니고 통증 조절용이니까 아프면 드세요. 정 조절이 안 되면 정밀검사 해보고 수술도 생각해 봐야죠."

강 씨는 눈을 가늘게 뜨고 자신의 어깨 엑스레이를 보며 고개를 끄덕였다.

"에이, 수술까지야 할 필요 없고... 약 먹으면 좋아지겠지."

"아뇨, 어르신 사실 날이 많이 남았는데, 안 아프게 사셔야죠. 요즘은 수술이 간단해요."

기덕은 강 씨의 왼쪽 어깨를 만져주며 격려했다.

그 후로 강 씨는 나름 열심히 물리치료를 받으셨고, 날이 궂거나 해서 많이 아프시면 주사도 맞으셨다. 혈압도 잘 조절되고 있었다.

칠월 중순인데 폭염 주의보가 연일 발효되는 무더운 날씨였다. 오후에 중년의 아주머니 환자의 등에 발생한 지방종 절제 수술을 하려고 준비하는데 강 씨가 오셨다. 아침부터 몸살기가 있었는데 오후에 왼쪽 어깨가 많이 아파서 일찍 퇴근하고 왔다는 것이다. 수술을 하려던 참이라 혈압을 보고 정상이어서 몸살 주사와 약을 3일분 처방했다.

수술을 하는데 주사실 간호사가 근육주사를 놓고 수술실로 왔다. 몸이 풀리는 정맥주사도 한 대 원하신다는 것이었다. 간호사가 그렇게 하라는 기덕의 말을 듣고 주사실로 가려는데 주사실에서 '쿵'하는 제법 큰 소리가 났다. 기덕이 수술을 하면서 물었다.

"미스 최, 이게 뭔 소리냐? 뭐가 떨어졌나 보다."

최 간호사가 얼른 주사실로 가더니 비명을 질렀다.

"어마마! 원장님, 환자가, 환자가 쓰러졌어요!"

기덕은 수술을 하다 말고 주사실로 뛰어갔다. 주사실에는 강 씨가 옆으로 넘어져 있었다. 기덕이 보니 호흡이 없었다. 경동맥을 만져보았다. 맥이 안 잡혔다. 기덕은 얼른 심장 마사지를 하며 구강 대 구강 호흡을 했다.

'이게 무슨 일인가!'

가슴이 떨리고 정신이 아득했다. 그렇지만 이런 것을 수련 때와 응급실에서 근무할 때 여러 번 겪었기에 나를 침착하게 대처했다. 주사를 놓은 최 간호사는 얼이 빠져서 곁에 서서 벌벌 떨고 있었다. 먼저 심장을 세게 한 번 주먹으로 쳤다. 그리고 심장 마사지를 하며 유 간호사에게 말했다.

"인튜베이션(기관지 삽관) 세트, 에피네프린(강심제) 주사 준비해!"

유 간호사가 뛰어가서 에피네프린을 가져왔다. 최 간호사가 인튜베이션 세트를 꺼내 왔다. 좌측 젖꼭지 약간 우 하방에 주사를 찌르고 역류를 시켜보았다. 피가 역류했다. 심장을 제대로 찌른 것이다. 심장에 직접 에피네프린을 주사했다. 심장이 조금씩 뛰기 시작했다.

얼른 인튜베이션을 하려 했다. 환자가 크고 주사실은 좁았다. 환자가 벽에 머리를 거의 대고 있어서 머리를 뒤로 젖히기도 힘들었다. 약효로 뛰는 심장이 다시 멎기 전에 인튜베이션을 해야 했다. 마음은 급하고 손이 떨렸다. 인튜베이션을 하기 위한 자세를 잡기가 너무 힘들었다.

"유 간호사. 다리를 끌어서 침대로 올려라."

환자가 벽에서 좀 떨어지니 공간이 만들어졌다. 떨리는 손으로 힘들게 삽관을 하고 인공호흡을 시작했다. 아직은 심장이 뛰고 있었다. 다행이었다.

'병원에서 환자가 죽으면 안 된다. 어떻게든 살려서 종합병원 응급실로 가야 한다! 그래야 어렵겠지만 환자를 살릴 수가 있다.'

심장 마사지를 하면서 물었다. 미스 최가 핸드폰으로 전화를 하고 있었다.

"119에 연락했나?"

최 간호사가 전화기를 주었다. 최 간호사에게 인공호흡을 시키며 전화기를 받았다.

"예, 주사를 맞고 환자가 의식을 잃었어요. 일단 인공호흡하고 있으니까 속히 와주세요."

기덕은 최대한 침착하려고 애를 쓰면서 환자의 상태를 살폈다. 심장의 박동이 점점 느려지고 있었다. 다시 에피네프린을 근육 주사 했다. 산소도 5리터로 공급했다.

"유 간호사, 일단 N/S(생리식염수)를 달아라."

환자가 체중이 많이 나가시는 분이라서 옮길 수가 없었다. 주사실에 누워진 채로 처치를 하면서 기다렸다. 수술 환자는 설명을 드리고 일단 병실로 옮겨서 기다리시라고 했다. 수술하던 부위는 소독 거즈로 잘 덮어드렸다. 다행히 환자는 이해하고 선선히 병실로 가셨다.

119 구급대는 정말 빨리 왔다. 환자의 심장이 아직 뛰고 있는 것을 확인하고 들것에 싣고 구급차로 옮겼다. 사망한 환자는 구급차에 싣지를 않았다. 그것이 법이었다.

기덕은 유 간호사에게 기록을 꼼꼼히 잘하라고 부탁하고, 가족에게 연락하도록 지시했다. 가끔 회식을 하는 고깃집에서 부인이 일을 하고 있었기에 부인 이름을 모두 알고 있었다. 기덕은 자신이 인공호흡기를 사용하면서 구급차에 올랐다. 구조대원이 심장제세동기 패드를 연결했다. 종합병원으로 향하는 도중에 심장이 점점 약해지더니 응급실에 들어가기 전에 멎었다. 즉각 제세동기 버튼을 눌렀다. 환자가 한 번 벌떡 뛰어 올랐다. 그리고 심장 마사지를 시행했다. 조금 심장이 뛰다가 다시 멎었다. 기덕은 가슴이 오그라드는 것을 느꼈다. 앉아서 인공호흡만 시키는데도 땀이 비 오듯이 흘렀다. 응급 구조사는 더 땀을 흘리며 심장 마사지를 했다.

'이것이 무슨 일인가? 왜 쓰러지셨을까? 왜?'

원인을 알 수가 없었다. 응급실에 도착하기 전에 다시 심장이 멎었다. 제세동기를 작동시키고 심장 마사지를 실시했다. 반응이 없었다. 응급실에 도착하자 침대를 제일 깊숙한 방으로 밀고 들어갔다. 구조사가 침대를 밀며 간호 스테이션에 대고 소리쳤다.

"선생님, DOA(Dead On Arrival) 환자예요."

끝 방에 들어가자 다시 제세동기가 부착되고 응급실 의사 두 명이 와서 제세동기를 작동시키며 심장 마사지를 했다. '삐삐...' 소리를 내며 심장이 조금씩 뛰었다. 기덕은 모니터를 보며 두 손을 모으고 기도했다.

"제발 되살아나 다오. 심장아, 다시 뛰어다오."

그러나 심장은 1분이 못 가서 멈췄다. 응급의학과 과장이 왔다. 기덕에게 인사를 하고 몇 가지를 물었다.

"주사는 타페인으로 이전에도 가끔 맞은 적이 있었고, 응급상황에서 에피네프린은 심장에 1회, 근육에 1회 주사했어요. 다른 것은 없는데..."

"타페인은 왜 주셨죠?"

진지한 표정으로 과장이 물었다. 인턴들은 계속 심장 마사지를 하고 있었다.

"아, 아침부터 몸살기가 있었는데 왼쪽 어깨가 오후부터 많이 아프다고 내원했어요. 원래 고혈압약을 드시고는 계시고요."

과장이 고개를 크게 끄덕이며 되물었다. 제세동기를 다시 작동했다.

"왼쪽 어깨요?"

기덕은 대답했다. 입이 바싹 말랐다. 심장은 돌아오지 않고 있었다.

"예, 가끔 어깨가 아프다고 와서 주사도 맞고 물리치료도 받았었죠."

과장은 고개를 다시 끄덕이며 인턴을 보고 말했다.

"그만하고 사망 처리 하자."

기덕은 앞이 캄캄했다. '사망 처리'라는 말이 망치가 되어서 머리를 때렸다. 그 자리에 털썩 주저앉았다. 과장이 곁에 다가와서 위로를 해 주었다.

"염려 마시고요. 이것은 부검해야 합니다. 원장님이 크게 실수하신 것은 없으시니까."

그러면서 차트에 무엇인가를 기록하고 나서 다시 기덕에게 조용히 말했다.

"그냥 알고만 계십시오. 제 생각에는 심근경색일 가능성이 높습니다."

그리고 인턴들과 함께 병실을 나갔다. 기덕은 허탈한 표정으로 앉아서 강 씨의 얼굴을 보았다. 핏기 없이 하얀 얼굴이 평안하게 누워 있었다. 얼굴을 만져보았다. 섬찟하게 차가웠다. 일어서서 머리를 둘러보았다. 우측 두정부에 타박상의 흔적이 있었다. 아마도 쓰러지며 벽에 부딪힌 것 같았다.

'어르신 어쩌다 이런 일이... 우리가 좋은 인연인 줄 알았는데...'

속으로 중얼거리는데 문이 열리며 부인이 큰아들과 함께 들어왔다. 기덕은 일어나서 부인을 맞았다. 부인은 들어오다가 침대에 누워 있는 남편을 보더니 그 자리에 주저앉았다. 큰아들도 망연자실한 표정으로 돌아가신 아버지 곁에 서서 얼굴을 만졌다. 어이없다는 표정이었다.

"아이고, 몸살 났다고 했는데... 몸살! 이 어쩐 일이여..."

기덕의 바지를 붙잡고 소리 내어 울면서 자기 가슴을 쳤다. 인턴과 간호사가 들어와서 부인을 달랬다. 기덕은 큰아들을 데리고 병실을 나갔다.

"우리 병원에서 이런 일이 생겨서 뭐라 말씀드릴 수가 없는데... 일단 이곳에서 사망진단을 내렸으니 아드님이 응급실 담당과장님의 애기를 들어보시고요. 저는 이따 저녁에 병원 정리하고 다시 오겠습니다."

아들은 그저 멍하니 눈만 끔벅이고 있었다. 기덕이 응급실을 나오려는데 과장이 수련의를 데리고 환자가 있는 방으로 들어가고 있었다.

3
=

의원으로 돌아가니 모두 기덕의 눈치만 보며 말이 없었다. 유 간호사가 주스를 한 잔 들고 진찰실로 따라 들어왔다. 기덕은 입을 굳게 다물고 눈을 감았다. 조금 후에 기덕은 주스를 마시고 유 간호사에게 수술 환자를 옮기라고 말했다.

"어서 수술하자, 오래 기다리셨는데."

유 간호사가 조심스럽게 말했다.

"어떻게 되셨어요?"

기덕은 주스를 단숨에 마시고 쓴웃음을 지었다.

"돌아가셨어. 구급차에서, 가는 도중에."

유 간호사가 얼굴을 찌푸리며 한숨을 쉬었다.

"아이고, 이를 어째, 막내가 놀라서 정신이 없는데... 돌아가셨다니."

수술대에 환자를 눕히니 환자가 기덕을 걱정해 주었다.

"원장님, 괜찮으세요? 많이 놀라셨을 텐데..."

기덕은 일부러 큰 소리로 쾌활하게 말했다.

"예, 좀 많이 놀랐죠. 하지만 이런 일은 의사에게는 숙명 같은 것이죠. 언제나 일어날 수 있는 돌발 상황이죠."

수술은 무사히 마쳤다. 환자에게 미안하다고 몇 번을 이야기하고 기덕은 진찰실로 돌아왔다. 그리고 막내인 최 간호사를 불렀다. 주사를 놓은 사람이 자기니까 많이 놀랐을 것이다. 최 간호사는 긴장한 얼굴로 조심스럽게 들어왔다.

"미스 최, 네 잘못은 없어. 결국 부검을 해봐야 알겠지만, 우리 병원은 환자에게 잘못한 것은 없으니까... 특히 너는 걱정 말고, 마음 편하게 먹어라."

기덕은 일부러 큰 소리로 위로를 해주었다. 그리고 유 간호사를 불러서 환자 기록을 다시 살펴보았다. 이제는 환자에 대한 기록이 제일 중요했다. 발견 시점과 응급 처치를 시작한 시간, 주사를 놓은 시간, 주사약의 종류 등등.

저녁에 장례식장으로 갔다. 오늘 낮에 갑자기 상을 당해서 아직 문상을 치를 준비도 안 되어 있었다. 부인은 빈소 옆의 방에서 나오지를 않았다. 망자에게 절을 하고 두 아들을 대했다. 참 할 말이 없었다. 기덕이 원수 같을 것이니 말이다. 그래도 아들들은 험하게 욕을 하거나 하지는 않았다. 기덕은 인사를 나누고 큰아들을 불렀다. 한쪽으로 가서 앉아서 물을 마시며 이야기를 나누었다.

"참 유감스럽네요. 강 선생님을 이렇게 내 손으로 보내게 될 줄은 꿈에도 생각 못 했는데..."

아들이 조용히 물었다.

"어떻게 된 일이에요? 왜, 왜..."

기덕은 물을 한 잔 더 마셨다. 입이 바싹 말랐다.

"저도 정확히는 모르겠어요. 주사도 이전에 맞던 것으로 놔드렸고. 오셨을 때 혈압도 정상이셨거든요. 주사 맞고 옷도 다 입으시고, 그러고 나서 쓰러지셨는데.... 머리를 벽에 부딪치셨지만 그것은 사망의 직접적인 원인은 아닐 것 같고요..."

아들이 조심스럽게 그러나 걱정스러운 표정으로 물었다.

"그... 그 ... 부검을 꼭 해야 하나요? 과장님은 그러시던데."

기덕은 약간 단호하게 말했다.

"예, 이것이 변사니까요. 원인을 밝혀야 하거든요. 어머님께 잘 설명해 주세요. 맘이 아프지만 그것이 서로에게 좋아요. 아드님도 아버지가 왜 그리 허망하게 돌아가셨는지 알아야 하지 않겠어요? 그래서 정말 우리병원의 잘못이 있다면 제가 책임을 져야 할 것이고…"

기덕은 단숨에 준비했던 말을 쏟아냈다. 부검을 해야 기덕의 짐이 덜어질 것이 확실했다. 큰아들은 어두운 표정으로 고개를 끄덕였다.

4
=

기덕은 이런 일을 당한 적이 있는 후배에게 전화를 했다. 내과 전문의인데 종합병원의 원장으로 응급실을 운영하기 때문에 이런 일이 가끔 일어나는 병원이었다. 후배는 이야기를 듣더니 시원하게 조언했다.

"선배님, 걱정 안 하셔도 돼요. 거의 심근경색일 것이고요. 선배님은 불가항력이었죠. 일이 벌어진 후에 선배님 병원에서 할 일을 안 했다거나, 너무 늦게 처치했다면 문제가 되지만 119에 실려 가다가 사망했으니 일단 할 일은 잘하신 거고요. 부검 결과가 나올 때까지는 보호자를 만나실 필요도 없어요."

기덕은 후배의 말에 안심이 되면서도 가슴이 떨렸다.

"그래도 병원으로 찾아오면…"

"선배님, 무조건 찾아오죠. 보호자야 지푸라기라도 잡고 싶을 거니까요. 그리고 억지도 많이 부려요. 뭐, 당연하죠. 갑자기 아버지가 돌아가셨으니... 그래도 선배님은 미안하다고는 하셔도 절대 먼저 합의를 이야기하지 마셔요. 당당하게 나는 배운 대로 최선을 다했다. 그러니 부검 결과를 보고 이야기하자고 하셔요. 절대로, 이건 정말 절대로, 먼저 얼마를 주겠달지, 합의를 하자고 이야기하지 마셔요. 꼭이요!"

기덕이 들으며 한숨을 쉬었다. 후배가 웃었다.

"선배님, 우리 의사의 숙명이에요. 저는 한 달이 멀다 하고 이런 일이 생겨요. 구십 퍼센트 이상은 병원 잘못이 없죠. 그래도 피곤하죠. 제가 병원 부검의를 아니까 부검 소견을 알려달라고 해서 선배님께 알려드릴게요. 걱정 마시고 마음 편하게 하세요. 이번 달에는 S 가마골에서 모이죠? 그때 봬요."

그리고 2일 후에 후배가 전화했다. 목소리가 밝았다.

"선배님, 잘 주무셨어요? 우리 예상대로 심근경색인데 Circumflex artery(좌회전동맥)가 완전히 막혀 있다네요."

"완전히 막혔어?"

기덕이 깜짝 놀라서 물었다.

"예, 완전히 막혔대요. 선배님, 그게 막히면 왼쪽 어깨가 발작적으로 아프거든요. 우리도 잘 놓쳐요."

기덕은 가늘게 한숨을 쉬었다. 그럼 왼쪽 어깨가 아픈 것이 심근경색으로 인한 방사통이었단 말인가?

"부검의 말로는 이때까지 일을 했다는 것이 이상할 정도래요. 형님이 재수가 없는 거죠. 죽을 자리로 형님 의원을 찾았으니까.... 부검 때 큰아들도 옆에서 같이 참관했다니까, 아마 조용할 거예요. 형님은 부검 결과 나올 때까지 기다리자고만 하셔요. 국과수 결과는 두 달쯤 후에 나 나와요. 선배님, S 가마골에서 봬요. 형님, 파이팅!"

기덕은 전화를 끊고 곰곰이 생각하면서 강 씨의 과거력을 보았다. 왼쪽 어깨가 아프다고 호소를 한 것이 벌써 일 년 반이 넘었다. 돌아보니 요즘 들어서 좀 더 심해진 것은 같았다. 몸을 뒤로 기대고 천장을 쳐다보며 한숨을 쉬었다. 그러다가 책장으로 다가가서 내과 교과서를 꺼냈다. 노인이니까 으레 생기는 견 관절염으로 생각하고 환자를 대했던 것에 대해서 자책하며 책을 뒤적였다. 후배의 말이 맞았다. 기덕은 책을 덮고 다시 깊은 한숨을 쉬었다.

'한 사람이 죽어야 한 가지를 배우는구나.'

다음 날 기덕은 의원 식구들을 모아놓고 이야기했다.

"다들 잘 듣고 명심해라. 강택수 씨는 심근경색으로 사망하신 것이다. 우리는 최선을 다했으니 너무 걱정 말고, 특히 미스 최는 자책할 것 없다. 그 양반이 죽을 곳으로 우리 병원을 택한 것이었다고 생각해라. 그리고 유 간호사는, 아니 모두들 왼쪽 어깨가 아픈 환자가 오면 나에게 한 번씩 경고를 해다오. 심근경색을 고려하시라고."

"예, 알았습니다."

다들 밝은 표정으로 대답하고 원장실을 나갔다.

그리고, 그 일은 보호자들이 아버지의 병을 잘 이해하고 받아들여서, 부검 결과가 나온 후에 도의적인 책임을 진다는 선에서, 부인에게 사 년 동안 매달 50만 원씩 드리기로 하고 매듭을 지었다. 강 씨가 계속 일을 하시면서 돈을 버셨던 것을 감안하고, 기덕도 표현은 안 했지만 심근경색의 증상을 놓친 것에 대한 마음의 빚을 그렇게 갚기로 했다.

5
=

그리고 이 년쯤 지났을까? 구정을 10일쯤 지난 수요일이었다.

동네에서 금은방을 운영하는 골초, 나 사장이 내원했다.

"아이고, 이제는 멀리 못 가겠어. 혈압약 가지고 왔는데 여기서 지어줘."

기덕은 싱글거리며 대답했다. 약 봉투를 보았다. 시내 중앙로의 H 내과였다.

"아이고, 감사한 일이죠. 한 원장님이 훌륭하시죠. 오늘 혈압이 좋으시니까 이대로 드릴게요. 고지혈증약도 그대로 드릴까요?"

나 사장은 고개를 끄덕이며 목을 좌우로 돌렸다.

"이제는 어쩔 수가 없어. 세월 앞에는 장사가 없으니까. 그 약도 같이 오래 먹었어."

기덕은 약 내용을 보며 대답했다.

"마르셨는데도 고지혈증이 좀 심하셨나 보네요. 약이 좀 세요."

"그려, 그냥 그렇게 쭉 먹었어. 몇 년째."

기덕은 나 사장을 보며 볼펜으로 책상을 두드렸다.

"몇 년째 드셨으면 다음에는 약 떨어지기 일주일 전쯤 식사하지 말고 오셔요. 피 검사 해보고 약을 조절해 드릴게요."

그러자 나 사장이 소리를 높였다.

"나 오늘 아침 안 먹었어. 그리고 약이 한 삼 일 남았응게, 오늘 검사하고 약은 모래 와서 타가지. 그래도 되지?"

기덕은 만면에 웃음을 지으며 볼펜을 돌렸다.

"아, 잘됐네요. 오늘 피만 빼주고 가셔요."

나 사장이 나가고 난 뒤에 유 간호사가 조심스럽게 들어왔다. 그리고 가까이 다가오더니 기덕에게 속삭였다.

"원장님, 왼쪽 어깨가 아파서 정형외과 다니면서 치료 중이라는데요?"

기덕은 유 간호사의 말에 대수롭지 않게 대답했다.

"그래? 근데 그것도 나한테 치료받겠대?"

유 간호사는 약간 어이없다는 표정으로 기덕을 보았다. 책상에 두 손을 받치고 기덕을 내려다보면서 눈을 크게 뜨고 속삭였다.

"원장님, 벌써 잊으셨어요? 고혈압 환자가 왼쪽 어깨가 아프답니다!"

기덕은 유 간호사의 말에 정신이 번쩍 들었다.

"맞아, 그러네..."

비록 나 사장은 비만은 아니지만 담배를 즐겨 피웠다. 기덕은 얼른 나 사장의 과거력을 살펴보았다. 그리고 엄지척을 해 보이며

"유 간호사가 말 잘했다. 모래 오면 또 한 번 환기시켜 다오."

라고 주문했다.

나 사장은 고지혈증은 그런대로 잘 조절되고 있었다. 그렇지만 줄담배를 피우는 골초였다. 나이도 67세였다. 기덕은 나 사장에게 간곡히 부탁했다.

"사장님, 약은 그대로 드셔야겠고요. 꼭 종합병원 심장내과에 가셔서 심장 검사를 받아보셔요. 나이도 있고 담배를 즐겨 피우시니까 지금쯤은 심장 검사를 받아보시는 것이 좋을 것 같아요."

나 사장은 눈을 크게 뜨며 반문했다.

"아니, 주 원장. 검사 결과가 좋다면서? 그런데 왜 심장 검사를 해?"

기덕은 꼭 검사를 해봐야 하는 이유를 설명하기가 어려웠지만 간곡히 권했다.

"제가 나 사장님 같은 경우라면 한번 검사를 해보겠어요. 왼쪽 어깨가 아픈 것이 심장 때문일 수도 있거든요."

나 사장의 눈이 더 커졌다. 바싹 다가앉으며 물었다. 담배 냄새가 코를 찔렀다.

"어깨가 심장 때문에 아파? 그건 또 무슨 말이여?"

기덕은 나 사장의 말을 흘려들으며 의뢰서를 꺼내서 소견을 적었다.

"나 사장님, 속는다 생각하시고 꼭 한번 받아보셔. 돈도 그리 많이 안 들어요."

"아니 돈이 문제가 아니라. 내 심장에 이상이 있었어?"

나 사장이 심각하게 채근을 했다.

"자, 보셔요. 나이가 많고, 고혈압과 고지혈증이 있고 줄담배를 피운다. 이것만으로도 심장 검사의 필요조건이 되니까. 꼭 받아보셔요. 꼭!"

기덕은 의뢰서를 손에 쥐여주었다. 유 간호사가 곁에서 불안한 표정으로 보고 있었다.

나 사장이 의뢰서를 안주머니에 넣고 나갔다. 유 간호사가 불안한 표정으로

"그러다 정상이면 욕 엄청 먹겠네요."

라고 걱정을 했다. 기덕은 고개를 저었다.

"아니 분명히 문제가 발견될 거야. 정도가 얼마나 심하냐가 문제일 뿐이야. 봐봐, 유 간호사. 정도가 약하면 그런 것을 초기에 진단했다고 칭찬 들을 것이고, 심하면 '아이고, 그런 중한 것을 발견해 주셔서 감사합니다.'라고 할 것 아니냐? 무조건 좋은 것이야!"

이월 말이 되었지만 아직은 추웠다. 그래도 이제는 야외활동을 할만했다. 고교 동창들이 골프 모임을 갖자고 연락을 했다. 기덕은 캘린더를 보면서 날짜를 살피고 있었다. 대기실에는 일찍 온 환자들이 서너 명 접수하고 있었다.

"하이고 무겁다. 원장님 계셔!"

병원이 쩌렁쩌렁 울리는 목소리가 들렸다.

"아줌마, 지금 들어가시면 안 돼요."

다급한 임 간호사의 목소리가 들렸다. 기덕의 앞에 서 있던 유 간호사가 뛰어나갔다.

"아녀, 나는 아파서 온 게 아니고 인사하러, 감사 인사 하러 왔어."

그러더니 대기실에 앉았나 보다. 대기실이 울리게 수다를 떨었다.

"하이고, 우리 나 사장이 하늘나라에 절반쯤 갔다가 왔당께. 원장님 말 듣고 S 병원 심장내과에 갔드만... 심장 혈관이 팔십 퍼센트가 막혔다네. 그것도 모르고 육장 정형외과만 다녔응께. 심장 과장이 쪼끔만 늦었어도 급사할 뻔했다고... 하이고, 인자 그 지긋지긋한 담배를 끊게 되었잖혀!"

나 사장 부인이었다. 나 사장이 원장님 덕에 어제저녁에 응급으로 심장시술을 해서 스텐트를 두 개나 박고 입원해 있다고 침을 튀기며 열변을 토했다. 기덕이 유 간호사에게 어서 모시고 오라고 했더니

"원장님, 칭찬 중이시니까 내버려두세요. 오신 환자들이 다들 박수를 치고 좋아하시잖아요. 좀 더 원장님 주가를 올립시다. 좀 더!"

라며 다시 대기실로 나갔다. 기덕은 씁쓸한 웃음을 지었다.

'한 사람이 죽어서 한 가지를 배웠더니, 다른 사람을 살리는구나. 그려, 의사가 참 어려운 직업이여. 어려운 직업.'

정자룡이라 해라

1

기환은 콧노래를 부르면서 문화촌으로 향했다. 미생물학 교수님의 소개로 입주 알바를 찾아가는 중이다. 본과 1학년 때 성적이 좋아서 특별히 교수님께서 좋은 자리를 소개해 주셨다. 더구나 학생이 기환이의 고교 후배였으니 기환은 더욱 신이 났다. 하늘은 약간 흐렸고 따뜻한 봄바람이 불어 이제 막 연록의 새싹을 피운 버드나무 가지들이 하늘거리고 있었다.

커다란 철문 옆의 작은 출입문, 그 옆 기둥에 초인종이 있었다. 초인종이 있는 집을 얼마 만에 와보는 것인가? 그것은 부잣집이라는 첫 번째 표시였다. 하얀 벽돌 담장 안에는 감나무와 소나무, 대추나무가 2층까지 자라 있었다. 기환은 초인종 앞에서 숨을 고르고 긴장을 풀었다. 오늘 꼭 성공해야 한다. 그래야 남은 의대 생활이 수월해진다. 비록 아산장학금 덕분으로 학비는 해결되었지만 여전히 주머니는 비어 있었다. 입주 과외는 기환이 같은 가난한 학생들에게는 가장 좋은 자리였

다. 먹고 자는 것과 생활비가 동시에 해결되는 것이었다. 초인종을 눌
렀다. 잠깐을 기다리자 명랑한 젊은 여자의 목소리가 들렸다.

"누구세요?"

"예, 하 교수님께 소개받은 학생입니다."

최대한 당당하게 대답했다.

"아 예... 엄마! 오셨네."

철컥하더니 샛문이 열렸다. 기환은 문을 밀고 들어갔다. 문에서 현관
까지 잔디가 깔렸고 둥근 징검돌이 놓여 있었다. 기환은 그 분위기에
약간 기가 죽었다. 정원에는 수많은 정원수 사이에 하얀 벤치도 놓여
있었다. 기환은 다 쓰러져 가는 자신의 흙벽 집을 떠올리며 입맛을
다셨다.

'나는 언제 이런 집에 살아보나...'

현관 계단에 올라서는데 현관문이 열리면서 보기 좋게 오동통한 부
인이 긴 갈색 비로드 원피스에 흰색 카디건을 걸치고 나왔다.

"어서 와요. 기다리고 있었어요."

밝게 웃으면서 기환을 맞으면서 위아래를 훑어보았다. 마음 좋게 생
긴 전형적인 부잣집 마나님의 분위기를 풍겼다. 거실로 들어서면서 기
환은 한 번 더 놀랐다. 밝은 베이지색으로 전체적인 분위기가 포근했고
넓은 창이 정원을 모두 보여주고 있었다. 벽에 큰 가족사진이 걸려 있
었고 그 아래 피아노가 있었다. 피아노가 있다는 것은 정말 부자라는
표시였다. 가죽 소파가 있고 맞은편에는 갈색 나무 장에 담긴 티브이도
있었다. 소파 옆의 탁자 위에는 그 귀한 백색전화기가 있었다. 기환은

완전히 기가 죽는 자신을 발견하고 다시 호흡을 가다듬었다. 일부러 어깨를 폈다.

"엄마, 잘생겼다. 키도 크고..."

기환의 등 뒤에서 예의 명랑한 목소리가 들렸다. 기환은 최대한 천천히 돌아보았다. 제법 큰 키의 아가씨가 쟁반에 주스를 받쳐 들고 웃고 있었다. 도시에서만 살아온 듯 예쁘고 날씬했다. 헐렁한 미색의 운동복 추리닝 차림이었다. 가슴에 크게 그려진 나이키 마크가 그녀의 수준을 보여주는 듯했다. 주인아주머니가 소파에 앉으면서 기환에게 손짓을 했다.

"여기 앉아요."

기환은 다시 최대한 허리를 세우고 당당히 걸어서 소파에 앉았다. 이런 거실은 난생처음 와보는 곳이었다. 아주머니 곁에 아가씨도 앉았다. 그리고 재미있다는 표정으로 기환을 찬찬히 보았다.

"하 교수님께 이야기 들었어요. 한마디로 앞으로 의대를 이끌어 갈 수 있는 재원이라고..."

기환은 가슴이 뜨끔했다. 교수님이 많이 예뻐해 주시는 하지만 그렇게까지 칭찬의 소개를 했을 줄이야...

"아닙니다. 교수님께서 과찬을 하셨습니다."

기환은 혀로 입술을 축였다. 괜히 입이 탔다. 아가씨가 주스 잔을 밀면서 권했다.

"마셔요. 목이 타나 본데... 긴장 말고 편하게 이야기해요."

"얘는 동석이 큰누나예요. 서울에서 직장 다니는데, 오늘 선생님이 오신다고 어떤 분인지 궁금하다고 내려왔네요."

기환은 놀랐다. 눈을 들어 큰딸을 보았다. 딸도 기환이와 눈을 맞추고 피하지 않았다.

'서울에서 나를 보러 왔다고? 그리도 내가 중요한 사람인가? 과외선생인데?'

"우리 욕심에는 동석이가 조금만 더 노력을 하면 좋을 것 같은데 그 조금이 부족해서..."

"걔가 머리는 괜찮아요. 그런데 요즘 사춘기라... 가수 혜은이에 빠져서 정신을 못 차려요."

사모님의 말을 이어서 딸이 나서서 문제점을 쏟아냈다.

"예, 그럴 수 있죠. 오늘 만나볼 수 있죠?"

기환은 약간 자신감이 붙었다. 아주 공부를 못하는 아이는 힘들다. 몇 번 과외를 해봐서 알지만, 기초가 아예 없는 아이는 과외도 별 소용이 없었다. 기환만 힘들었다.

"암요. 지금 2층에서 바짝 쫄아 있어요. 고등학교 선배님이 선생님으로 오신다니까요."

딸이 웃으면서 2층을 보았다. 하얀 이가 가지런히 보였다.

"됐다. 너는 운동 안 가니?"

아주머니가 딸 옆구리를 치며 떠밀었다. 딸은 엄마를 보며 애교를 부렸다.

"엄마, 이제 막 심사가 시작되고 있는데... 저요, 동석이를 의대에 보내주셔야 되는데... 자신 있으셔요?"

아주 까놓고 본론을 이야기했다. 아마도 엄마가 말하기 어려울 거라 생각해서 자기가 나선 것 같았다. 기환은 어려웠다. 이걸 어떻게 말해야 되나. 주스를 마시며 생각했다. 지금의 대답이 오늘의 하이라이트라는 것을 기환은 느꼈다.

"그건... 동석이에게 달렸죠. 공부라는 것이 억지로 집어넣는다고 되는 것이 아니고... 저는 앞에서 끄는 것이 아니고 뒤에서 미는, 최선을 다해서 밀어주는 일을 하는 것이죠. 방향은 동석이 정하고, 발을 내딛는 것도 동석의 몫이고요."

기환은 자신이 말을 하고도 놀랐다. 어디서 그런 멋진 문장이 떠올랐을까? 다양한 책을 많이 읽은 덕분일 것이다. 그리고 내친김에 덧붙였다.

"동석이가 기초만 되어 있으면, 제가 꼭 의대에 갈 수 있도록 뒤에서 열심히 밀어주겠습니다."

이 말을 듣더니 딸은 박수를 쳤다. 그리고 일어섰다.

"엄마, 내 심사는 끝났어. 100점 만점에 150점! 동석이가 의대 갈 수 있겠네. 정말 멋져요. 선생님."

그러더니 손을 내밀었다. 기환은 칭찬에 놀랐고, 악수를 청하는 것에 더 놀랐다.

"저는 이혜신이에요. 만나서 반갑고 기쁘네요."

기환은 어정쩡하게 몸을 일으켜서 악수를 받았다. 꼭 쥐는 손에서 신뢰가 느껴졌다. 그리고 스포츠 백을 둘러메고 나갔다.

"큰애는 일찍 서울에 가서 학교를 다녔어요. 그래서 좀... 우리와는 다르죠. 미안해요."

아주머니는 민망해했다. 그러나 기환에게는 당황스러웠지만 새로운 경험이었다. 아직까지 이런 꾸밈없고 쾌활한 여자를 본 적이 없었다.

"아뇨, 전혀... 따님이 동생을 굉장히 아끼시나 봐요."

"예, 장손이니까요. 아빠도 없는데..."

그 말에 기환은 피아노 위의 가족사진을 보았다. 분명히 화목한 부부와 두 명의 딸, 그리고 막내아들이 있었다. 그런 기환을 보면서 아주머니는 조용히 속삭였다.

"남편이 이 년 전에 교통사고로 갑자기... 그래서 제가 혼자 기르기가 좀 힘이 드네요."

기환은 다시 사진을 보았다. 큰딸에 비해서 두 동생은 나이 차이가 좀 나는듯했다.

"그래서 큰애가 저를 많이 챙기죠. 아빠 구실을 하려고 해요."

기환은 고개를 끄덕였다. 기환이도 아버지가 돌아가신 후에 큰누나가 집안일을 많이 챙기며 어머니를 돕는 것을 보았기 때문에 이해가 되었다.

"동석이를 볼까요?"

"아, 그래요. 내려오라 할까요?"

"아니요. 제가 올라갈게요. 2층 방이 하난가요?"

"두 갠데 첫 번째... 우측 방이에요."

기환은 집으로 가는 언덕길을 오르며 콧노래를 불렀다. 혜은이의 '당신은 모르실 거야'를 흥얼거렸다. 참 노래를 감미롭게 부르는 가수다.

'...당신의 아픈 마음을 깨끗이 씻어드릴게...'

어머니는 당신의 짐이 한결 덜어진 것에 안도하시면서도, 평일에는 여동생과 둘이 있어야 한다는 것에 섭섭해하셨다. 그래도 기환이가 버는 과외비로 동생의 학비에 보탬이 된다는 것이 얼마나 다행인가. 잠자리에 누우니 아주머니의 잔잔하면서도 뭔가 아련한 듯한 분위기와 반대로 명랑하고 쾌활한 큰딸의 모습이 겹쳐서 떠올랐다. 그리고 자신이 혜은이의 '당신은 모르실 거야'를 함께 불러주자 신나게 부르던 동석의 모습이 떠올랐다. 방 안에 가득한 여러 모양의 혜은이 사진도 재미가 있었다.

"그래? 동석이랑 노래를 불렀다고? 정말?"

"야, 노래도 잘하더라."

혜신은 엄마의 말에 손뼉을 다시 쳤다. 그리고 동석이 있는 2층 방을 쳐다보았다.

"엄마, 그 선생이 어리지만 사춘기 아이의 마음을 잘 읽네. 아마 동석이가 마음에 쏙 들어 하겠는데?"

"그런가 봐. 저녁 먹고 올라가서 숙제한다고 안 내려오네."

"숙제?"

미숙은 소파에서 티브이를 보면서 웃었다. 잠옷을 무릎으로 걷어 올리며 무릎을 만졌다.

"선생님이 숙제를 냈다고, 꼭 월요일까지 해야 한다면서..."

혜신은 2층으로 올라갔다. 동석은 책상에 머리를 박고 열심히 공부를 하고 있었다. 혜신은 동생 뒤로 다가가서 굽어보았다. 수학 문제를 풀고 있었다.

"지금 숙제하니?"

동석은 고개를 들었다.

"응, 근데 어렵네... 이것을 풀어야 혜은이 누나 노래를 들을 수 있는데..."

그 말에 혜신은 '풋' 하고 웃음이 나왔다. 동생 어깨를 두드리며 물었다.

"그냥, 들으면서 해도 되고, 안 하고 들어도 되잖아."

동석은 의자를 돌려서 누나를 보았다. 그리고 점잖게 말했다.

"누나, 선배님과의 첫 약속인데, 또 남자끼리의 약속인데, 그러면 안 되지..."

동생의 대답에 고개를 끄덕이며 혜신은 진지한 표정으로 말했다.

"응, 선배에다 남자끼리의 약속! 그래 꼭 지켜라. 남자야! 그리고 다른 특별한 것은?"

동석은 연필로 연습장에 '절제'라고 썼다. 혜신이 굽어다 보았다.

"좋아하는 것을 하면서도 절제를 할 줄 알아야 성공한다고..."

혜신은 고개를 끄덕이며 동석의 어깨를 쓰다듬었다.

"동석아, 좋은 선배다. 선생으로서도 훌륭하다."

기환이 문화촌에 온 지도 한 달이 지났다. 동석과는 서로 잘 적응해 가고 있었다. 동석도 형이 없이 살았던 터라 형같이 잘 따라주었다. 남자들 사이에서 형처럼 무섭고도 좋은 존재가 있을까? 어쩌면 아버지보다 더 영향력이 큰 존재가 형일 것이다. 주인아주머니는 말이 별로 없으시고 잔잔했다. 언제나 똑같은 품위를 유지하고 계셨다. 사업을 하는 탓에 저녁 귀가가 좀 늦었다. 혜신은 한 번 더 주말에 내려왔었다. 아마도 동생의 적응 과정을 살펴보고 싶었던 것 같았다. 많이 만족하고 귀경했다고 한다. 기환은 주말에 써클 엠티가 있어서 과외를 쉬었다. 기환은 동석과 영어를 한 시간 공부하고 대화를 했다.

동석을 앞에 앉히고 물었다.

"너 왜 의대 가려고... 아니 왜 의사가 되려고 해?"

동석이 두 손을 얌전히 모으고 기환을 바라보았다.

"집안을 일으켜 세워야 하니까요."

담담히 말했다. 기환은 고개를 크게 끄덕였다.

"장손다운 생각이네. 좋은 의사가 되면 집안은 저절로 일으켜 세워지지. 일단은 좋은 의사가 되려고 생각해라. 좋은 의사 되기가 어렵거든."

동석은 마음속으로 되뇌었다.

'좋은 의사?'

기환은 일어나 돌아서며 숙제를 냈다.

"너 혜은이의 '당신은 모르실 거야'를 영어로 번역해 봐. 그러면 자도 돼."

"가요를 영어로요?"

"그래, 그래서 그 노래가 미국에도 진출되고, 그래미상도 타고 그래야지."

동석은 눈을 크게 뜨고 기환을 보더니 책상을 향해 돌아앉았다. 카세트를 틀어서 노래를 듣기 시작하는 것을 보고 기환은 물을 마시러 거실로 내려왔다. 소파에는 사모님이 앉아서 맥주를 마시고 있었다. 술을 마시는 것은 처음 보는 장면이라서 좀 놀랬다.

"사모님, 술을 마시시네요? 무슨 일 있으셔요?"

기환은 주방 냉장고 문을 열며 물었다. 정말 귀하다는 투 도어 냉장고였다.

"예... 요즘 좀 힘들어서..."

미숙은 남은 맥주를 다 마시더니 나직히 푸념을 했다. 기환은 긴 소파 옆의 작은 소파에 앉았다. 2층에서는 조그마하게 노래가 흘러나오고 있었다.

"동석이는 공부 끝났나요?"

2층을 보며 사모님이 물었다. 분홍색 홈웨어가 안방 주인의 기품을 보여주고 있었다. 풍만한 중년의 몸은 여전했지만 얼굴이 야위어 보였다. 기환은 여유 있는 웃음을 지어 보였다.

"좋아하는 가수를 미국에 진출시키려면 그 곡들을 영어로 번역해서 불러야죠. 그래서 영어로 번역하고 있어요."

미숙은 눈을 크게 뜨고 기환을 보며 되물었다.

"노래를 영어로 번역해요?"

기환은 물을 마셨다. 사모님에게 맥주를 따라 주면서 더 여유를 부렸다.

"엄청 영어 공부에 도움이 되죠. 실생활 영어니까요."

사모님은 안심이 되는 표정으로 소파에 몸을 기대었다. 그리고 이내 얼굴이 어두워졌다. 기환은 함께 걱정스러운 표정으로 조심스럽게 물었다.

"사모님, 근심이 있으시네요. 제가 알면 안 되나요?"

사모님은 기환이 따라 준 맥주를 단번에 마셨다. 그리고 머리를 흔들면서 괴로워했다.

"허 선생, 여자가 혼자서 사업을 한다는 것이 참 힘드네. 우리가 페인트 도매상을 하는 것은 알지요?"

기환은 고개를 끄덕였다. 전주에서 거의 제일 큰 페인트 대리점이었다.

"아빠가 돌아가시고 나니까, 수금이 안 돼. 페인트는 잘 나가는데 수금이 안 되니 돈을 돌릴 수가 없어... 지금까지는 어찌어찌 버텼는데..."

기환은 정신이 번쩍 들었다. 이 집이 어려워지면 자기도 과외를 못 할수도 있을 것 같은 느낌이 들었다. 더 심각한 표정으로 물었다.

"그런 데가 많아요?"

"아니 큰 거래처 서너 군데가... 열을 가져가면 2나 3만 주면서 또 주문을 넣어요. 거래가 끊기면 안 되니까... 안 줄 수도 없고. 아빠만 살아 있었어도..."

사모님은 끝내 울음을 터뜨렸다. 소매로 눈물을 닦았다. 기환은 화장품을 팔고 돈을 떼여서 속상해하던 어머니가 생각이 나서 마음이 아팠다. 얼른 화장실로 가서 수건을 가져다드렸다. 수건을 받아 들더니 기환을 한번 쳐다보고는 더욱 흐느껴 울었다. 기환은 물을 다 마셨다.

도와드리고 싶지만 자기가 할 수 있는 일이 없었다. 이처럼 좋은 과외 자리를 이 년은 유지해야 하는데 말이다.

'어쩌나...'

한숨이 나왔다. 사모님의 아픔보다 자신의 입장을 먼저 걱정하는 것이 미안했다.

"사모님, 쉬셔요."

기환은 고개를 숙인 채로 2층으로 올라왔다. 침대에 누웠다. 천장을 보며

'나쁜 놈들.'

이라고 욕을 뱉었다. 동석의 노랫소리는 아직도 들리고 있었다.

"...이름을 불러주세요. 나 거기 서 있을게요..."

"...please call my name..."

노랫소리에 기환은 벌떡 일어났다. 어려울 때면 언제든지 찾으라던 '정준호'라는 이름이 생각이 난 것이다.

'아, 준호!'

기환은 조심스럽게 1층으로 내려왔다. 사모님은 없었다. 조심스럽게 전화기를 들었다.

"여보세요? 월드컵이죠?"

"아닙니다. 잘못 거셨어요."

냉정한 목소리의 거친 남자였다. 분명히 준호가 자기에게 연락하려면 이곳으로 전화하라고 했는데... 그러다 기환은 다시 걸었다. 이것은 정준호의 방, 직통 전화번호였다. 같은 목소리의 남자였다. 기환은 자기도

약간 거칠게 말했다.

"친군데, 자룡이 좀 바꿔라."

갑자기 상대의 목소리가 작아졌다.

"자룡 형님이요?... 누구시라고..."

기환은 더 거칠게 대답했다.

"친구 기환이라고 전해라."

"아, 예. 기... 환 님이요?"

조금 후에 준호의 목소리가 크게 들려왔다.

"아이구 기환이 형님. 오랜만이요. 웬일이유? 이 밤에."

목소리가 너무 커서 거실이 울렸다. 기환은 얼른 전화기를 손으로 막고 안방을 쳐다보았다.

"응 준호야, 급한 부탁이 있어서... 지금 월드컵으로 갈게. 괜찮아?"

안방 문이 열리고 사모님이 잠옷 바람으로 나왔다. 기환은 전화기를 손으로 더 가리고 급하게 말을 끊었다.

"그려, 지금 갈게 기다려."

그리고 사모님을 보고 일어섰다. 잠이 막 들려고 했는지 사모님은 몸이 반쯤 풀려 있었다. 기환은 전화기를 내려놓고 인사를 했다.

"사모님, 제가 급히 다녀올 데가 있어서요. 죄송합니다."

"아니, 이 밤에?"

사모님이 깜짝 놀라며 벽시계를 보았다. 11시가 돼가고 있었다. 사모님은 급히 방으로 들어갔다. 그리고 돈을 들고 나왔다. 기환은 냉장고에서 물을 꺼내 마시고 있었다.

"선생님, 어디 가시게요? 급한 일인가 보죠? 택시비 드릴게."

사모님이 당황스러운 표정으로 돈을 주었다.

"아뇨. 괜찮아요, 사모님."

"이 늦은 시간에 어떻게 돌아오시려구요."

사모님은 기환의 팔을 잡고 기환의 바지 주머니에 돈을 꾸겨 넣어 주었다.

"사모님, 늦을지도 모르니까 먼저 주무셔요."

현관을 나가는 기환을 걱정스러운 표정으로 사모님은 바라보았다. 기환은 대문을 닫고 큰길까지 뛰었다. 택시를 타고 가면서 기환은 머리를 젖히고 눈을 감고서 준호를 생각했다.

2

준호와는 중학교 1학년 때 같은 반이었다. 그리고 준호는 반장이었다. 반장이 된 이유는 키와 덩치가 제일 컸기 때문이었다. 준호는 맨 끝 번이었다. 그런데 기환은 키가 작아서 5번이었다. 삼월 어느 날, 날이 추워서 잔뜩 움츠리고 학교에 가는데 전혀 춥지 않은 듯이 당당히 걸어가는 등치가 있었다. 자세히 보니 준호였다.

"야, 반장. 너는 안 춥냐?"

다가가서 물었다. 준호는 가방을 둘러메면서 돌아보았다.

"응, 꼬마구나. 나는 안 추워. 아침에 곰탕을 먹었거든."

"곰탕? 그건 어른들만 먹는 건데...?"

준호는 씩 웃으면서 기환의 머리를 만졌다.

"임마, 니가 봐도 내가 어른 같지 않냐?"

녀석은 한 걸음만 걸어도 기환은 한 걸음 반을 걸어야 따라갈 수가 있었다. 따라가려니 숨이 차고 오히려 땀이 날 지경이었다.

"준호야, 좀 천천히 걸어라. 따라가기 힘들다."

"나 지금 너와 맞추느라 천천히 걷는 거야."

그날 이후로 둘은 등굣길에 거의 같이 다니게 되었고, 가끔 등굣길에 기환이가 준호의 집으로 찾아가면 부모님께서 곰탕을 한 그릇 퍼주시기도 했었다. 그때 준호가 곰탕에 깍두기를 몇 숟갈 넣어서 먹는 것을 보고 기환은 그가 마치 자기 삼촌 같은 느낌을 받았다. 그래서인지 기환은 지금도 곰탕에는 꼭 깍두기를 넣어서 먹는다. 그리고 그와 결정적으로 친해진 사건이 있었다.

준호는 공부에는 관심이 없고 덩치에 어울리게 운동을 좋아했다. 기환은 잘하는 것이라고는 공부뿐이었다. 기환이가 시험 전에는 준호에게 중요한 것만 알려주었고, 준호는 그런 기환을 매우 고마워했다. 기환은 첫 중간고사에서 1학년 전체 1등을 했다.

중간고사가 끝나고 환경 정리 평가가 있었다. 당시만 해도 교실 뒤 게시판 정리와 청소 상태, 교단 주변 정리 등등을 일제히 평가하여 반별로 점수를 매겨서 시상했었다. 기환은 준호를 도와서 수업이 끝난 교실에서 게시판 정리와 교단 주변 정리를 도왔다. 게시판에는 큰 세계지도를 붙이고 반 아이들에게 가고 싶은 나라 이름을 쓴 이름표를 붙이게 했고, 옥수수가 자라서 우리가 먹게 되기까지의 과정을 도표로 정리해서 붙였다. 당시만 해도 점심때 옥수수 빵을 급식으로 주었었다. 교단 주변에는 선생님들이 오시면 쉽게 볼 수 있게 반 친구들의 장기를 적어서 노트로 놓아두었다. 이런저런 아이디어를 제공해서 준비한 덕분에 준호의 반은 환경 정리에서 전교에서 1등을 했고, 준호는 월요일 조회 시간에 앞에 나가서 교장선생님께 상장과 상품을 받았다. 상품이야 영어 사전이었지만 상장은 일 년 내내 교실에 붙어 있었다.

훗날 준호는 그 일을 이렇게 이야기했다.

"기환아, 내가 학교 다니며 평생 1등이라는 것을 못 해봤는데 그때 딱 한 번 니 덕에 1등을 해봤다. 그게 상은 내가 받았지만 니가 1등 한 거지, 나는 니가 하자는 대로 했응께..."

그런데 그런 준호가 폭력조직에 빠지게 되었다. 당시에 전주에 조폭과 연계된 몇 개의 학생 폭력조직이 있었는데 준호가 어쩌다 그중 제일 큰 조직에 속하게 되었었다. 아마도 덩치 때문인 것 같았다. 그래도 둘은 친했다. 준호에게는 형만 세 명 있었고 나이 차이가 여섯 살이나 나는 어린 여동생이 있었다. 기환은 그 동생과도 친했고 그 아이도 기환을 잘 따랐다. 아빠나 삼촌 같은 오빠들과 다르게 같이 어울려 주고 노래도 가르쳐 주고 공부도 함께 해주는 기환이가 더 정답게 느껴졌을 것이다.

그런데 그 동생이 어느 날, 갑자기 열이 나더니 하루 만에 손쓸 틈도 없이 죽었다. 장사를 치른 다음 날 준호랑 준호의 집에 가는데, 집으로 들어가는 골목 어귀에서 준호 아버지가 막내의 옷을 태우고 계셨다. 준호가 다가가서 동생의 옷을 들더니 울었다. 아버지는 준호가 든 옷을 빼앗아서 불에 던졌다. 기환이도 눈물이 났다. 3일 전만 해도 같이 골목에서 공기놀이하던 아이가 타는 옷의 연기처럼 사라진 것이다. 기환은 아버지 몰래 동생의 양말을 주워서 주머니에 넣었다. 준호와 기환은 옷을 다 태우고 아버지가 돌아가신 후에도 한참을 울면서 앉아 있었다. 불꽃이 사그라질 때 기환이가 주머니에서 양말을 꺼내 준호에게 주었다. 준호는 고맙다고 하며 받았다. 준호가 밥 먹고 가라며 기환의 손을 잡아끌고 가다가, 돌아서서 꺼져가는 불더미에 양말을 던졌다. 그리고 울면서 돌아왔다. 그때의 황당함과 슬픔이 기환이 의사가 되려고 결심을 하는 데 조금은 영향을 미쳤었다. 준호가 손을 비비면서 기환의 어깨를 감쌌다.

"양말 보면 더 맴이 아프겄다."

그 후로 준호는 학교에서는 말썽꾸러기가 되었다. 정학도 당하고, 교무실에 수시로 불려 가고 생활 주임 선생에게 엉덩이가 성할 날이 없이 맞으면서 학교를 다녔다. 그래도 기환이와는 친했다. 무슨 이유에서인지 그에게는 정이 많이 갔다. 기환이는 준호에게 항시 말했다.

"준호야, 그래도 절대 퇴학은 당하지 않게 무조건 잘못했다고 빌어라. 공부는 내가 도와줄게."

준호는 어렵게 중학교를 마쳤다. 3학년 때는 기환이가 더 적극적으로 공부를 도왔다. 거의 저녁이면 준호의 집에서 먼저 가서 공부하면서 그를 기다렸다. 통금이 있던 시절이라 늦으면 같이 잤다. 나중에는 준호가 혀를 내둘렀다.

"기환아, 내가 지금 수학을 해서 뭐 하노. 씰데없는 짓이다. 공부 잘하는 너나 열심히 혀."

"아녀, 준호야. 내가 역사책을 읽어보면 힘만 센 장군은 절대 성공 못해. 장수도 배우고 익혀서 머리를 쓸 줄 알아야 성공하드라. 니가 그쪽에서도 성공하려면 공부는 해야 돼. 꼭 고등학교 가고 졸업장도 받아야 돼."

그럴 때는 기환이 형 같았고 준호는 한참 아래 동생 같았다. 그저 다소곳이 듣고 있었다. 준호는 반이 갈려서도 저를 챙겨주고 또 따라주는 기환이가 고맙기도 하고 기특했던 것 같다. 그런데 준호는 공고에 합격했고, 기환은 전주고에 떨어졌다.

"기환아, 이기 무슨 일이고. 니가 붙고 내가 떨어져야지... 나 땜시 니가 떨어져 뿌렀네.."

기환은 재수를 했고 둘은 고등학교 시절에도 친하게 자주 만났다. 재수를 하면서 기환은 체격이 커졌다. 일 년 만에 제법 큰 편에 속할 정도로 키도 크고 체격도 준수해졌다.

준호를 만나려면 으슥한 사창가 같은 곳으로 가야 했다. 준호는 자기가 나갈 테니까 거기는 오지 말라고 한사코 말렸다. 정말 한번 가보니 세상에 이런 곳이 있었구나 싶은 곳이었다. 좁은 골목의 핑크빛 쇼윈도 안에 거의 벌거벗은 여자들이 앉아 있었다. 기환은 질겁을 했다. 준호의 사무실(?)에도 발가벗은 여자의 사진이 걸려 있었다.

"기환아, 오지 말라니까. 여기는 니가 올 곳이 못 돼야..."

서둘러 손을 잡고 나갔다. 시내 튀김집에 앉았다. 기환은 준호를 보았다. 준호는 민망한 얼굴로 튀김 그릇을 기환이에게 밀었다.

"내가 여기 중간보스쯤 되었어야. 쌈을 잘하거든."

정말 보여주는 주먹을 보니 기환의 머리만 했다. 팔에는 몇 개의 칼자국도 보였다.

"준호야, 나와 약속한 것 잊지 마라. 꼭 졸업해야 한다. 내가 도와줄게. 이번에는 나도 단번에 의대에 합격할 거니까, 너도 공부해야 한다는 생각은 버리지 마라. 꼭이다."

"그래 알았어. 니 덕에 환경 정리 1등을 할 때도 머리를 써야 한다고 많이 느꼈거든..."

그리고 준호는 공고를 졸업했고 군대도 해병대로 갔다 왔다. 군대를 제대하고 만났을 때 준호는 그 조직의 이인자가 되어 있었다. 만나는 곳도 멋진 갈빗집이었다.

"기환아, 내가 제일 맛있게 먹은 음식이 뭔 줄 아나?"

기환은 소주를 입에만 대고 내려놓았다. 준호는 씩 웃으면서 맥주잔에 가득 든 소주를 한입에 털어 넣더니 기환의 손을 잡았다.

"나가 공고 졸업장 받았다고 니가 사준 짜장면이여. 세상 어떤 것보다도 그날 그 짜장면이 질 맛있었다! 기환아! 지금까지도 그려. 더 맛있는 것을 먹어보덜 못했다!"

기환은 웃었다. 돈이 없어서 다른 것을 사주지 못해서 언제나 마음에 걸렸는데 말이다.

"나도 니가 의대 합격했을 때 멋진 식사 대접헐라 했는디, 개병대에서 졸라 빵이 치고 있을 때라서 못 했다. 오늘 여기는 어떠냐? 멋지지?"

"응, 멋지다. 고기도 맛있고."

기환은 웃으면서 주변을 보았다. 이제 다시 보니 깍두기 머리의 건장한 청년들이 식당 입구에 서 있었다. 기환이가 준호에게 눈짓으로 표시하니까 준호가 그들을 보더니 소리쳤다.

"야! 눈치채지 못하게 니들도 앉아서 불고기 시켜 먹어야지. 성님이 벌써 눈치채셨잖냐!"

그들은 서둘러 저만치 떨어진 식탁에 앉았다. 준호가 갑자기 자기를 형님이라고 불러서 기환은 어리둥절했다. 준호는 눈을 깜짝이며 웃었다.

"기환아, 니 말대로 배워야 허드라. 회사(조직)에는 고등학교 나온 놈도 거의 없어. 전부 중학교 중퇴, 좀 나으면 고교 중퇴여. 근데 나는 고졸이잖냐. 것도 공고 토목과니 엄청 폼 나지!"

기환은 기특하다는 표정으로 준호의 손을 잡았다. 준호의 손에 비하면 자기 손은 초등학생 손이었다. 준호가 소주를 한잔 더 비웠다.

"니가 나 해병대 있을 때 보내준 《삼국지》를 여러 번 읽고 내가 많이 컸지. 머리가 컸지. 그러니까 자연히 회사에서도 형님이 인정을 해주시더라고. 삼국지를 읽고 내가 조자룡이 되어야지 장비 같으면 안 되지 하고 결심했다니까."

준호는 기환이 따라 주는 소주를 단번에 마셨다. 그래도 얼굴색이 하나도 안 변했다.

"근디, 기환아. 니가 양수 이야기를 잘 읽으라고 했제. 양수가 내가 보기에는 천잰디, 좀 아깝드라 야. 조조가 왜 걔를 죽였을까?"

준호가 자세를 바꾸더니 기환에게 진지하게 물었다. 기환은 준호가 기특했다. 자기의 충고를 이렇게 잘 기억하고 따라주니 말이다.

"응, 니가 잘 봤다. 양수가 천재였지. 근데 너무 허망하게 죽었지. 왜냐면."

준호가 의자를 당겨 앉더니 갈비를 한 점 집어서 기환의 접시에 얹었다.

"양수가 똑똑했는데 자기 주군인 조조의 성격을 제대로 파악을 못했어. 조조가 자기보다 똑똑한 사람을 경계한다는 것을 모르고, 너무 똑똑한 것을 드러냈거든."

준호가 심각한 표정으로 들으며 머리를 긁적거렸다.

"그건 그려, 여러 번 조조를 놀라게 했응게."

기환이 준호를 지긋이 보며 자기 접시의 고기를 준호의 입에 넣어주었다.

"양수가 비범함을 보이면서도 '나는 조조 당신보다 부족합니다.'라는 태도를 보였다면, 조조의 곁에서 책사가 되었고, 중국의 역사가 바뀌었을 수도 있었지."

준호가 두 손으로 머리를 다시 긁었다. 기환이 소주를 맥주잔에 반만 따라 주었다. 이번에도 준호는 단번에 마셨다. 그리고 눈을 반짝이며 기환을 바라보았다.

"준호야, 니가 여기 이인자라며?"

준호가 고개를 끄덕였다.

"그럼 모시는 형님이 있겠네?"

"그럼, 중학교 때부터 나를 키워주셨지."

기환은 갈비를 가위로 잘라서 준호를 주었다. 그리고 소주도 다시 잔을 반만 채워주었다. 준호는 마시지 않았다.

"야기 마저 듣고 마실란다."

기환은 크게 웃었다. 멀리 있던 깍두기들이 웃음소리에 이쪽을 쳐다보았다.

"준호야, 니가 모시는 형님의 성격을 잘 알아야 해. 어떤 유형의 부하를 좋아하는지, 어떤 사업에 더 관심이 있는지, 상벌을 어떻게 행사하는지... 이런 것을 잘 기억하고 정리해 두어야 오랫동안 신임을 얻을 수가 있어."

준호가 고개를 끄덕였다. 꼭 중학교 때 기환의 충고를 얌전히 듣던 모습이었다.

"준호야, 그 형님이 너를 칭찬하면 너는 꼭 이렇게 말해라. '형님, 다 형님의 가르침 덕분입니다.' 그런데 그때 너의 표정이 중요해. 정말로 겸손하게 고개를 90도로 숙이고... 알았지?"

헤어질 때 기환이가 일어서서 준호의 어깨를 두드려 주었다. 준호는 기환의 뒤를 얌전히 따라 나왔다. 기환이가 나가자 깍두기들이 일렬로 서서 90도로 절을 했었다.

"형님, 편히 가십시오!"

기환은 준호가 잡아준 택시를 탔다. 준호가 만 원을 쥐여주었다. 기환이 웃으며 격려해 주었다.

"고맙고, 다음에 만나면 정자룡이라 불러줄게."

깍두기들은 차가 사라질 때까지 90도로 절을 하고 있었다.

3

월드컵 나이트클럽에서 기환은 내렸다. 11시지만 여전히 현란한 불빛 속에 음악이 귀를 찢고 있었다. 입구에서 기환은 기도에게 정자룡을 만나러 왔다고 말했다. 그러자 옆에 있던 다른 우람한 깍두기가 쏜살같이 다가오더니 구십 도로 절을 했다.

"기다리고 계십니다. 따라오시죠."

무대 뒤 깊숙한 방으로 안내되었다. 방 안은 완전히 딴 세상이었다. 고급 호텔의 회의실 같았다. 휘황한 샹들리에 아래 고급스러운 검은 가죽 소파가 물결 무늬의 대리석 탁자를 둘러 놓여 있었다. 준호는 미리 연락을 받았는지 문 앞에 서 있었다. 기환을 보자 단번에 안아서 한 바퀴를 돌렸다. 얼굴을 비비고 춤을 출 듯이 좋아했다. 오히려 기환이가 당황스러웠다.

"아이고 성님! 오랜만이유. 야들아, 니들도 인사하라. 의대생 성님이시다."

주변의 깍두기들이 90도로 절을 하며 외쳤다.

"형님, 만수무강하십시오!"

기환의 이야기를 듣던 준호가 고개를 끄덕이면서 가만히 물었다.

"그놈들 회사가 어디래?"

순간 기환은 아차 했다. 급한 마음에 사모님께 그걸 물어보지 않고 온 것이다.

"준호야, 내가 급해서 그걸 못 물어봤다. 어쩌지... 지금 전화해서 물어볼까?"

준택이가 고개를 저었다.

"아니다. 지금은 너무 늦었고, 너는 가서 사모님께 아무 걱정하지 마시고 다리 뻗고 푹 주무시라고 해라. 내일이면 다 해결된다고."

"내일?"

기환은 놀라서 물었다.

"그럼, 그런 일을 며칠씩 걸리게 하면 내 체면이 안 서지. 니가 나를 양수보다 더 똑똑하게 만들었웅께. 우리는 오늘 술이나 한잔하자."

그러더니 박수를 쳤다. 문이 열리고 미리 대기하고 있었던 듯이 아가씨 두 명이 양주와 과일 안주를 들고 들어왔다. 기환은 아연했다. 전주에 이렇게 예쁜 여자들이 있었나 싶을 정도로 아름다운 아가씨들이 엉덩이에만 걸친 초미니스커트에 유방을 드러낸 채로 오더니 곁에 앉았다. 기환은 기겁을 하고 물러났고, 준호는 그저 재미있다는 표정으로 웃고 있었다.

미숙은 잠을 못 이루고 밖을 보고 있었다. 마당에 나가서 택시 불빛만 비치면 샛문을 열고 내다보았다. 1시가 넘었다. 통금이 지났으니

'안 오려나 보다.'

미숙은 힘없이 발길을 돌려 거실로 들어왔다. 커튼을 걷고 그래도 혹시나 하는 마음으로 창밖을 내다보았다. 남편이 살아 있을 때도 이렇게 기다려 본 적이 별로 없었는데... 살금살금 2층으로 올라가서 기환의 방문을 열었다. 동석은 자는 듯 노랫소리가 그쳐 있었다. 불을 켜고 책상으로 다가갔다. 두꺼운 의학서적이 펼쳐져 있었다. 복잡한 도표가 그려진 페이지를 미숙은 손으로 쓰다듬었다. 마치 아들을 만지듯.

'이 밤에 어디를 갔을까? 왜, 아직도 안 올까?'

기환이 입주를 한 후로는 그를 보면서 마치 큰아들 같고, 어떤 때는 남편 같은 안도감을 가졌었는데, 오늘 괜한 넋두리로 걱정을 준 것이 내내 마음에 걸렸다. 한숨을 내쉬며 창을 보는데 경광등을 번쩍이는 경찰차를 따라 헤드라이트를 번쩍이며 차가 오고 있었다. 검은 고급 승용차였다. 미숙의 집 앞에 서더니 웬 검은 정장을 한 젊은이가 내려서 뒷문을 열었다. 기환이 내리고 젊은이는 90도로 절을 한 후에 경찰차와 함께 떠났다. 기환이 몸을 돌려 2층을 보았다. 미숙은 깜짝 놀라서 불을 끄고 계단을 달려 내려갔다. 초인종이 울리기도 전에 미숙은 현관문을 나서고 있었다. 문을 열자 얼굴이 붉어진 기환이 들어오며 꾸벅 인사를 했다.

"사모님, 죄송해요. 좀 늦었습니다."

"아냐, 근데 별일 없는 거죠?"

근심스러운 표정으로 미숙은 기환의 얼굴을 찬찬히 보았다. 술을 못하는 것으로 들었는데 술을 마신 것 같았다. 기환은 방긋 웃으면서 앞서 걸었다. 미숙은 문을 닫고 얼른 뒤를 따랐다.

"못하는 술을 쪼끔 마셨습니다. 지금은 괜찮습니다."

거실로 들어서면서 기환이 돌아서서 미숙을 바라보며 섰다. 그러더니 두 손을 잡고 말했다.

"저희 어머니도 혼자서 우리 가르치시느라 고생을 많이 하셨거든요. 그래서 사모님의 어려움에 가슴이 아파요. 사모님."

미숙은 자신에게 공감해 주는 기환이 고맙고 기특했다. 기환의 눈시울이 붉어지는 것 같았다.

"알아요. 알아. 오늘은 늦었네. 어서 올라가서 자요."

미숙은 기환을 재촉하여 2층으로 올려 보냈다. 고개를 숙이고 2층으로 올라가는 기환을 보며 미숙은 경찰차의 호위를 받으며 통금시간이 지나서 왔다면 어디를 갔다 왔을까 궁금했다.

기환은 방에 가자마자 옷을 입은 채로 불도 켜지 않고 누웠다. 조금 전 분명히 사모님이 자기 방에 계셨던 것을 보았다.

'걱정이 되셔서 그랬나?'

그러나 기환은 술기운에 그대로 코를 골았다.

미숙은 안방 침대에 걸터앉아서 가슴을 쓸어내렸다. 자기가 방에 있는 것을 본 것 같은데... 그리고 술 냄새보다 더 강하게 자신의 코를 자극했던 화장품 냄새가 더 신경이 쓰였다. 미숙은 불을 끄고 누워서 창의 커튼을 걷었다. 달빛이 침대를 어슴푸레 밝혀주었다. 머리를 흔들고는 돌아누웠다. 별일 없이 돌아와 다행이다 생각하며 잠이 들었다.

기환은 몸은 피곤했지만 오늘까지 해결하겠다고 한 준호의 말에 발걸음도 가볍게 문화촌을 향했다. 사모님은 다른 날보다 일찍 와 계셨고 표정도 밝아 보였다. 기환은 뭔가 일이 잘된 것을 느끼며 방으로 들어갔다. 씻고 책상에 앉아서 약리학 책을 폈다. 생화학을 잘해서 약리학이 쉬울 줄 알았는데 꼭 그렇지도 않았다.

저녁식사를 하면서 사모님이 고개를 숙인 채 조용히 물었다.

"어제 만난 사람이 누구야?"

기환은 국을 한 숟갈 떠서 밥을 삼키고 대수롭지 않게 말했다.

"중학교 친군데 의리로 맺어진 친구라고 할까요... 암튼 많이 친해요."

사모님은 기환을 똑바로 바라보면서 숟가락을 내려놓고 진지하게 말을 이었다.

"아침 일찍 우람한 청년들이 여러 명이 가게로 와서 기환 형님, 기환 형님의 동생들이라고 하며 거래처를 묻더라고..."

사모님은 기환을 보며 웃었다. 기환도 눈을 크게 뜨고 웃었다.

"제 동생들이요?"

사모님이 웃으며 고개를 끄덕였다.

"응, 확실히 기환이 형님이 보냈다고 했어. 그래서 알려줬더니, '사장님, 걱정 마십시오. 우리가 해결해 드리겠습니다.'하고 90도로 절을 하고는 가더라고."

사모님은 수저를 들고 밥을 뜨며 속삭였다.

"오늘 여러 군데서 밀린 대금을 모두 다 가져왔어. 원금만이 아니고 이자까지 계산해서 바리바리 싸 왔더라고. 내가 너무 놀랐지. 근데 앞으로도 계속 잘 부탁한다고 사장들이 직접 와서 따로 인사를 하더라니까."

그러면서 주방을 보는데 거기에는 과일 상자들이 여러 개 쌓여 있었다. 그러면서 기환을 뚫어져라 보았다. 기환은 사모님의 눈길이 민망했다. 일부러 고개를 갸웃거리면서 사모님의 눈길을 피했다.

"그런 동생들은 없구요, 잘 아는 친구에게 부탁은 했는데... 그 정도 일 줄은..."

사모님은 한숨을 크게 쉬었다. 그리고 밝게 웃으면서 기환의 손을 가만히 잡았다. 따뜻하고 부드러운 손이었다.

"은행에 저금하러 가니까 지점장이 나와서 접대를 하더라고, 액수가 워낙 크니까... 생각해 봐. 이 년 치 원금에다 이자까지 몇 군데에서 한꺼번에 받았으니까. 거기서도 지점장이 앞으로도 잘 부탁한다고 하더라고."

그러면서 사모님은 깔깔거렸다. 기환은 적이 마음이 놓였다. 준호가 큰소리친 만큼 확실히 해결을 해준 것이다. 기환은 손을 빼고 밥을 계속 먹으면서 사모님을 보고 함께 웃었다.

"잘되었네요. 그 친구가 그 정도일 줄은 나도 몰랐는데... 제게는 오래된 좋은 친구예요."

사모님은 기환을 보면서 눈을 살짝 흘겼다.

"아가씨가 나오는 집에서 양주도 사주고, 기사가 통금시간이 지났는데도 경찰과 함께 집까지 모셔다주고... 그게 보통 힘으로 되나?"

사모님이 얼굴을 빤히 보면서 말했다. 기환은 당황했다.

'아가씨랑 마신 것을 어떻게 아셨을까?'

"그 친구에게 인사를 해야 하지 않을까? 그게 도리인데... 기환 씨, 그 친구분이 어떻게 손을 썼는지, 나에게 죄송하다고 완전히 납작 엎드리더라니까."

사모님은 그 모습을 다시 생각하는지 손으로 입을 가리고 웃었다. 기환은 함께 웃으면서 검지로 식탁을 찔러 보였다. 사모님은 고개를 크게 끄덕이면서 맞장구를 쳤다.

4

"선생님, 어때요. 번역이..."
동석이 잘 정리된 메모지를 보여주었다.

'You do not know how much I love you....'

기환은 메모지를 보면서 동석의 등을 두드렸다.

"잘했네. 간절한 표현을 위해서는 첫 말에 'Ever'를 넣어. 그리고 노랫말에서는 'do not'은 잘 사용 안 하지, 'don't'를 쓰지. '사랑했는지'는 과거니까 'loved'가 시제에 맞지."

동석은 책상에 앉아서 다시 읽으면서 몇 군데를 고쳤다. 기환은 뒤에서 지켜보다가 자기 방으로 가면서 말했다.

"엄마 앞에서 영어로 불러드려라. 한국어로 한 번, 영어로 한 번."

동석의 공부를 마치고 기환은 거실로 내려왔다. 미숙이 밤에 축배를 들자고 했기 때문이다. 사모님은 너무나 행복해했다. 여자 혼자라서 당했던 설움을 단번에 날려버린 날이었다. 모든 거래처 사장들이 기어 오듯이 자기 앞에서 고개를 숙이면서 용서를 빌었단다. 하루아침에 상전벽해가 되어도 이렇게 될 수도 있구나 싶었다. 안주를 정성껏 준비해서 술자리를 만들었다. 술을 잘 못 마시니까 안주가 중요했다. 육포와 땅콩, 초코샌드... 그것도 안 해보았더니 힘들었다. 기환이 반바지에 셔츠 차림으로 내려왔다.

"동석이 노래가 어땠어요?"

기환이 앉으면서 물었다. 사모님은 맥주잔을 건네며 미소를 지었다. 그리고 맥주를 따랐다.

"노래 분위기가 달라진 것 같고, 영어로도 좋던데."

베이지색의 가슴이 좀 파인 맥시 원피스를 입었는데 보기에 좋았다. 두 사람은 건배를 하고 사모님은 단숨에 맥주를 들이켰다. 기환도 함께 한 잔을 다 마셨다. 사모님이 전화기를 들더니 기환에게 주었다. 감사를 꼭 전하라는 뜻이다.

"응, 자룡아, 고맙다. 덕분에 내가 마음이 편하게 됐다. 사모님도 너무 감사하다고... 인사를 하시겠다는데 어떠니?"

"얌마, 인사는 무신 인사. 나는 헌 일도 없이 동생들 시켰는디. 앞으로 걱정 마시고 사업 번창하기 바란다고 전하고, 니도 알바 오래오래 잘혀라."

"근데, 사모님 페인트 가게도 안 알려줬는데..."

기환은 내친김에 궁금한 것을 물었다. 갑자기 준호의 목소리가 작아졌다.

"그게 다 니 덕이지. 정보가 중요하잖아. 먼저 니 말대로 이 년 전에 사장이 죽은 과부네 페인트상을 찾았더니 금방이더라. 이 좁은 바닥에서. 딱 'N 대리점'으로 나오지. 그러면 다음에는 술술 풀리지. 거래 많은 건설사, 하청업체야 손바닥 뒤집기지. 그게 머리를 쓰는 거잖아."

기환은 혀를 찼다. 이름을 몰라도 그렇게 주변 사정만으로도 깔끔히 해결하다니...

"그래, 정말 대단하다."

"아녀, 다 니 덕이여. 참, 내가 어제 말을 못 했는디, 기환아, 너는 꼭 외과를 혀라. 그래야 우리 아그들이 칼침 맞았을 때 신세를 지지. 알았지?"

기환은 웃었다.

"야, 나는 무조건 외과야. 외과! 걱정 마라."

"그려, 니가 외과 의사 되면 내가 정말 폼 나지. 의사 선생이 거 뭐냐... 거.. 내 거시깅께."

"응, 주치의!"

"맞아, 주치의!"

갑자기 목소리가 커졌다. 주변에서 시끄러운 음악소리가 들렸다.

"기환아, 좋은 날 놀러 와라. 내가 주치의님께 진짜 이쁜 신삥으로 신방 차려줄게."

준호의 목소리가 온 거실을 쩌렁쩌렁 울렸다. 기환은 민망하여 사모님을 보았다. 사모님은 맥주를 마시다가 웃음을 터뜨렸다.

"그래, 고맙다. 연락할게."

기환은 얼른 전화를 끊었다. 사모님은 술잔을 내려놓고 지긋한 눈빛으로 기환을 보았다.

"확실히 좋은 친구야. 멋지다, 남자들 세계는."

그리고 기환에게 더 다가와 앉으면서 은근한 목소리로 물었다.

"어제는 신방을 못 차렸나 보네요?"

기환은 깜짝 놀라서 몸을 뒤로 빼면서 손을 저었다. 얼굴이 화끈거렸다.

"사모님, 저 그런 아이 아닌데요."

그러자 사모님은 귀엽다는 표정으로 다가와 얼굴을 쓰다듬으면서 다정히 말했다.

"알아요. 선생님이 순진하시다는 것은. 그런데 그 친구는 전혀 다른 세상 사람이네요."

사모님의 몸에서 어제의 아가씨들과는 전혀 다른 향기가 스며 나왔다.

그것은 소복이 쌓인 소나무 위의 눈과 길에서 녹아가는 잔설 같은 차이였다.

맥주를 마시려 하자 미숙이 자신의 잔을 부딪쳤다.

"두 남자의 우정을 위하여 건배."

기환도 기분이 좋아서 단숨에 마셨다. 기환은 술기운이 올라오자 몸이 힘들었다. 벌써 세 잔이나 마셨다. 속이 안 좋아서 일어서려다 주저앉았다. 그러다 갑자기 속이 메슥거리더니

"웨엑, 웨엑..."

거실 바닥에 거푸 구토를 했다. 기분이 좋고 분위기가 좋아서 맛있게 마셨는데, 과음을 해도 많이 한 것이다. 사모님은 혼비백산했다. 가죽 소파와 바닥의 양탄자에 토물이 덮였다. 기환은 엉금엉금 기어서 2층으로 올라갔다.

기환은 머리가 아파서 잠에서 깼다. 물을 마시러 주방으로 조심스럽게 내려갔다. 거실은 토물의 냄새로 가득했다. 자신이 한 번 토한 것까지는 기억이 났다. 그러고는 기억이 없었다. 역시 맥주 세 잔은 무리였다. 그것도 짧은 시간에 말이다. 기환은 민망함에 어쩔 줄을 몰랐다. 소리 안 나게 냉장고 문을 열고 물병을 찾았다. 탁자에 잔을 놓는 소리가 유난히 크게 들렸다. 물을 마시고 한 잔을 더 따라서 2층으로 가려는데 사모님이 나오셨다.

"으응... 아이고... 먼저 일어나셨네?"

사모님은 별일 없었다는 듯이 기환의 엉덩이를 두드리며 주방으로 가며 말했다.

"오랜만에 술주정 뒤처리를 해보니 추억이 새롭네. 해장국 끓여줄 테니 이따 내려와요."

기환은 사모님의 뒷모습을 보면서 미안함에 한숨이 나왔다.

술을 토하여 거실에 밴 냄새는 며칠을 갔다.

그날 이후로 기환은 되도록 사모님을 피했다. 거실에 구토를 한 것이 너무 죄송했다. 꼭 필요한 말 외에는 삼가고 거실에는 가능하면 내려가지 않았다. 그러니 자신이 공부하는 시간도 늘고 동석에게도 더 집중할 수 있었다. 사모님은 여유가 생기셨는지 가정부를 두셨다. 기환은 자신의 빨래를 가정부가 해주니 마음이 훨씬 편했다. 사모님도 점차 더 밝아지고 건강해졌다. 미생물학 교수님께서는 볼 때마다 칭찬을 해주셨다. 동석이 성적도 조금씩 오르고 있어서 모든 것이 좋은 1학기가 지났다.

"동석아, 니가 참 열심히 해주어서 내가 칭찬을 듣는다. 고맙다."

기환이 동석의 등을 두드리며 칭찬을 했다. 책상에 앉아서 동석이 앞을 보았다. 정면에 있던 혜은이의 사진에 '절제'라고 쓴 종이가 붙어 있었다.

"절제가 생각보다 어렵네요. 선생님."

동석이 기환을 올려다보았다. 기환은 동석을 내려다보며 벽에 붙은 다른 혜은이의 사진을 떼었다. 처음 왔을 때보다는 사진이 많이 사라져 있었다.

"절제가 안 될 때는 '가치'를 생각해. 참지 못하게 하는 이 일이 정말 나에게 얼마나 '가치'가 있는가? 하고 자신에게 물어야지."

5

오늘은 기환에게는 중요하고도 신나는 날이다. 오늘 과장님이 유방암 근치수술을 기환에게 맡기신 것이다. 처음으로 operator(수술자)로 유방암 근치수술을 하는 것이다. 옆에서 과장님이 도와주시기는 하지만 처음부터 끝까지 기환이 책임지고 하고 수술자로 이름을 올리는 날이다. 어시스트에 인턴인 동석이도 이름을 올렸다. 올해 의대를 졸업하고 기환의 병원에 인턴으로 들어온 것이다. 수술 시간은 오후 4시로 잡혔다.

수술은 잘 진행되었고 액와부의 임파선 청소술을 마치고 과장님은 수술방을 나가셨다. 기환은 유방을 절제하고 피부를 최대한 예쁘게 봉합했다. 나이가 54세라도 여자였다. 후에 유방성형술을 할 것을 전제로 피부를 최대한 여유 있게 남겨야 했다. 동석과 함께 도란도란 이야기를 나누며 신중히 봉합을 했다.

"큰누님은 잘 사시냐?"

기환이 물었다. 동석은 기환이 봉합한 부분을 닦고 봉합사를 자르며 대답했다.

"아, 예 그제 둘째 아들을 낳았어요. 엄마가 엄청 좋아하셔요."

그때, 수술방 간호사가 전화를 받더니 기환에게 소리쳤다.

"허 선생님, 응급실 콜이요."

"오늘 응급실은 박 선생인데…"

"그런데 허 선생님을 찾는대요. 아니 허 선생님만 찾는대요. 조폭 같대요."

기환은 준호가 또 깍두기가 다쳐서 데려왔구나 생각했다. 여유로운 목소리로 대답했다.

"알았어요. 이것 마치고 간다고 일단 처치하라고 해요."

그리고 다시 동석과 피부를 봉합했다.

"동석아 이쪽은 네가 suture 해라. 촘촘히 해야 흉터가 덜 남아."

그런데 조금 후에 간호사가 소리쳤다.

"허 선생님, 급하대요. 서둘러요. vital이 별로래요."

"뭐? vital이 안 좋아?"

기환은 봉합을 서둘렀다. 준호가 응급실에서 큰소리치며 자기를 찾는 모습이 상상이 되었다.

'녀석, 또 얼마나 부하들 앞에서 폼을 잡으려고...'

마취과장님이 마취기를 떼며 악수를 청했다.

"허 선생 축하하고 수고했어. 역시 수술은 잘해. 참 잘해!"

기환은 수술복을 입은 채로 응급실을 향했다. 동석이 엘리베이터 앞에서 물었다.

"내일은 첫 유방암 근치수술 기념으로 한 턱 내신다면서요?"

"그래야지. 과장님께서 잘 가르쳐 주셨으니 감사를 해야지. 오늘 해야 하지만 오늘은 벌써 8시야. 너무 늦었지."

"선배님, 저는 dressing 하러 갑니다."

동석이 인사를 하고 계단을 뛰어 올라갔다. 기환은 동석을 보면서 팔 년 전 문화촌에 입주 과외를 시작하던 시절이 생각났다. 동석은 아직도 그 집에 살고 있다고 했다.

'참 그 집이 좋았는데...'

그 집의 2층에서 내려다본 정원과 소나무 밑의 하얀 벤치가 생각났다. 동석과 영어로 혜은이의 노래를 함께 부르며 그래미상에 도전해 보자고 소리 질렀던 기억이 엊그제 같았다.

기환은 엘리베이터에서 내려서 응급실로 달렸다. 분명히 준호의 깍두기가 다쳐서 온 것이다.

두 달 전쯤에도 응급실로 부하를 데려왔는데 복부자상이었다. 새로운 조폭이 생겨서 패권을 놓고 전쟁 중이라고 입맛을 다셨었다. vital이 안 좋다면 크게 다친 것이다. 응급실로 가니 담당 간호사가 쩔쩔매며 구석을 가리켰다. 깍두기 두 명이 서 있었다. 준호는 안 보였다. 그때 구석에서 소리가 들렸다.

"아, 허기환 선생 좀 불러줘!"

준호의 목소리였다. 기환은 뛰어가서 가림막을 걷었다. 배가 온통 피로 범벅이 된 준호가 누워 있었다. 곁에는 깍두기 한 명이 우측 상복부를 누르고 있었고, 두 명이 서서 어쩔 줄을 몰라 하고 있었다.

"아니, 준호야, 니가 찔렸어?"

준호는 희미하게 웃으며 기환의 팔을 잡았다.

"응, 그리됐다. 근디 좀 힘들다."

기환은 혈압을 잰 차트를 보았다.

BP;80/60, H/R;124.

186

"아니 빨리 피를 달아야지!"

기환이 소리쳤다. 담당 인턴이 오더니 인사를 했다.

"예, 그런데 환자가 허 선생님만 찾으며 치료를 거부해서요... 한 30분 전에 왔거든요."

기환은 정신이 없었다. 마구 소리를 치며 닦달했다.

"야 임마, 치료를 받았어야지... 왜 나만 찾아!"

준호가 웃었다. 숨을 헐떡거렸다.

"니가 네 주치원께. 주치의한테 치료받으라고.."

기환이 다시 소리쳤다.

"빨리 센트랄 라인 확보하고 수술실에 연락해. 응급 수술이라고, 얼른얼른."

"기환아, 내가 좀 깊게 찔렸나 봐. 숨이 차네."

준호가 잡은 팔을 놓고 기환을 보며 눈을 감았다. 기환은 발을 동동 굴렀다.

"아니, 니가 왜 찔렸어?"

기환이 복부의 거즈를 걷어보았다. 우측 갈비뼈 밑으로 두 개의 칼자국에서 피가 솟구쳤다.

소독 장갑을 끼고 새끼손가락을 넣어보았다. 갈비뼈 밑에서 중앙 위쪽으로 향하여 찔린 상처였다. 치명적인 부위다. 간과 간정맥, 문맥, 간동맥 등이 모여 있는 부위를 찔렸다. 큰 혈관이 잘렸을 가능성이 컸다. 기환은 얼른 거즈를 덮어서 눌렀다.

"여기 거즈 더 가져오고. 피 준비됐어?"

"조금 전에 혈액형 검사 들어갔어요."

기환은 정신이 없었다. 이것은 숙련된 칼잡이의 솜씨였다.

"환자 수술실로 옮겨도 돼? 수술방은 어떻대?"

기환은 준호의 배에서 거즈를 댄 부분을 손으로 누르며 침대를 끌었다. 간호사가 달려왔다.

"선생님, 지금 마취 선생님이 B-room에서 마취 중이시라서요. 응급 수술은...."

기환은 눈을 부라렸다.

"알았어. 일단 내가 끌고 올라가서 수술방에서 기다릴게."

기환이 침대를 끌고 나왔다. 깍두기들이 곁에서 같이 밀었다.

"준호야, 정신 차려, 정신 놓지 마. 내가 왔응께. 걱정 말고."

준호는 눈을 감고 얕은 숨을 쉬고 있었다. 얼굴이 창백해지고 있었다.

엘리베이터 앞에서 기환은 발을 동동 굴렀다. 모든 엘리베이터의 버튼을 누르고 준호의 손목을 잡아보았다. 맥박이 거의 안 잡혔다. 준호의 뺨을 때렸다.

"준호야, 나여 기환이여. 정신 차려. 임마!"

준호가 눈을 떴다. 손가락을 겨우 움직이며 입술을 움직였다. 엘리베이터가 왔다. 침대를 엘리베이터에 싣고 귀를 입에 갖다 댔다.

"기환아, 그... 짜장면이... 먹고.... 잡다...."

모깃소리보다 작았다.

"그려 내가 사줄게. 어서 수술하고 그 집 가서 먹자. 내가 곱빼기로 사줄게."

기환은 눈물도 안 나왔다. 가슴이 터지는 것 같았다. 자기를 기다리다 시간을 놓친 것이다. 유방암 근치수술을 처음 operator로 수술하느라, 과장님께 잘 배우려고 수술을 꼼꼼히 한 것이 너무나 후회가 되었다. 피부 봉합도 괜히 동석이와 여유 부리고 한 것이 후회막심이었다. 엘리베이터가 2층에 멎고 침대를 수술실로 옮겼다. 깍두기 한 명이 기환을 보면서 나지막이 말했다.

"선생님, 자룡 형님이 숨을 안..."

기환은 수술실에 들어가자마자 준호의 경동맥을 눌러보았다. 맥이 없었다. 다른 쪽도 눌러보았다. 청진기를 가슴에 대보았다. 그러고는 침대 옆에 주저앉았다. 하늘이 노랬다.

잠시 후에 수술방 간호사는 괴물의 울부짖음 같은 통곡 소리에 깜짝 놀랐다.

"준호야, 준호야! 왜 나를 기다렸어, 왜!! 아이고 준호가 죽었네, 준호가..."

기환이는 준호가 하얀 얼굴로 편안한 미소를 지으며 누워 있는 침대에 머리를 찧으며 이제는 나직이 울었다.

"나를 기다리다 준호가 죽었네... 나를 기다리다가 죽었어..."

기환이 침대를 끌고 수술방을 나왔다. 손과 옷이 온통 피범벅이었다. 깍두기들이 정중한 자세로 기환에게 90도로 절을 했다. 기환은 다시 침대 옆에 주저앉았다. 깍두기 한 명이 다가와서 기환을 부축했다. 나머지는 침대 곁에서 울고 있었다.

"자룡 형님이 사장님을 지키시려다가 두 번을 찔리셔서.."

기환은 부축을 받고 일어나서 준호의 얼굴에 얼굴을 비볐다. 섬뜩하게 차가웠다. 기환은 한참을 얼굴을 비비다 일어섰다. 준호의 얼굴이 피와 기환의 눈물로 젖었다. 거즈로 얼굴을 닦아주고 손을 가지런히 배에 올린 후에 침대보로 얼굴을 덮었다. 그리고 깍두기들에게 말했다. 목이 메어 말이 안 나왔다.

"그려, 꼭... '子龍 정준호'... 라고 묘비명에... 써주게."

어휴, 또 떨어뜨렸네

1

현호는 다정히 걸어가는 두 간호사를 보면서 괜히 기분이 좋았다. 최선희, 임선주 간호사였다. 둘은 평택이 집인데 이곳 신월동의 B 병원에서 함께 근무하는 동창 친구였다. 같이 간호학원을 다녔고 같이 신설 병원인 이곳에 지원하여 미스 최는 정형외과, 미스 임은 치과에 근무하고 있었다. 병원과 가까운 주택의 반지하에 방을 얻어서 자취를 한다고 했다.

선희는 키가 좀 크고 날씬했고 얼굴도 예뻤다. 안경을 쓴 선주는 중간 키에 귀여우며 오동통했다. 깔깔거리며 서로 어깨를 쳐가면서 즐겁게 걸어가고 있었다. 현호도 돌아서서 당직실로 가서 옷을 갈아입었다. 오늘 치과 치료를 받으면서 선주가 공짜로 스케일링을 해주어서 저녁을 사주기로 했다. 선희야 가끔 정형외과 과장님이 자리를 비울 때 현호가 대신 진료를 하기에 서로 친하다면 친한 사이였다. 선희가 성격이 쾌활했고 선주는 좀 조용하고 진중하며 말이 없었다.

사실 스케일링을 하다가 안 좋은 일이 있었다.

과장님이 스케일링을 맡기고 방을 들어가셨다. 미스 임이 방긋이 웃으며 현호를 침대에 눕히고 곁에 앉았다. 그리고 속삭였다.

"박 선생님, 제가 잘해드릴게요. 입을 크게 벌리세요."

미스 임은 시종 방실방실 웃으며 현호의 입안을 여기저기 보았다. 그런데 스케일링 전에 큐렛으로 잇몸과 잇새를 치료하다가 큐렛을 떨어뜨렸다.

"에구 기구를 떨어뜨렸네."

현호가 웃으며 말했다. 미스 임이 얼른 기구를 주워서 다시 하려는데 과장님의 성난 목소리가 들렸다.

"또 떨어뜨렸냐? 너는 맨날 왜 그러냐? 집중하래니까... 아이구..."

현호는 괜히 미안했다. 자기 때문에 미스 임이 혼나는 것 같은 기분이 들었다.

사월 중순이지만 날이 더웠다. 현호는 얇은 감색의 긴소매 셔츠에 청바지를 입었다. 주물럭집에 가니 둘은 미리 와서 수다를 떨며 앉아 있었다. 벌써 손님이 많아서 시끌벅적했다. 선희는 몸에 어울리게 연녹색의 미디원피스를 입었고 선주는 보라색 라운드 티에 청색의 플레어스커트를 입고 있었다.

"주물럭에 소주 한 잔씩 하자?"

현호가 주문을 하려 하자 선희가 나섰다.

"맥주도 한 병 시켜서 말아 먹어요. 날도 더운데."

현호는 심하게 취기가 돌았다. 술을 원래 잘 마시지 못하는데 좀 많이 마셨다. 분위기가 좋아서 조절을 못 했다. 더구나 두 여자가 칭찬을 늘어놓으며 자꾸 권해서 무리를 했다.

"박 선생님이 오셔서 과장님들이 모두 너무 좋아하셔요. 밤에 응급환자 다 커버하지, 낮에 수술도 마무리는 다 해주시지, 분만도 웬만한 것은 다 받으시니까 과장님들은 요즘 얼굴이 환해지셨어요."

그러면서 선희가 한 잔.

"거기다 박 선생님이 잘생기셨잖아요. 또 우리들에게도 친절하시고... 간호사들도 다 좋아해요."

선주도 조용히 거들면서 한 잔.

그러다 보니 이제는 똑바로 걷기가 좀 힘들었다.

"아니고, 다 좋은데 술에는 약하시네. 우리보다도 더 못 마시면서 주물럭은 왜 사셨어요. 그냥 설렁탕이나 한 그릇 사시지."

선희가 현호의 팔을 붙잡으며 핀잔을 주었다. 현호는 똑바로 걷지를 못하고 이리저리 비척거렸다.

"야, 그래도.. 끄억... 이쁜 선주가 10분 넘게 수고를 했는데.. 끄억..."

"저 안 이쁜데..."

선주도 다른 쪽 팔을 잡아주었다. 현호는 기분이 좋게 비척거리며 두 여인의 사이에서 걸었다.

"선주야, 이대로는 병원에 가시기는 힘들겠고, 어떡할까? 차를 마실까?"

선희가 얼굴을 찌푸리며 선주의 의견을 물었다. 선주는 현호의 팔을 단단히 잡으며 잠깐 생각에 잠겼다.

"선희야, 돈 쓰지 말고 집에 차가 있어. 술 깨는 데 좋은 녹차랑 헛개차랑..."

선희가 잠깐 망설였다. 현호의 팔을 놓고 이마의 땀을 닦았다.

"하이고, 나도 숨차다. 근데 집은 좀..."

선주가 밀어붙였다.

"야, 집이 금방이니까. 셋이서 차 마시면 그것도 얼마냐?"

현호는 둘의 대화를 들으며 비몽사몽으로 꿈속을 헤매고 있었다. 약간 더 취기가 올라 많이 비척거렸다.

"선희 니가 마지막 소주를 안 주었어야 되는데... 오늘 스케일링도 했는데..."

선주가 나무랐다. 선희가 얼굴을 붉으락푸르락거리며 소리를 높였다.

"아냐, 그때는 좋다고 잘 드셨어. 원래 약하신가 봐."

현호는 두 아가씨의 두 팔에 매달려 가면서 기분 좋게 비척거렸다. 그러나 갈수록 정신이 몽롱해졌다. 선희는 짜증을 냈지만 선주는 그저 생글거리며 힘든 내색을 하지 않았다.

반지하로 내려가는 계단에서 선주는 아예 현호를 업었다. 현호는 완전히 늘어져서 발을 질질 끌고 있었다. 갈수록 취기가 더 올라오는 것 같았다.

반지하는 들어가면서 부엌이었고, 우측에는 창고로 쓰는 방이 하나 있고 화장실이 붙어 있었다. 그리고 좌측으로 선희네 방이 있었다. 방은 넓었다. 조그만 티브이가 있는 탁자가 길이 보이는 창 밑에 있고 그 옆에 서랍장과 냉장고가 있고, 안쪽으로 간이 옷장이 세 개 나란히 놓여 있었다. 먼저 들어간 선주가 방바닥에 놓인 옷가지들을 치우고 현호를 벽에 기대어 앉혔다. 선희가 주전자를 들고 나갔고, 선주가 곁에서 현호를 붙잡고 있었다. 현호는 정신을 차리려고 눈을 게슴츠레 뜨고 선주를 보았다. 정신을 차리려고 애를 쓰면서 물었다.

"미스 임, 여기가 어디여?"

혀가 완전히 꼬부라졌다. 선주가 웃으며 어깨를 붙잡고 상냥하게 대답했다.

"아이고, 우리 사는 방이에요. 좁지만 차 한 잔 드시면 술이 깨실 거예요."

그런데 현호가 말이 채 끝나기도 전에 옆으로 쓰러져 선주의 품에 안겼다. 선주는 놀랐지만 가슴으로 현호의 머리를 안았다. 그리고 두 손으로 밀어서 다시 앉혔다. 현호는 정신이 몽롱했다.

"선주야, 차 내놔. 물 다 끓었어."

선희가 부엌에서 소리쳤다. 선주가 일어나서 탁자 아래에서 차를 꺼냈다. 그리고 돌아보니 현호가 쓰러져 있었다. 그러더니 엉금엉금 기어서 문을 향해 갔다. 그리고 얼굴이 막 문턱을 넘자마자 구토를 했다.

"웨웩! 웩!"

"엄마야, 엄마 이걸, 이걸 어째."

선희가 비명을 질렀다. 주전자를 다시 올려놓고 욕실로 뛰어갔다. 세숫대야를 가지고 나왔다. 현호는 부엌에서 방으로 들어오는 계단에 얼굴을 처박고 계속 구역질을 하고 있었다. 선주는 들고 있던 녹차를 떨어뜨렸다. 선희는 주전자를 얼른 내려놓고 세숫대야를 현호의 얼굴에 들이댔다.

현호가 눈을 떠보니 환하게 불이 켜진 방 안에 두 아가씨가 탁자 옆 구석에 쪼그리고 앉아서 자고 있었다. 방 안은 위에서 쏟아낸 토물의 쉰 냄새로 가득했다. 현호는 머리를 흔들었다. 목이 말랐다. 시계를 보니 4시 10분이었다. 선주의 가슴에 안겼던 것까지만 기억이 났다. 앉아서 눈을 최대한 크게 뜨고 물을 찾았다. 그때 선희가 눈을 떴다.

"아이고, 선생님, 이제 일어나셨어요?"

입꼬리를 올리고 빈정거렸다

"미스 최, 나 물 좀 줘. 물."

선희가 가자미눈을 하며 혀를 찼다.

"하이고, 예쁘기도 하셔라. 이 난리를 쳐놓고 물을 떠다 바치라고요?"

선주도 눈을 떴다. 현호를 보더니 배시시 웃었다.

"야, 너는 지금 웃음이 나오냐?"

선희가 선주를 째려보았다. 선주는 털털하게 웃으며 일어나서 부엌으로 나가며

"선희야, 우리 아부지 생각이 난다. 맨날 술 드시면 저리 토하시곤 했거든..."

현호는 정신이 번쩍 났다.

"제가 토했나요?"

현호는 그제야 방 안을 채우는 고약한 냄새의 실체를 알았다. 선주가 물을 한 대접 가져왔다. 받으려 일어나다 현호는 약간 어지러워서 선희 쪽으로 쓰러졌다. 선희가 놀라며 현호를 안았다. 현호를 무릎에 눕히고 고개를 저었다.

"아휴, 정말 이 아저씨는 술은 절대 안 되겠네..."

"잘됐다. 선희야 그렇게 얼굴 잡고 있어라. 꿀물이니까 숙취에 좋을 거다."

선주가 앉으며 숟가락으로 떠서 먹이려 했다.

"야, 선주 너, 아주 마누라 같다야. 그것도 현숙한 마누라!"

선주는 선희를 보며 혀를 내밀며 방긋이 웃었다.

"우리 엄마가 이렇게 하시드라고. 배운 대로 하는 거지."

선희는 현호의 얼굴을 단단히 잡은 채로 혀를 내둘렀다.

"그려, 그렇게 마누라 같다니까."

현호는 실눈을 뜨고 선주를 보았다. 정성껏 한 숟갈씩 떠먹여 주고 있었다. 현호는 몽롱한 중에도 묘한 행복감이 밀려왔다. 귀여운 얼굴이 선희보다 예뻐 보였다.

'이런 행복감 때문에 결혼을 하나?'

현호는 푹신한 선희의 허벅지에 머리를 대고 선주가 떠먹여 주는 시원한 꿀물을 받아 마시며 다시 잠이 들었다.

2

 오월인데 방에 에어컨이 있어도 땀이 났다. 무거운 우측 다리를 들고 다리를 통째로 석고붕대로 고정술을 하려니 선희나 현호나 힘들었다. 목발을 주고 처방을 내렸다. 선희가 이마의 땀을 닦으며 진찰용 침대에 걸터앉았다.

 "미스 최, 오늘 너무 힘들다. 너도 고생이 많다야."

 선희가 에어컨 앞으로 다가와서 가운 깃을 들어서 찬바람을 가슴으로 쐬었다. 현호는 그 모습을 보면서 장난기가 발동했다.

 "그러면 가슴이 시원하냐?"

 선희가 현호를 보면서 씩 웃었다. 더 심하게 옷을 들어서 바람을 쐬며

 "그럼요, 우리는 가슴에 한 겹을 더 입잖아요. 그러니까 이러면 시원하죠."

 현호는 더 짓궂게 말을 받았다.

 "나하고 일할 때는 그 한 겹 안 입어도 좋은데..."

 선희가 눈을 내리깔며 옷매무새를 다듬었다. 그리고 책상 앞으로 다가와서 현호를 지긋한 눈으로 보았다.

 "엉큼한 것도 매력이긴 한데... 술이 너무 약해서..."

 그러면서 고개를 좌우로 흔들었다.

 "야, 미스 최, 오늘 시간 있니? 불금인데 오늘 당직 아니니까 저녁이나 같이 먹자. 오늘 힘들었는데 내가 사줄게."

 선희는 눈을 반짝이더니 입을 삐죽였다.

"또 저번처럼 부엌 청소시키려구요?"

현호는 입술을 혀로 적시며

"야, 그때는 정말 너무 취했어. 미녀 두 명은 힘들더라. 오늘은 너 혼자만."

이라고 유혹의 눈길을 보냈다. 선희는 잠깐 망설이더니 방긋 웃었다. 그러더니

"그런데 오늘은 데이트 선약이 있어요. 죄송해요."

라고 말하며 돌아섰다. 현호는 입맛을 다셨다. 일주일 만에 한 번씩 당직을 쉬는데 참 저녁시간이 애매했다. 애인도 없고 친구들을 만나자 니 가는 길도 멀고 친구들과 평일에는 시간 맞추기도 어려웠다.

"선생님, 다른 미녀, 귀염둥이 선주는 어때요? 선주가 선생님을 좋아 하는 눈치던데."

현호는 선희의 제안에 마음이 붕 떴다. 그렇지 않아도 꿀물을 떠먹여 줄 때 너무 인상이 좋아서 마음을 표시하고 싶었는데 잘되었다 싶었다. 하지만 내색을 죽이고 시큰둥하게 대답했다.

"꿩 대신 닭이라... 그것도... 자기가 양보하니 접수한다. 자기가 얘기 해 봐라."

선희가 책상 앞에 서더니 눈을 내리깔았다. 그리고 현호를 나무랐다.

"선생님, 여자 마음을 읽을 줄 아셔야죠. 선주가 아무리 나보다 좀 덜 생겼어도, 자신은 예쁘다고 생각하는데 나 대신 나가라면... 아이구 우 리 선생님은 나이를 어디로 드셨을까? 공부만 열심히 하신 것 같지는 않은데..."

눈을 살짝 흘기며 전화기를 들어서 치과 번호를 눌렀다.

"직접 데이트 신청하세요!"

현호는 크게 고개를 끄덕이며 전화기를 받았다.

"선주 씨, 지금 전화 괜찮아? 응... 오늘 저녁에 시간이 있으면 내가 쉬니까 저녁 사줄게. 어때?"

"어머머, 저야 좋지만... 왜요?"

목소리가 날아가고 있었다.

"응, 저번 꿀물을 너무 맛있게 먹어서, 많이 고마웠거든."

"아유, 꿀물은요... 사고만 쳤는데..."

"아냐, 내가 거뜬해져서 잘 자고 걸어서 병원에 왔잖아? 오늘, 시간 내요~오."

전화하는 것을 앞에서 듣던 선희가 눈을 더 흘겼다.

"아유, 선생님 목소리가 아주 닭살 돋는 수준이네요. 어머머, 저런 애교스러운 목소리를 내실 줄이야... 언제 제게도 그런 전화 한번 주세요. 여자의 가슴이 쫄깃쫄깃해질 것 같아요."

그러더니 방문을 열고 엉덩이를 흔들며 나갔다.

"선생님, 그날 꿀물을 가슴에 떨어뜨렸는데 옷은 괜찮았어요?"

함박스테이크를 자르다 안경 너머로 눈을 반짝이며 선주가 물었다.

"아하, 그게 꿀물이었구나. 잘 안 없어지길래 바지랑 같이 세탁소에 맡겼지."

"예. 잘하셨어요. 제가 꿀물을 드리다 수저를 떨어뜨렸어요. 근데 저는 가끔 물건을 잘 떨어뜨려요. 이유 없이..."

현호는 대수롭지 않게 들으며 선주의 손을 잡았다. 따뜻한 손이 포동포동했다.

"어디에 걸린 것도 아니고? 그냥 떨어뜨렸어?"

"예, 그날 술을 좀 마셨지만... 잠도 다 깼었고, 문제라면 좋아하는 선생님께 드리니까 가슴이 좀 떨렸다고 할까요?"

선주는 말하고도 쑥스러운지 손으로 입을 가리며 웃었다. 현호도 따라 웃었다. 얼굴을 선주에게 가까이 하면서 은근한 목소리로 말했다.

"암, 그럴 수 있지. 가슴이 떨렸으면 대접을 엎을 수도 있지."

현호는 손을 놓고 웨이터를 불렀다.

"선주야, 포도주 시켜서 나눠 먹자. 나는 조금만 먹을게, 어때?"

선주가 눈을 반짝이며 고개를 끄덕였다.

"여기 하우스 와인 두 잔이요."

붉은 와인이 오자 선주는 얼른 현호의 잔을 들어서 자기 잔에 절반을 부었다. 그리고 현호를 주며 싱긋 웃었다.

"선생님은 그 정도면 되죠?"

현호는 잔을 들어 선주의 잔에 부딪히며

"우리 미스 임이 건강하게 잘 근무하기를 바라며."

라고 건배를 했다. 선주도

"선생님도 건강하시고..."

말끝을 흐리며 건배했다. 현호는 그윽한 눈으로 포도주를 마시는 선주를 보았다. 볼수록 귀여운 얼굴이었다.

두 사람은 택시를 타고 돌아왔다. 택시 뒤에 나란히 앉아서 이야기하

202

다가 현호가 선주의 손을 잡았다. 선주가 잡힌 손을 가만히 보더니 미소를 지었다.

"선생님 오늘 감사해요. 저는 남친도 없어서 그런 데서 식사할 일이 없는데 맛있게 잘 먹었어요."

선주가 다른 손을 현호의 손등에 포갰다. 현호는 웃으며 나머지 손으로 선주의 손을 덮었다.

"손이 참 곱다. 예쁘고... 무엇이든지 꽉 잡는 버릇을 들여라. 가볍다고 살짝 잡지 말고."

"예. 그럴게요."

조그맣게 말하며 고개를 숙였다. 숙이는 눈의 속눈썹이 파르르 떨렸다.

두 사람은 택시에서 내려서 좀 걸었다. 선주네 반지하 앞에서 선주가 열쇠를 꺼내 문을 여는 것을 보고 현호는 돌아섰다. 그런데 선주가 작게 소리를 질렀다.

"어마."

현호가 돌아보았다. 열쇠가 땅바닥에 떨어져 있었다. 선주가 무릎을 구부리는 순간 현호가 얼른 달려가서 주웠다.

"에구, 이제는 열쇠를 떨어뜨렸네. 헤어지려니 가슴이 떨렸나?"

현호는 선주의 손을 잡아서 쥐여주고 돌아섰다. 선주는 가슴이 두근거렸다. 열쇠를 떨어뜨리기 전에는 안 떨렸었다. 현호가 주워서 쥐여주니 가슴이 떨렸다.

성큼성큼 걸어가는 뒷모습을 보면서 선주는 가슴이 떨리며 입술이 말랐다.

3

정형외과 과장님이 현호가 있을 때 미국의 아이들을 보러 간다고, 팔월 한 달 동안 휴가를 내셨다. 덕분에 현호는 미스 최와 함께 근무하게 되었다. 밤에 응급실 당직하면서 낮에 외래도 보려니 피곤했지만, 그것도 젊으니 해볼 만한 좋은 경험이었다. 더구나 미스 최가 살뜰히 챙겨주니 더 신나는 일이었다. 그렇게 일한 지 4일째 되는 날이었다.

"내일은 수술이 있으니 오늘은 밤에 환자가 없어야 할 텐데. 이따 치과도 가야 하고."

선희가 주스를 책상에 놓으며 말을 받았다.

"치과 치료 아직 안 끝났어요?"

"응, 오늘 마지막으로 씌우고 한 번 더 스케일링하면 돼."

선희는 또 에어컨 앞에서 유니폼 깃을 들추고 찬 바람을 쐬었다. 현호는 웃으며 놀렸다.

"그렇게 한다고 더 시원하냐? 아예 에어컨을 가슴에 넣어라."

선희가 자세도 바꾸지 않고 대답했다.

"정말 그러고 싶어요. 나는 살도 별로 없는데 땀도 많고, 더위에도 약해요. 선주는 더 뚱뚱한데도 땀도 덜 나고 더위도 안 타고... 아유, 짜증 나!"

현호가 볼펜으로 책상을 두드리며 진지하게 조언했다.

"갑상선 기능 검사를 해봐. 이리 와봐 내가 한번 봐줄게."

현호는 선희를 앉히고 엄지로 갑상선을 만져보았다. 그때 미스 임이 문을 열고 들어왔다. 그러다 두 사람이 마주 앉아서 현호가 선희의 목을 어루만지고 있으니까 놀라서 얼른 나갔다. 그러다 조금 후에 노크를 했다. 문을 살짝 열더니

"선생님, 한 시간 전에 오세요."

라고 말하고는 얼른 문을 닫고 돌아갔다.

치과가 끝나기 한 시간 전에 현호는 진료실을 나왔다. 선희에게는 미리 진료가 끝났으니 정시에 퇴근하라고 시켰다. 막 치과를 들어서려는데 치과 과장의 화난 목소리가 들렸다.

"야 임마, 그 중요한 것을 떨어뜨리면 어떡해! 정신 차리고 집중해야지!"

현호가 살며시 문을 열고 들어서자 처치실 앞에 선주가 고개를 숙이고 서 있었다. 현호가 눈치를 살피며 다가가자 고개를 들더니 전동테이블로 가면서 조그맣게 원장을 불렀다.

"원장님, 박 선생님 오셨어요."

그리고 선주는 트레이에 이것저것 필요한 기구를 챙겼다. 치과 과장은 나이가 많이 드신 분으로 이제는 소일거리로 예약환자만 받는 점잖

은 분이셨다. 현호를 치료해 주면서 선주를 보며 혀를 끌끌 찼다. 선주는 얼굴이 빨간 채로 조심스럽게 치료를 도왔다.

"이제 안 오셔도 되고 군대 가시기 전에 스케일링이나 한번 하시죠."

현호가 감사의 인사를 하고 문을 나서는데 선주가 따라 나왔다. 그리고 복도를 따라오며 안경 너머로 현호를 보며 조용히 속삭였다.

"박 선생님, 6시 넘어서 바로 오셔요. 제가 스케일링 한번 해드릴게요. 저번에 한지 삼 개월 지났으니 하실 때 되셨어요. 저만 있으니까 살짝 오셔요. 또 상담드릴 것도 있어요."

"선생님, 제가 오른손이 이상이 있는지 물건을 자꾸 떨어뜨려요. 괜히 힘이 빠진다고 할까요? 아무런 이유 없이 꼭 잡았다고 생각했는데 그냥 스르르 빠져서 물건을 떨어뜨려요. 왜 그러죠?"

스케일링을 마치고 선주가 현호와 마주 앉아서 심각한 표정으로 물었다. 현호는 고개를 갸웃거리며 선주의 오른손을 잡았다. 그리고 책상으로 자리를 옮겼다. 양손을 책상에 올리고 감각 테스트를 했다. 통증감각, 접촉감각 모두 이상이 없었다. 뒤로 돌아서 목을 만져보았다. 이상이 없었다. 근력 테스트도 큰 이상이 없었다. 아가씨가 그 정도면 특이하게 근력이 약하지도 않았다.

"지금 간단한 진찰로는 별 이상이 없네. 혼나서 이쁜 얼굴만 구겨졌네."

현호가 웃었다. 선주는 웃다가 다시 시무룩해졌다.

"다 만들어 놓은 아말감을 드리다가 떨어뜨렸어요. 아무 문제가 없었는데 그냥 힘이 빠지며 저도 모르게 떨어뜨렸어요. 어찌나 놀랐던지..."

"그런데 그런 일이 요즘 더 자주 생기나? 저번 열쇠도?"

선주가 놀라며 맞장구를 쳤다.

"예, 그날도 아무런 이상이 없었는데... 헤어지니까 좀 섭섭하긴 했지만요."

현호는 선주의 손을 다정히 잡았다. 선주가 부끄러운 듯이 손을 빼려다 현호가 더 세게 잡자 가만히 있었다.

"요즘 증상이 더 자주 일어나니?"

"그런 것 같아요. 봄을 지나면서 조금 자주 그래요."

선주가 고개를 갸웃거리며 눈을 반짝였다. 안경 속에서 맑은 눈이 반짝였다. 그러다 두 손을 들어서 흔들어 보았다. 현호는 선주의 흔드는 손을 다시 잡았다. 그리고 가만히 선주를 잡아당겼다. 손을 놓고 두 팔로 안아주면서 귀에 대고 속삭였다.

"나도 연구해 볼게. 너무 걱정 말고... 힘내."

선주가 빙긋이 웃으며 고개를 들었다.

"그래, 내가 연구해 보고 필요하면 검사를 받아보고 하자. 우리 귀여운 선주가 건강해야 내가 꿀물을 자주 얻어먹을 텐데..."

라고 조언을 했다. 선주는 방긋이 웃으며 고개를 끄덕였다.

"고마워요, 선생님. 기다릴게요."

그러면서 일어나서 문을 열었다. 현호는 선주의 어깨를 쓰다듬어 주며 치과를 나왔다.

선주는 치과에서 내과로 근무를 옮겼다. 본인이 원장님께 부탁을 했고 치과 과장도 허락을 했다. 일 년 넘게 손을 맞추고 이제 좀 기구를 다루는 것에 익숙해졌지만 선주가 기구를 많이 만져야 하는 것에 두려움이 있어서 현호가 선주에게 근무 파트를 옮기라고 귀띔을 해주었다. 내과는 내시경 담당 간호사가 따로 있어서 특별히 기구를 쓸 일이 없었다. 환자만 열심히 부르고, 과장님 귀찮지 않게 정리해 주면 되었다.

더구나 내과 과장님이 학위와 학회 때문에 오후에 자리를 비울 때면 현호가 대신 내과 진료를 하니 선주는 하늘을 나는 것 같았다. 현호는 겉으로는 내색을 안 했지만 틈틈이 선주를 위해서 좋은 충고도 해주고 재미있는 이야기도 해주었다. 그럴 때면 선주는 기분이 구름 위를 걷는 것 같았다. 현호도 착하고 남을 먼저 배려할 줄 아는 선주가 귀엽고 좋았다. 요즘 여자애들 같지 않게 조신해서 정이 많이 갔다.

"선생님이 과를 바꾸라고 하셔서 정말 치과를 떠나기 아까웠지만, 그렇게 했는데 잘한 것 같아요. 봉급은 좀 줄었어도 마음이 편하니까요."

가을바람이 쌀쌀했지만 두 사람은 바싹 붙어서 다정히 걸으니 오히려 좋았다. 선주가 과를 옮기고 둘은 오랜만에 근교로 데이트를 했다.

"내과 선생님이 좀 차갑지만, 또 다른 스트레스는 없는 장점도 있지."

현호는 선주의 어깨를 감싸며 격려를 해주었다. 안경을 매만지며 선주가 물었다. 검은 바바리가 바람에 날렸다. 기러기 떼가 줄지어서 노을 진 하늘을 가르고 있었다.

"군대 갔다 오시면 다시 이곳으로 오시나요?"

현호는 고개를 저었다. 발로 조약돌을 찼다.

"글쎄 내과를 더 공부해야 할까, 외과를 해야 할까? 고민 중이야."

선주가 팔을 끼고 손을 현호의 코트 주머니에 넣으며 말했다.

"선생님은 외과 체질이신데... 모두 그렇게 생각하던데요?"

"나도 그렇게 생각은 해. 그런데 내과를 잘하는 것도 중요하거든. 특히 내가 원하는 의사가 되려면..."

현호는 고개를 움츠리며 손을 꺼내서 선주의 허리를 안았다. 선주는 더욱 현호에게 몸을 붙였다.

"선주야, 춥다 우리 들어가자."

선주도 고개를 끄덕이며 발걸음을 빨리했다. 찻집에 앉으니 가을을 아름답게 꾸며주는 가요가 두 사람을 감싸주었다. 패티 김의 '가을을 남기고 떠난 사람'에 이어서, 최양숙의 '가을 편지'가 흘렀다. 현호가 따듯한 녹차를 들어서 선주의 찻잔에 부었다. 선주는 커피를 다 마신 상태였다. 선주는 빙그레 웃으며 고마움을 표했다. 커피 잔을 두 손으로 감싸며 물었다.

"어떤 의사가 되고 싶으세요? 선생님은?"

현호는 선주를 돌아보며 입술을 혀로 축였다. 허공을 바라보며 중얼거렸다.

"그냥 돈에 얽매이지 않고 환자만을 열심히 볼 수 있는 의사가 되고 싶은데... 현실은 그것이 녹록지가 않네..."

선주는 의아하다는 표정으로 현호를 보았다. 손가락을 꼼지락거렸다.

"의사로 개업을 하실 거라면 약간 상식적이지는 않네요."

현호도 함께 손가락을 꼼지락거리며 한숨을 쉬었다.

"자본주의 사회에서 개업의가 된다는 것이 내 적성에는 좀 안 맞아. 아니, 많이 안 맞아서..."

현호의 목소리가 갈수록 작아졌다. 선주가 녹차 잔을 현호의 입에 댔다. 현호는 선주를 보며 한 모금을 마시고 싱긋 웃었다. 선주가 찻잔을 자신의 입으로 옮겼다.

"봉직의도 환자가 없으면 스트레스를 받더구먼요. 봉급 받는 만큼은 벌어야 하니까. 내과 과장님도 엄청 스트레스를 받고 있어요. 환자가 별로라서."

현호가 선주를 바라보며 쓸쓸히 웃었다. 손으로 머리를 뒤로 훔치며 말했다.

"그런 이야기는 다음에 하자."

둘은 찻집을 나와서 저녁을 먹으러 일식집으로 갔다. 회를 주문하고 현호가 콜라를 시켰다. 선주가 콜라병을 들고 따개를 들어서 마개를 따려다가 따개를 떨어뜨렸다. 따개가 초장 접시에 떨어졌다. 접시가 옆으로 쏟아졌다.

"에구, 또 떨어뜨렸네."

현호가 얼른 따개를 접시에서 주웠다. 선주도 냅킨으로 상을 닦았다. 그러다 현호가 선주의 손을 잡았다. 약간 놀라는 표정으로

"선주야, 이번은 왼손이다. 왼손도 그래?"

하며 물었다. 선주도 자신의 왼손을 보면서 눈을 크게 떴다.

"어마, 정말 왼손이네. 왼손은 안 그랬는데?"

현호가 왼손을 잡아끌고 다시 손을 쥐어보게 했다. 그리 크게 약한 것 같지 않았다. 현호는 고개를 갸웃거렸다.

"요즘도 가끔 힘이 빠지니?"

손을 다정히 만져주며 물었다.

현호는 선주에게 왼손으로 현호의 손을 잡고 흔들어 보라고 했다. 오른손과 별 차이가 없었다. 선주는 두 손을 뻗어서 마주 잡으며 중얼거렸다.

"오늘은 기분이 너무 좋아서 그러나 봐요. 행복에 겨워서..."

현호는 이내 표정을 바꾸며 미소를 지었다. 행복해하는 선주의 귀여운 모습에 현호는 가슴에는 선선한 가을바람이 불었다.

선주는 열심히 내과에서 근무를 했다. 그런데 환자가 없었다. 오전에 열댓 명, 오후에 십여 명, 간간이 내시경과 초음파 등등... 내과 선생님은 할 일 없이 신문과 잡지를 뒤적이며 하루를 보냈다. 선주도 역시 할 일이 없이 함께 앉아 있었다. 가끔 물건을 떨어뜨리지만 중요한 것이 아니니 과장님께 신중하지 못하다고 잔소리를 들으면 끝이었다.

오늘도 박 선생님이 오후에 내과 진료를 보시는 날이다. 선주는 온갖 멋을 냈다. 안 입던 미니스커트를 꺼내서 입어보았다.

"야, 선주, 너 오늘 데이트 있냐?"

아침에 서로 출근 준비를 하는데 선희가 물었다. 선주는 아무렇지도 않게 대답하며 미니스커트를 입었다.

"응, 기분이 꿀꿀해서... 남친도 안 생기고..."

"야, 너 가을 타냐? 너 요즘 좀 빠졌어."

선희는 선주를 안타깝다는 표정으로 보면서 먼저 나갔다. 예쁜 옷을 입은 모습을 거울에 비춰 보면서 선주는 생각했다.

'아이, 다리가 굵으니 미니도 별로네...'

5

선주는 환자를 내보내고 현호를 보며 방긋이 웃었다. 박 선생님은 오늘도 아침에 출근하자마자

"오늘 향이 좋다. 얼굴 화장도 곱고..."

라고 출근 전의 정성을 알아주었다. 선주는 마음이 가을하늘같이 시원했다.

환자들이 거의 끝나는 4시가 되었다. 선주는 현호 앞에서 몸을 단정히 세우고 두 손을 모으고 물었다. 현호는 자판기를 두드리며 눈웃음을 쳤다.

"선생님, 커피 한 잔 드릴까요?"

"그래, 한 잔 마시자."

선주가 커피를 왼손에 들고 오다가 선희와 마주쳤다.

"박 선생님 드릴 거니?"

엑스레이 필름을 흔들며 물었다. 선주는 빙그레 웃으며 대답 대신에 고개만 까닥하고 걸었다. 선희가 입을 삐죽이며 돌아보니 유난히 엉덩이를 흔드는 것 같았다. 선희는 좀 어이가 없었다.

'아쭈, 쟤가 왜 저래?'

선주는 의자에 기대고 앉아 있는 현호를 보면서 방긋이 웃었다.

"선생님, 뜨거우니까 천천히 드..."

그러다 커피 잔을 놓쳤다. 이번에도 왼손의 힘이 갑자기 빠지며 커피가 잔째 책상에 떨어졌다. 한번 모서리에 부딪히더니 바지로 엎어졌다. 커피가 온통 현호의 바지에 쏟아졌다. 현호는 깜짝 놀라서 일어서며 바지를 털었다.

"엄마야, 이걸... 이걸 어째!"

"아이구, 선주야. 또 떨어뜨렸네... 커피를!"

다행히 많이 뜨겁지는 않았지만 그래도 허벅지가 따끔거렸다. 그보다는 바지 앞부분에 몽땅 커피 물이 들었다. 선주가 정신없이 티슈를 뽑아서 바지를 닦았다. 현호는 손수건을 꺼내서 함께 닦았다. 선주가  손수건을 받아서 열심히 허벅지와 무릎에 묻은 커피를 닦았다. 현호는 열심히 바지를 닦는 선주를 보면서 안타까운 마음이 들었다. 엊그제 선주를 생각하며 책을 잠깐 찾아보니 재수 없는 불치의 병이 나왔었다.

'루게릭병'.

현호는 책을 뒤졌다. 읽고 또 읽었다. 가장 의심이 가는 병이, '루게릭병'으로 알려진 '근위축성 측삭경화증'이었다. '중증근무력증'은 아니었다. '근이양증'은 더더구나 아니었다. 현호는 재수가 없다고 생각하며 그런 진단을 자꾸 생각하는 자신을 나무랐다.

그것은 원인도 모르고 그러니 예방법도 치료법도 없는 천형의 병이었다. 그냥 모든 근육의 운동력이 약해지다가 결국에는 호흡곤란으로 죽기만을 기다리는 불치의 병이었다. 자신이 선주를 아끼는 마음에 너무 앞서가는 것이 아닌지 돌이켜 보며 다시 다른 병을 찾아서 책을 뒤적였다. 그러나 다시 '루게릭병'을 보고 있는 자신을 발견하고는 책을 덮었다.

안경 너머로 얌전히 웃는 선주의 모습이 떠올랐다. 커피를 쏟고 놀라서 티슈를 꺼내서 현호의 옷을 닦아주면서 당황하는 모습도 떠올랐다. 책상 위의 커피를 닦으면서 울상이 되어서 현호를 바라보던 모습이 떠오르자 현호는 갑자기 화가 났다. 치료가 안 되는 병이 아직도 있나 싶어서 화가 났다. 책을 밀어두고 의자에 등을 기대고 천장을 바라보았다. 이걸 이야기해 주고 정확한 진단을 받아보라고 해야 할까 고민이 되었다. 꼭 이 병일 것만 같은 재수 없는 생각에 현호는 일어나서 머리를 흔들며 응급실로 내려갔다. 미스 김은 책상에 머리를 박고 졸고 있었다.

"아가씨, 초저녁부터, 침까지 흘려가며... 쯧쯧쯧."

현호는 미스 김을 깨우며 티슈를 주었다. 미스 김은 눈을 흘기며 티슈를 받았다. 얼굴 한쪽이 팔에 눌려서 벌게져 있었다.

"아이잉, 환자도 없는데..."

티슈를 받아서 입술을 훔쳤다.

"침도 안 흘렸구먼, 티슈는 주고 그래요?"

미스 김이 소리를 높였다. 현호는 싱글싱글 웃으며

"침 흘려서 준 게 아니고 이제 막 나오려고 하는 것 같아서 필요할 때 쓰라고 준 것이지... 침은 누가?"

라고 놀렸다. 미스 김은 눈을 더 흘겨보더니 티슈를 손으로 구겨서 호주머니에 넣었다.

"환자도 없고 기분은 꿀꿀하고, 미스 김, 우리 커피나 한잔하자."

미스 김은 무겁게 몸을 일으키더니 대합실에 있는 자판기로 갔다. 커피 두 잔을 뽑아서 들고 왔다.

"그런데, 낮에 커피에 벼락을 맞았다면서요?"

미스 김이 커피를 내밀며 물었다. 현호는 안 좋은 소문은 참 빠르다고 느꼈다.

"그건 또 어찌 알았어? 나에게 너무 관심이 많은 것 아냐?"

현호가 커피를 들며 놀렸다. 미스 김은 커피를 마시다 말고 중얼거렸다.

"관심은 무슨 관심. 그냥 소문이 쫙 퍼졌던데. 뜨거운 커피가 바지에 멋진 지도를 그렸다고... 중요 부분에 화상 입지 않았는지 다들 걱정하던데... 장가도 안 가신 분이..."

현호는 미스 김의 말에 마시던 커피를 뿜을뻔했다.

"뭐? 중요 부분에 화상?"

현호는 커피를 마저 마시고 껄껄껄 웃었다.

"정말 관심들이 너무 많으시네. 내가 장가 못 갈까 봐 걱정도 해주시고. 미스 김, 솔직히... 누가 제일 걱정을 하던가? 한번 알려줘, 응?"

현호는 오히려 변죽을 울리며 미스 김을 지긋이 바라보았다. 미스 김
은 마신 커피 잔을 구기며 입을 실룩거렸다.

"말을 못 하네... 누굴까? 나를 제일 걱정해 준 분이? 꼭 알고 싶은
데. 찾아가서 고맙다고 인사는 해야 될 것 같은데..."

현호가 재차 변죽을 울렸다. 미스 김은 어이없다는 듯이 웃으며 현호
어깨를 꼬집었다. 목청을 높여서 소리쳤다.

"그냥 그렇다는 거지, 바지를 몽땅 버렸다면서요?"

현호가 미스 김의 얼굴에 코를 맞대며 한 번 더 변죽을 울렸다.

"응, 자기구나. 자기가 제일 걱정을 했으니까 말을 못 하지. 알았어. 내
가 그 눈물 어린 관심과 걱정은 꼭 기억해 준다. 고마워, 미스 기~~임."

현호는 미스 김을 잔뜩 약 올리며 응급실을 나왔다. 미스 김은 변명
도 못 하고 앉아서 약이 올라 얼굴을 붉히고 씩씩거리고 있었다.

그런데 신생아실에 가니 미스 리가 또 그것을 물었다. "괜찮냐."고. 수
술방에 가도 같은 관심과 물음이었다. 현호는 이것이 그리 화젯거리가
되었나 싶으니, 오히려 선주가 걱정이 되었다. 분명 선주가 커피를 쏟았
다는 것이 알려졌을 테니 말이다.

현호는 선주를 위로하고 격려할 방법을 생각했다. 당직이라서 나갈
수도 없었다. 한번 걱정이 시작되자 꼬리를 물고 걱정이 걱정을 이었다.
여린 마음에 엉뚱한 생각을 하면 어쩌나 싶으니 이제는 애가 탔다. 사
는 집이 병원에서 가까우니 뛰어가서 붙잡고 위로를 해주고 싶었다. 방
에 와 누우니 귀여운 선주 얼굴이 떠오르며, 울고 앉아 있는 모습으로

변했다. 시간을 보니 10시였다. 분위기가 환자는 없을 것 같았다. 현호
는 옷을 갈아입고 내려왔다. 미스 김은 다시 고개를 팔에 얹고 졸려고
채비를 하고 있었다.

"미스 김, 나 바람 좀 쐬고 올게. 10분이면 돼. 급하면 삐삐하고."

현호는 미스 김이 놀라서 얼굴을 들기도 전에 병원을 뛰어나왔다. 힘
껏 뛰었다. 8차선 도로를 무단횡단하며 뛰어서 선주의 반지하에 도착
하여 숨을 헐떡이며 문을 두드렸다. 얼굴이 퉁퉁 부은 선주가 문을 삐
긋이 열었다.

"어머 선생님, 어떻게..."

선주가 놀라며 현호를 맞았다. 자려고 했는지 살색 면 잠옷 바람이었다.

"선희 있니?"

현호가 조용히 물었다.

"아뇨, 데이트 갔어요. 늦는댔어요."

선주가 문을 마저 열었다. 현호는 냉큼 뛰어들었다. 그리고 선주를 안
고 입을 맞추었다. 선주는 놀라서 엉겁결에 현호를 안고 입을 맞추었
다. 현호는 선주를 안고 방으로 들어가서 자기 앞에 앉혔다. 선주는 울
고 있었는지 눈이 부었고 방 한쪽에는 젖은 티슈가 쌓여 있었다.

"선주야, 울지 마, 나는 괜찮고. 실수는 누구나 해!"

현호는 선주를 안았다. 격렬하게 안고 입을 맞추었다. 선주는 그저
현호에게 몸을 맡기고 있었다.

"선주야, 괜찮지? 걱정 마. 나는 아무렇지도 않아."

어떤 애절함과 초조함이 현호를 더 격렬하게 몰아붙였다. 선주는 품

에 안겨서 현호의 포옹에 가슴이 벌렁거렸다.

"선주야, 사랑해. 너를 사랑해. 그러니 딴생각하지 말고 잘 견뎌, 알 았지?"

위로와 격려의 말을 쏟아내며 선주를 안았다. 선주도 뜨거운 숨을 내쉬며 현호를 안았다. 현호가 선주를 껴안고 얼굴을 부비더니 가슴을 만졌다. 자려고 했던 선주는 맨살의 가슴을 만지는 현호의 손길에 몸이 급격히 뜨거워졌다. 아니, 생각지도 않았던 현호의 방문과 위로에 너무 기뻤다. 그리고 현호의 사랑한다는 말에 마음이 녹아내렸다. 옷이 벗겨지고 살이 부딪혔다.

"아아, 선생님 사랑해요. 나 행복해요."

두 사람은 좁은 방에서 부둥켜안고 뜨겁게 뒹굴었다.

격정의 시간이 지나고 현호가 선주를 안아주며 다짐을 주었다.

"이제 울지 말고 내일 당당하게 출근해. 알았지?"

선주는 기쁨의 눈물을 흘리며 고개를 끄덕였다. 현호는 급하게 몸을 일으키고 옷을 추스른 다음에 다시 병원을 향해 뛰었다. 선주는 자기도 옷을 추스르며 뛰어나가는 현호를 따라 골목길을 뛰었다.

'사랑한다고 했어, 나를 사랑한다고...'

선주는 사랑한다는 말을 되뇌었다. 살아오면서 한 번도 들어본 적이 없는 가슴을 울리는 황홀한 말이었다. 뛰어가는 현호를 보았다. 현호는 벌써 8차선 길을 위험하게 건너고 있었다.

길을 건너자 삐삐가 울렸다.

미스 김은 병원 앞에 나와서 현호를 기다렸다. 지난 일 년 반이 넘게 함께 당직을 했지만 이런 적은 없었다. 병원을 비우고 바람을 쐬러 나가다니...

멀리서 현호가 뛰어오고 있었다. 미스 김 앞에 서더니 숨을 헐떡이며 물었다.

"환자 있어?"

미스 김은 현호를 위아래로 살펴보았다. 분명 바람을 쐬고 오는 것은 아니었다. 그렇다면 삐삐를 쳤다 해도 이 차가운 겨울밤에 이리 땀을 흘리며 급히 뛰어올 리가 없었다.

"예, 넘어져서 손목을 다쳤대요."

앞서가는 현호를 따라가며 미스 김은 고개를 갸웃거리며 현호가 뛰어온 길을 돌아보았다.

<u>6</u>

이제 군대 갈 날이 한 달 정도 남았다. 이번 달까지 근무하고 고향으로 가서 부모님과 며칠 지내다가 군의관 훈련을 받으러 가야 했다.

현호의 설득으로 선주는 정밀검사를 하러 종합병원으로 가보기로 했다. 내과 진료실에서 다른 과장님들 몰래 의뢰서를 현호가 써주었다. 진단명을 쓰면서 고민이 되었다.

1. 말초신경 장애
2. 중증근무력증

3. 루게릭병

이렇게 쓰고는 마지막 병명을 지울까 말까 망설였다. 선주가 이것을 보면 충격을 받을 것 같았다. 현호는 가능성은 적지만 그래도 중증근무력증이기를 바라며 혹시나 하는 마음에 정확한 진단을 위해서 3번에 '루게릭병'을 넣었다. 선주는 의뢰서를 받아보더니 현호에게 물었다.

"병명이 생소하고 특이해요. 정말 이렇게 어려운 병일까요?"

현호는 일어나서 선주의 어깨를 다독이며

"혹시나 해서 이왕에 검사하는 것 철저히 해보라고 썼어. 병원에는 누가 같이 가나?"

라고 물었다. 선주는 고개를 저었다.

"아직 부모님께 알리지 않았어요. 일단 진찰해 보고 알리려고요."

현호는 달력을 보았다. 그리고 선주의 손을 잡았다.

"그럼 내가 다음 주에 하루 Off를 낼게, 너도 같이 연차 내고 함께 가자."

선주는 눈을 크게 뜨고 당황했다. 손을 모아서 가슴에 올리며 감격했다.

"선생님이 같이 가주신다고요?"

현호가 고개를 끄덕였다. 선주는 그러다 금방 심각해졌다.

"안 좋은 병인가 보죠? 선생님이 같이 가시려고 하는 것을 보니..."

현호는 다시 선주의 손을 잡았다. 그리고 눈을 맞추고 진지하게 말했다.

"사실 좀 걱정이 돼. 내가 가서 담당 선생님께 좀 부탁을 하려고. 오늘 미리 신경과 선배님께 예약할게."

선주는 금방 눈시울이 붉어졌다. 그리고 현호에게 안겼다.

"선생님, 고마운데 무서워요. 나쁜 병이면 어쩌죠?"

현호는 선주를 꼭 안았다. 그리고 입술로 눈물을 핥았다.

"울지 말고, 힘내. 아직 아무것은 확실한 것은 없으니까."

그리고 다시 꼭 안아주었다. 그런데 그때 진찰실 문이 열리며 선희가 들어왔다. 아마도 함께 퇴근하려고 온 것 같았다.

"선주야, 안 가니?"

명랑하게 소리치며 들어오다가 두 사람이 포옹하고 있는 것을 보더니 입을 떡 벌리고 놀라며 얼어붙었다. 현호도 놀랐다. 선희와 눈이 마주쳤다. 선희가 얼른 문을 닫으려 했다. 현호가 얼른 나가서 선희를 잡았다. 순간적으로 선희를 그냥 보내면 안 된다는 생각이 들었다. 선희를 강하게 진찰실로 끌었다.

"선희야 잠깐 들어와 봐."

선희가 주춤거리며 들어왔다. 아니, 끌려왔다.

"선주야, 잠깐 나가 있어라."

선주는 선희를 힐끔 보더니 고개를 숙이고 진찰실을 나갔다. 현호는 선희를 의자에 앉혔다. 그리고 자기도 진찰실 의자에 앉았다.

"선희야, 놀랐지? 미안한데... 이건 애정 표현이 아니고... 사실은 선주가 안 좋은 병을 가진 것 같아서... 내가 의뢰서를 써주었어. 내일이라도 종합병원에 가보라고. 그래서 울길래 달래준 거야. 응, 알았지?"

선희는 뾰로통하니 앉아 있다가 눈을 크게 뜨며 몸을 가까이 내밀었다.

"안 좋은 병이요? 무슨 병?"

현호는 선희의 입술을 손가락으로 눌렀다.

"쉿. 그렇게만 우선 알아. 아마 집에 가면 말하겠지."

선희의 손을 다정히 붙잡고 현호가 다짐을 주었다.

"결과가 나올 때까지는 너도 비밀로 해야 한다. 이건 프라이버시 중에서도 심각한 프라이버시야. 알았지?"

선희가 입술을 혀로 훔치며 고개를 끄덕였다. 현호는 어깨를 토닥여주며 뇌물을 주었다.

"일요일에 시간 있어? 같이 영화 한 편 보고 싶은데..."

선희는 엉덩이를 흔들며 핸드백을 어깨에 멨다.

"생각해 보고요."

선희가 문을 열자 선주가 문 앞에 있었다. 그리고 냉큼 들어왔다. 현호는 얼굴이 화끈거렸다. 두 여자 사이에서 곤혹스러웠다. 선주가 얼굴을 바짝 대면서 날카롭게 물었다.

"무슨 말 했어요?"

현호는 애써 웃으며 책상을 두드렸다.

"응, 너 의뢰서 써주었다고, 위로하느라고 안아주었다고 했어. 오늘 가면 대충은 말해줘라. 함께 간다는 것은 빼고."

조금 후에 현호는 창밖으로 서로 손을 잡고 다정히 걸어가는 선희와 선주를 보며 안타까움에 가슴이 먹먹했다.

7

현호는 선주의 손을 꼭 잡고 대기실에 앉아 있었다. 마음이 초조하고 불안했다. 선주는 눈을 감고 안경을 벗어 들었다. 어깨를 현호에게 기대고 있었다. 그러다 조용히 물었다.

"선희도 좋은 애예요. 일요일에 잘해주셨어요? 생각보다 일찍 왔던데."

현호는 선주의 손을 더 꼭 잡았다. 그리고 자기도 머리를 선주의 머리에 기대었다. 대답하기 옹색했지만 선주에게 상처를 줄 수는 없었다.

"그냥, 비밀을 지켜주는 값으로 적당히... 또 선희가 너를 생각해서..."

"고마워요. 선생님. 평생 안 잊을 거예요. 언제나 혼자서 외로웠는데, 이런 중요한 순간에 사랑하는 선생님과 함께 있다는 것이 너무 감사..."

말을 맺지 못하고 훌쩍였다. 현호는 가슴이 찡했다. 손을 올려 어깨를 안았다. 손수건을 꺼내 선주의 손에 쥐여주었다. 눈물을 닦으며 살며시 미소를 지었다.

"저번 커피 닦은 것도 못 드렸는데... 또 새 손수건을 받네요."

"그려, 나중에 한꺼번에 다 받으러 갈게. 잘 빨아서 다려놔라. 또 어떤 여자 눈물을 닦아줄지 모르니까."

선주가 입을 삐죽이며 손등을 꼬집었다. 안경을 쓰며 눈을 흘겼다.

"정말, 못 말리는 바람둥이야. 나 말고 또 누구를 사귀시려고? 참... 참."

"선주야, 나 이래 봬도 순정남이야. 너뿐이라니까. 너 하나뿐!"

선주가 손수건으로 눈물을 닦으며 머리를 더 기대었다.

"고마워요, 선생님."

"현호야, 아가씨하고 어떤 관계냐? 단순 애인이냐? 결혼 상대냐?"

선배가 볼펜을 굴리며 엉뚱한 것을 물었다. 하지만 현호는 그 물음에 숨긴 뜻을 알고 한숨이 나왔다.

"그냥 아기는 제 방 담당 간호사예요."

"그래, 안 좋다. 완전한 결과는 모레 나올 테지만 거의 '루게릭'인 것 같다. 근전도 검사와 신경전도 검사 결과를 내가 보았는데 확실해..."

선배는 안타깝다는 눈으로 현호를 바라보았다. 현호는 한숨도 안 나왔다. 짐작은 했지만 머리가 멍했다.

"선배님, 감사합니다. 결과는 먼저 저에게 알려주십시오."

최대한 담담하게 부탁했지만 가슴이 떨렸다. 선배는 볼펜으로 턱을 문지르며 지긋한 눈으로 현호를 보더니 목소리를 바꿨다.

"너 군대 가야지?"

현호는 고개를 끄덕이며 힘없이 대답했다.

"예, 다음 달 7일에 입대합니다. 그래서..."

"그래서 그렇게 서둘렀구나. 일단 기다려 보자. 결과는 전화해 줄게. 잘 위로해라. 착해 보이던데..."

현호는 선주를 데리고 강변으로 갔다. 추운 겨울이라 사람이 거의 없었다. 두 사람은 서로 꼭 붙어서 바람을 맞으며 강변을 걸었다. 선주의 안경에 김이 서렸다. 아예 서리가 낀 것 같았다.

"데이트하는 날이 왜 이리 춥냐?"

현호가 옷깃을 세우며 몸을 움츠렸다. 선주도 몸을 바싹 웅크리며 하얀 입김을 뿜었다.

"선생님 그냥 가요. 데이트하다 감기 들겠어요."

두 사람은 찻집에 나란히 앉았다. 창으로 한강을 보며 현호는 선주의 어깨를 안았다.

"선주야, 내가 훈련 마치고 올 때까지 잘 있어. 내가 꼭 와서 다시 안 아줄게. 지금처럼 당당하게 어깨 펴고... 응, 알았지?"

선주는 현호의 품에 기대며 눈을 감고 중얼거렸다.

"예, 잘 있을게요. 기다리는 것이 즐거움이 되도록 노력할게요."

찬 바람이 일어 강변을 모래가루로 덮었다. 강물의 반짝임이 더욱 차갑게 느껴졌다. 현호는 따뜻한 찻잔을 들고 있으면서도 가슴에서는 싸늘한 안개가 피어오르는 것을 느꼈다. 선주도 멍한 눈으로 창밖을 보고 있었다.

"선생님, 오늘은 함께 오래 있고 싶어요. 감사하고 또..."

선주가 말을 잇지 못했다. 현호는 차를 마저 마시고 일어났다. 선주가 하지 않은 말을 현호가 대신했다.

"선주야, 가자. 우리 둘만의 성으로 가자."

선주는 격렬하게 현호와 키스를 나누었다. 입술이 얼얼할 정도로 빨았다. 현호도 선주의 몸을 뜨겁게 안았다. 선주의 오동통한 몸이 가늘게 떨리고 있었다. 현호는 선주를 최대한 부드럽게 어루만졌다. 깨질까 부서질까 떨리는 손길로 선주의 몸을 만졌다.

"선생님, 사랑해요. 지금 죽어도 행복할 것 같아요."

"선주야, 사랑해."

말을 하면서도 현호는 마음이 울컥했다. 선주는 현호를 꼭 안았다. 가슴과 가슴이 맞닿아서 요동치는 박동이 섞였다.

"오늘은 나를 현호 씨라 불러. 선생님이라고 말고, 그래야 나도 더 좋아."

현호가 선주를 안으며 귓속말을 했다. 선주가 얼굴을 숙였다. 손을 조몰락거리며 속삭였다.

"그래도 연세도 많이 높고, 의사 선생님이신데..."

"아냐, 내가 좋다니까, 꼭 그리 불러!"

현호가 다짐을 주었다. 그리고 얼굴을 만져주며 입을 맞추었다.

"선생.... 아니 현호 씨, 당신의 사랑에 감사해요. 너무 행복해서, 너무 행복해서 눈물이 나요."

선주가 울먹였다.

현호는 선주를 안고 몸부림을 쳤다. 다시는 못 볼 사람을 지금 보고 있는 기분이었다. 선주는 더 마음이 안타까웠다. 자신의 모든 것을 다 주고 싶었다. 몸과 마음을 활짝 열고 현호를 맞았다. 현호가 선주에게 잠기고 선주가 현호에게 섞였다.

"제가 '루게릭'이란 병을 찾아보았어요."

선주가 다리를 뻗고 앉아서 요로 가슴을 덮고 잔잔히 말했다.

"그리고 오늘 현호 씨의 표정을 보고 알았어요. 내가 얼마 후에 죽는다는 것을..."

현호는 아무 말 없이 선주를 안았다. 현호의 가슴에 안겨서 선주는 소리 죽여 울었다. 현호도 함께 울었다. 한참을 울더니 선주가 현호의 가슴에 안긴 채로 속삭였다.

"저는 고향으로 내려갈게요. 선생님의 사랑에는 정말 감사를 드려요. 어느 누가 별로 이쁘지도 않고, 몸매도 뚱뚱하고, 맨날 실수만 하는 저를 이렇게 사랑해 주겠어요? 그런데 선생님은 한 번도 저를 나무라지 않으셨어요. 선생님이 제가 실수할 때마다 뭐라고 하셨는지 아세요? 선생님은 그냥 '어휴, 또 떨어뜨렸네.'였어요."

선주는 현호의 얼굴로 입술을 가져갔다. 현호가 입을 맞추었다.

"아, 그것이 이런 몹쓸 병이었는데... 많이 혼나고 혼자서 울고 자신을 원망했어요. 왜 이리 못나서 맨날 실수를 하는지 좌절했었죠."

선주가 현호의 얼굴을 보면서 눈물을 흘리며 속삭였다. 소리가 거의 들리지 않을 정도였다.

"그런데 선생님, 아니 현호 씨는 그냥 아무렇지도 않게 '어이구, 또 떨어뜨렸네.'라고만 하셨어요. 누구나 하는 실수를 한 것처럼요. 그 말이 저에게 참 위로가 되었어요."

선주는 다시 현호의 품에 안기며 입술을 빨았다. 현호는 선주의 얼굴을 잡고 다시 격렬하게 입을 맞추었다.

"선생님, 그리고 나의 현호 씨. 저는 이제 잊으세요. 저는 너무 과분한 행복을 누렸어요. 죽기 전에 이런 행복을 느껴본 사람도 별로 없을 거예요. 육체와 영혼이 온전히 불타는 행복감이었어요. 정말 감사해요."

현호는 강한 목마름을 느꼈다. 그리고 꼭 안아주었다. 아무 말도 생각나지 않았다.

'지금 무슨 말을 해줄 수가 있을까?'

"선주야, 기다려. 내가 훈련 마치고 꼭 찾아올게. 나를 꼭 기다려! 힘들더라도 병원에 가서 치료를 받아."

8

현호는 선희를 찾았다. 다행히 아직도 정형외과에 있었다. 훈련을 마치고 산골의 작은 병원으로 공중보건의로 발령을 받았다. 임지로 가기까지 남은 날이 일주일이었다. 먼저 고향에 들러 부모님을 뵙고 서울로 올라와서 공중전화로 전화를 했다.

"어머 선생님, 훈련 마치셨어요?"

선희가 아주 반갑게 전화를 받았다. 현호는 가슴이 떨렸다. 애써 마음을 가다듬으며 물었다.

"응, 잘 지냈어?"

"예, 저야 잘 지내죠. 잘 놀고 잘 먹고..."

"그래, 그런데 선주는 어디 있어?"

갑자기 목소리가 작아졌다. 그러나 여전히 명랑했다.

"선생님, 어디 찻집에 가서 다시 전화해 주세요. 전화번호를 알려주시면 제가 다시 전화드릴게요."

현호는 공중전화를 나와서 근처 찻집으로 가서 다시 전화하여 전화번호를 알려주고 기다렸다. 커피를 시켜서 마시는 중에 전화가 왔다. 목소리가 숙연했다.

"선생님 좀 바빠서 미안해요. 오래 기다렸죠?"

"아니 괜찮아. 선주는 병원에 입원했어?"

"아니요, 선생님 지금 적을 것 있어요?"

현호는 카운터의 아가씨에게 메모지를 달라고 하고 군복 주머니에서 볼펜을 꺼냈다. 그리고 선희가 알려주는 주소와 전화번호를 적었다.

"선희야, 고맙다. 내가 다시 올라오면 우리 식사 한번 하자."

"선생님, 너무 반가워요. 제가 대접할게요. 군인이 무슨 돈이 있어요? 이제 군바린데."

현호는 실없이 웃으며

"그래, 꼭 연락할게. 너도 많이 보고 싶다. 여전히 예쁘지?"

"아뇨, 요즘 스트레스성으로 살이 쪘어요. 선생님 보고 싶어서요. 헤헤헤."

현호는 전화를 끊고 주소를 보았다. 집에 있다는 것은 상태가 좋아진 것인지 나빠진 것인지 알 수가 없었다. 선희의 말투로는 좋아진 것은 아니었다. 병은 만성적인 병이라서 급격히 안 좋아지는 경우는 드물다고 알고 있으니 조금은 안심이 되었다.

선주 어머니가 나와서 반갑게 맞아주었다. 얼굴에는 수심이 가득했지만 현호를 보고는 손을 마주 잡고 좋아하셨다.

"우리 선주가 기다리고 기다렸는데... 와주셨네, 와주셨어. 정말 오셨네!"

눈물을 글썽이며 집 안으로 안내했다. 아버지는 낚시를 가시고 안 계셨다. 선주 주려고 붕어를 잡으러 가셨단다.

"야가 요즘은 삼키지를 못해요. 그래서...."

어머니는 다시 눈물을 흘렸다. 현호는 가슴이 무너졌다. 서둘러서 어머니가 가리키는 방으로 들어갔다. 안에 있던 젊은 여자가 현호를 보더니 반색하며 일어났다. 선주의 여동생이었다. 선주를 보며 언니를 불렀다.

"언니, 선생님... 오셨어."

방 안의 풍경을 보고 현호는 기가 막혔다. 그 오동통하던 얼굴이 뼈만 앙상했다. 안경을 동생이 씌워주었다. 퀭한 눈에는 흐릿한 약이 발라져 있었다. 동생이 눈을 닦아주었다.

현호가 방에 들어서자 동생은 문을 닫고 조용히 나갔다. 현호는 선주의 손을 잡고 침대 곁에 무릎을 꿇었다. 앙상한 나뭇가지 같은 손이었다.

"선주야, 나야. 내가 왔어."

선주는 일어나려고 기를 썼다. 그러나 머리도 들기가 어려웠다. 현호가 얼굴을 대고 입을 맞추었다. 비위관이 코에 끼워져 있었다. 산소도 코로 공급되고 있었다. 가쁜 숨을 몰아쉬며 선주가 속삭였다.

"선생... 님, 혀.. 언호.. 오셔.... 어.. 고... 마워... 요."

눈물이 얼굴 옆으로 흘렀다. 현호도 선주 얼굴에 얼굴을 부비며 눈물을 흘렸다. 선주가 겨우 손을 올려서 현호의 머리를 만졌다. 숨을 가쁘게 쉬었다.

230

"아… 이제 죽어… 도 돼요. 혀.. 언호… 만나… 아… 아하."

말을 잇지 못했다. 그러더니 침대 옆의 줄을 당겨 동생을 불렀다. 동생이 들어오자 눈짓을 했다. 동생이 선주의 머리맡 탁자에서 손수건을 꺼내주었다. 두 장이었다. 선주가 희미하게 웃었다. 푸른색 손수건을 현호를 주고, 붉은색 손수건은 동생이 선주 가슴에 얹었다.

"현호 씨, 우리 하.. 늘… 나라… 에서 마… 안.."

현호는 더 듣지 못하고 선주를 부둥켜안았다. 소리 내어 엉엉 울었다. 울다가 선주의 얼굴을 만지고, 다시 울다가 손을 잡아 문질렀다. 선주는 행복한 미소를 지으며 현호의 머리를 만졌다. 동생도 울면서 곁에 서 있었다.

현호가 방에서 나오자 어머니가 상을 차려놓았다.

"오시면 꼭 식사를 해드리라고 했어요. 언니가 사위 상을 차리라고."

동생이 훌쩍이며 말했다. 현호는 머리를 저었다.

'어떻게 밥이 넘어간단 말인가!'

어머니의 하소연이 이어졌다. 현호가 병원을 떠나기 전에 선주는 병원을 사직하고 집으로 내려왔다. 그리고 병세가 급격히 악화되었다. 스스로가 먹는 것을 최소로 줄였기 때문이었다. 그저 죽지 않을 만큼만 먹었다. 엄마에게 부탁해서 목사님을 불러 세례를 받았다. 병원에 가는 것도 거부했다. 동네 의사가 와서 보고도 환자가 워낙 완강히 치료를 거부하니 방법이 없었다. 기운이 있는 며칠간은 손수건에 수를 놓았다. 손수건 두 장에 정성껏 수를 놓으면서도 아무에게 보여주지 않았다.

그 수를 놓는 일이 끝나자 손수건을 탁자 서랍에 넣어두고 죽음을 기다렸다.

보름 전부터는 연하기능이 약해져서 삼키지를 못하게 되었다. 호흡도 급격히 약해졌다. 비위관도 혹시라도 훈련을 마치고 현호가 올 때까지 살기 위해서 삽입을 허락했다. 3일 후에까지 현호가 안 왔으면 그것도 빼고 죽음을 맞으려 했다 한다. 손수건은 현호가 안 오면, 2개 다 함께 화장해 달라고 동생에게 미리 부탁했다 한다.

현호는 다시 선주를 보러 들어갔다. 선주가 눈을 떴다. 그리고 희미한 미소를 지었다. 행복한 표정이었다. 현호는 다시 얼굴을 대고 입을 맞추었다. 서로 눈을 마주 보았다. 이제는 호수같이 맑은 눈이었다. 현호는 동생에게서 선주에게 주는 유동식을 받았다. 수저로 조금 떠서 마른 입술 사이로 흘려보냈다. 선주는 입을 가까스로 벌려서 먹었다. 현호는 선주가 꿀물을 떠먹여 주던 것을 생각하며 또 한 수저를 떴다. 그러나 선주는 삼키지를 못했다. 현호가 얼른 빨대로 입안을 빨아서 음식을 제거했다. 선주가 가늘게 기침했다. 현호는 눈물을 삼키며 다시 빨대로 입안을 빨아냈다. 그리고 비위관에다 유동식을 넣어주었다.

"아빠가 잡아 온 붕어를 고아서 만든 거예요."

곁에서 동생이 울먹였다. 현호는 정성껏 유동식을 넣었다. 반 대접이 들어갔다. 그리고 현호는 다시 얼굴을 선주의 볼에 대고 꺼이꺼이 울었다.

자신이 의사라는 것이 너무나 허무했다. 사랑하는 사람을 위해서 아무것도 못 하는 의사가 무슨 의미가 있는가?

동생이 곁에서 말했다.

"언니가 선생님이 오시면 꼭 이것을 빼달라고 했어요. 선생님이 직접. 꼭!"

동생이 비위관을 들어 보였다. 현호가 놀라며 선주를 보았다. 선주가 고개를 안 보일 정도로 끄덕이며 미소를 지었다. 현호는 망설였다. 선주를 보았다. 희미하게 웃으며 재촉했다. 선주는 속삭였다. 아무 소리도 낼 수가 없었지만 현호는 들을 수가 있었다. 얼굴을 선주의 얼굴에 비볐다.

"현호 씨, 이제 당신의 손으로 나의 생명을 거두어 주세요. 소원이에요. 당신이 해주시기를 바라요. 꼭, 꼭이요!"

어두워지고 있었다. 떨어지지 않는 발걸음으로 집을 나왔다. 동생이 버스 정류장으로 따라 나왔다. 한 걸음쯤 뒤에서 따라오며 훌쩍이다가 눈물을 훔치고 말을 했다.

"언니가 꼭 식사를 대접하라고, 맏사위에게 하듯이 하라고 했어요. 반드시 오실 것으로 믿는 것 같았어요. 어려웠는데도 식사를 해주셔서 고마워요, 선생님. 아니, 형부."

현호는 동생의 호칭에 놀랐다. 동생을 돌아보았다.

"형부?"

"언니가 처음이자 마지막이니까 꼭 형부라고 불러드리랬어요. 이제는 언니가 돌아가시면 저는 형부라고 부를 일도 없어요."

고개를 주억거리며 동생은 또 울었다. 현호도 가슴이 다시 찢어졌다.

'선주가 나를 그렇게 사랑했구나, 진정으로.'

"그리고 형부, 절대 가슴 아파하지 마시고 언니를 원망하지 말아주세요."

그러면서 현호를 바라보았다. 멀리 정류장이 보였다. 동생이 걸음을 멈추고 깊은숨을 쉬었다. 현호는 원망이라는 말이 이해가 안 되었다. 동생에게 물었다.

"제가 왜 원망을 해요?"

"손수건은 버스에서 꼭 펴보셔요, 형부. 그 안에 편지가 있어요. 언니가 움직이지 않는 손가락으로 몇 시간이 걸렸는지 몰라요."

잠시 숨을 멈추더니 한숨을 크게 쉬고 말을 이었다. 현호는 동생의 입만을 바라보았다. 숨도 쉬지 않고 바라보았다.

"언니가 가진 손수건에는 '현선'이라고 썼어요."

동생이 주머니에서 편지 봉투를 한 통 꺼내 주었다.

그러더니 동생은 울면서 돌아서더니 치마를 펄럭이며 집으로 뛰어가 버렸다.

'현선?'

사라지는 동생을 멍하니 바라보면서 현호는 중얼거렸다. 주머니에서 손수건을 만졌다. 접혀진 사이에 종이가 들어 있어서 바스락거렸다.

현호는 버스 맨 뒷자리에 앉았다. 사람이 별로 없어서 텅 비었지만 사람들과 멀리 떨어져 혼자 앉았다. 어두운 창밖을 보다가 버스가 마을을 빠져나갈 때, 조심스럽게 손수건을 펴보았다. 하얀 편지가 있었다.

나의 사랑, 현호 씨.

당신이 꼭 오시리라 믿어서 이 글을 써요.

저는 세례를 받았어요. 하늘나라에 가고 싶어서요.

그래서 현호 씨를 만나려고요.

그곳에서는 건강한 모습으로 기다릴게요.

미안해요. 우리 아기 '현선'이도 제가 데려가요.

현호 씨를 기다리는 것이 행복했어요.

사랑해요. 현호 씨.

현호는 편지를 읽으며 소리죽여 울었다. 단 한 글자도 반듯이 쓰여 있지 않았다. 줄도 글자도 엉망이었지만 현호는 편지를 차마 접지 못했다.

'아, 아기를 가졌구나, 선주가!'

현호는 버스 앞을 보았다. 어두운 밤길을 달리고 있었다. 뛰어내려 다시 선주에게 돌아가고 싶었다. 한 번 더 꼭 안아주고 싶었다.

고개를 처박고 울다가 동생의 준 봉투가 생각이 나서 편지 봉투를 열었다.

형부, 급히 씁니다.

우리 식구 아무도 오시리라고 믿지 않았어요.

언니만 믿었어요. 너무 감사해요.

이제 언니는 정말 행복하게 하늘나라에 가실 거예요.

언니가 아기를 가졌어요. 우리 조카 '현선'. 이름의 뜻을 아시죠?

언니는 '현선'이 때문에도 더 일찍 죽으려 했어요.

부모님이 아시면 안 되니까요.

언니를 사랑해 주셔서 감사해요.

형부, 감사해요.

처제 강주 드림

급히 휘갈겨 썼지만 뜻은 분명했다. 원망하지 말라는 것도 이해가
갔다.

현호는 손수건을 꺼내서 눈물을 닦았다. 그러다 놀라서 손수건을 펼
쳐보았다. 그리고 손수건을 부둥켜안고 다시 고개를 무릎에 묻었다.
손수건 가운데 하얗게 힘들게 수놓아진 글씨!

You are in my soul, forever.

나이가 죄

1

태식은 등산화를 조이며 휘파람을 불었다. 오월 중순이지만 벌써 더위가 시작되고 있었다. 나무들은 새싹을 벗고 산에는 녹음이 우거지기 시작하고 있었다.

오늘은 서울 동창들과 마지막 등산을 하는 날이다. 삼 년 전에 주중 하루 의원을 쉬기로 한 다음부터 매달 한 번씩 고교 동창들과 수요일에 등산을 해왔다. 서울 근교의 산들을 다니다 보니 이제는 거의 주변 산들의 등산로를 외우고 있을 정도였다. 은퇴를 한 후에 큰돈 들이지 않고 친구들과 어울리기에는 등산만 한 것이 없었다. 처음 장비와 옷, 신발을 사는 데야 돈이 좀 들지만 그것도 사기 나름이었다. 적당한 가격의 옷을 인터넷에서 고르면 돌아다닐 수고도 덜고 저렴하게 브랜드 있는 제품을 살 수가 있었다.

아내가 물을 챙겨서 배낭에 넣으면서 걱정을 해주었다.

"저번에도 지팡이 놓고 왔는데 잘 챙겨요."

태식은 지팡이 2개를 접어서 손에 들고 힘차게 일어섰다.

"걱정 마, 두 번씩 그러지는 않을 테니까."

사실 등산을 다니면서 지팡이의 중요성을 절실히 느꼈다. 이 년 전부터 산행이 힘들어서 지팡이를 사용했는데 주민 센터에서 사용법을 배운 후에는 등산이 훨씬 수월해졌다. 다리 힘만이 아닌 손의 힘을 빌리니 산행이 쉬워진 것이다. 그런데 전번 주에 청계산을 갔다 오다가 전철 안에서 잠깐 졸았는데, 잠에서 깨고 보니 환승해야 하는 창동역이었다. 정신없이 뛰어내렸는데 집에 와보니 어디에서 떨어졌는지, 들고 있다 놓고 내렸는지 지팡이가 없었다. 피곤하여 좀처럼 앉지 않는 경로석에 앉아서 졸았던 것이 화근이었다. 사실 태식은 얼굴만 보면 60도 안 되어 보여서 평소에는 경로석에 앉지 않았었다. 그런데 어쩌다 앉은 것이 그런 실수의 빌미가 된 것이다.

하지만 오늘은 전철로 여섯 정거장만 가면 되는 망월사역에서 만나는 것이니 그럴 걱정은 없었다. 노원역에서 교통카드로 출구를 통과하여 카드를 지갑에 다시 넣고 청바지 뒷주머니에 지갑을 넣는데 호주머니가 작아서 지갑이 겨우 들어가는 느낌이었다. 그래도 괜찮을 것으로 여기고 전철을 탔다. 창동역에서 환승하며 경로석에 자리가 있어서 비집고 앉았다. 잠깐이라도 체력을 아껴야 도봉산을 오를 수가 있을 것 같아서 머리가 허연 노인 두 분이 앉은 옆자리에 앉았다. 노인들은 태식을 힐끗 보더니 입맛을 다시며 자기들의 이야기로 돌아갔다.

"추미애가 됐어야 혀..."

"아녀 잘되았어, 갸들도 변해야 헌당께..."

앉으니 청바지 뒤의 지갑이 불편했다. 지갑이 빠지지 않을까 걱정이 되었다.

'요 지갑을 어떻게 할까?'

고민하며 지갑을 만지작거렸다. 두 노인들은 나름대로 현재 정치판을 꿰뚫고 있었다. 그 순간 전철이 멈칫 속도를 줄였다. 옆의 노인 두 분이 태식 쪽으로 사정없이 밀리더니 태식을 좌석 난간에 밀어붙였다. 태식의 옆구리가 난간 기둥에 부딪혀서 갈비가 부러지는 듯한 통증이 왔다. 숨이 막혔다. 노인들이 미안한 표정으로 태식을 보았다.

"아이구, 젊은이 미안혀!"

별로 미안한 감정도 아닌 말투로 태식을 보았다.

"아이구, 으으으..."

"젊은이, 괜찮으슈?"

먼 쪽에 앉은 노인이 위론지 비웃음인지 걱정을 했다.

'젊은이라고?'

태식은 아팠지만 얼굴을 펴고 아무렇지도 않은 듯이 말했다.

"아, 예. 괜찮습니다."

망월사역에서 아픈 옆구리를 붙잡고 내려서 겨우겨우 에스컬레이터를 탔다. 개찰구로 가는데 개찰구 건너편에서 영석이가 손을 흔들고 있었다. 은행 지점장으로 퇴직하여 지금은 소일거리로 부동산중개업을 하는 친구다. 태식은 아픈 표정을 애써 감추고 몸을 폈다. 그리고 지갑을 꺼냈다. 아니, 꺼내려고 뒷주머니를 만졌다. 그런데 지갑이 없었다.

'아이고!'

어수선한 틈에 얕은 호주머니에서 지갑이 빠진 것 같았다. 순간 태식은 당황하여 여기저기 호주머니를 다 뒤졌다. 그러나 지갑은 없었다.

"태식아, 왜 그래. 언능 와."

영석이가 재촉했다. 태식은 영석을 보며 울상을 지었다.

"영석아, 나 지갑이 빠졌나 보다. 지갑이 없어졌어."

영석은 다가오더니 자기 교통카드로 개찰구를 누르고 태식이 나오게 도와주었다.

"어디서? 전철에서?"

"응, 분명히 뒷주머니에 넣었는데..."

"다른 주머니에는?

"다 찾아봤는데 없어. 주머니가 얕아서 빠졌나 봐."

영석은 얼른 태식의 뒷주머니에 손을 넣어 보았다.

"그러네, 너무 작다. 빠질 수가 있겠다야."

태식은 머리가 띵했다. 주민등록증, 운전면허증, 그리고 체크카드...

영석은 전화번호를 찾더니 전화를 걸었다.

"아, 예 의정부역이죠. 방금 소요산 가는 전철에서 지갑을 잃어버렸거든요... 아, 소요산역에서 찾을 수가 있다고요? 예... 습득물이 들어오면 소요산역에서 보관한다고요? 근데 그게 지갑인데도 찾을 수가..."

태식은 은행에 전화를 했다. 일단 카드 분실신고를 해야 했다.

"야, 어렵겠다. 돈이 좀 있었냐?"

영석이 물었다. 태식은 잠깐 머리를 갸웃거리면서 생각했다.

"돈은 만 2천 원. 카드가 한 장 있었지."

"다행이다. 한 장이라서. 얼른 카드나 막아."

태식은 상계동에서 30년 넘게 의원을 운영하다 이제 의원을 접고 고향인 청산도로 귀향할 계획이었다. 아내와는 고향도 나이도 같은 소꿉친구였는데 아내가 잔병이 많고, 나이 들어서 한가히 고향에 가서 살고 싶어 해서 어렵게 귀향을 결심한 것이다. 그래서 오늘은 친구들과 이별의 등산을 하려고 도봉산을 찾은 것이다.

망월사에 도착하니 12시가 다 되었다. 일행은 원세개가 청일전쟁 전에 썼다는 망월사 대웅전의 현판을 보면서 비분강개하고, 돌아서서 수락산과 불암산을 보면서 호기롭게 '야호'를 외쳤다. 망월사 아래에서 막걸리를 나누면서 나이 들면 친구가 제일인데 너무 섭섭하다고 위로를 주고받았다. 하지만 아내만 한 친구가 또 있겠는가?

"그려, 나이 들면 마누라가 제일이지."

"그래도 가끔 올라와라. 거기는 너무 심심할 것 같아."

"너희도 휴가 때 내려와. 내가 쉴 곳은 마련해 놓을게."

친구들이 격려 반, 아쉬움 반으로 막걸리를 권했다.

태식도 너무 할 일이 없으면 안 될 것 같아서 오전만 환자를 보는 의원을 하려고는 생각하고 있었다. 일을 안 해도 빨리 늙는 것이 인간의 몸이다.

올라올 때는 숨이 차도 재잘거리면서 왔는데 내려올 때는 침울한 기분에 말이 없었다. 소요산역에 전화를 해보니 습득물에 지갑은 없단다. 모두가 나이가 들면 더 정신 차려야 한다고 한마디씩 거들었다. 모두 자기들이 실수했던 무용담(?)을 늘어놓으면서 나이를 탓했다. 오늘은 이래저래 녹음이 푸르러 가는 산길을 걸으면서도 영 산행의 기분이 나지 않았다. 3일 후에 이사를 가는데 언제 주민증과 면허증을 갱신하나 걱정이 되었다.

창동역에서 친구들과 헤어진 태식은 배낭을 안고 전철에 앉아서 자신을 탓했다. 호주머니가 불안했으면 얼른 앞주머니나 배낭에 넣을 것이지... 지팡이는 배낭 옆 주머니에 단단히 꽂았으면서. 노원역에서 앞에 둔 배낭을 들고 일어서던 태식은 갑자기 정신이 번쩍 들었다.

'배낭에?'

배낭의 작은 앞주머니가 불룩하니 만져졌기 때문이다. 전철에서 내리자마자 배낭 앞주머니를 열어본 순간 태식은 자신도 모르게 소리쳤다. 삐죽이 보이는 검은 색의 가죽지갑!

"영석아, 찾았다. 찾았어. 내 지갑!"

아침에 창동역에서 자리에 앉자마자 지갑을 빼서 배낭에 넣고는 옆자리 노인들의 토론에 정신이 팔려서, 그리고 옆구리 타박상에 더 짜증이 나서 깜박한 것이다. 뒷주머니에서 빠졌을 거라고 한번 생각이 들자 다른 상황은 떠오르지 않았던 것이다.

태식은 얼른 지갑을 빼서 청바지의 앞주머니에 넣었다. 그리고 주변을 한 바퀴 돌아보았다. 누군가 지갑을 빼앗으러 오는지 살피는 기분으로. 태식은 등산의 피로도, 친구들과의 이별의 슬픔도 잊은 채, 발걸음도 가볍게 집을 향했다. 아내에게 핀잔을 듣지 않아도 된다는 것은 덤으로 얻은 기쁨이었다.

2
=

태식은 약간은 설레는 기분으로 식당에 들어섰다. 넓은 정원에 장미꽃이 화려하게 피어 있고 가운데 분수는 시원한 물줄기를 뿜어내어 이른 더위를 식혀주고 있었다. 창가 예약석에 앉아서 밖을 보면서 태식은 생각에 잠겼다.

'아, 이제는 이런 폼 나는 식사도 끝이구나.'

정원이 시작되는 덩굴장미 아치 아래로 그녀가 나타났다. 연두색 플레어 원피스에 청색 스카프를 두르고 천천히 오월의 햇살을 즐기며 걸어오고 있었다. 오랜 친구이자 연인 비슷한 그녀였다. 초기 당뇨와 고혈압으로 15년 넘게 태식에게서 처방을 받아왔던, 태식의 병원을 다니기 위해서 이사를 가지 않았다고 고백했던 그녀. 만나면 그냥 반갑고 흐뭇하고, 함께 오솔길을 걸으면 길이 끝없이 이어지기를 바랐던 그녀.

"어서 와요. 좀 야위었네."

스커트를 당겨서 자리에 앉으면서 그녀는 조용히 웃었다.

"봄을 타나 봐요. 그리고 마음도 그렇고..."

둘은 천천히 식사를 나누면서 얘기를 나누었다.

"아이들은 찬성했어요? 두 분의 귀향에."

태식은 두 손을 모아 턱을 괴면서 말했다.

"자식들 의견이 중요하지 않지. 이제는 부부가 사는 것이니까. 그리고 뭐, 다 따로 사는데..."

"두 분, 부부만 좋으면 그렇게 가도 되는 것이죠?"

서운함이 깃든 나무람이었다. 말하는 입술이 가볍게 떨렸다.

"이제 살면 얼마나 살겠어요. 서로 가장 의지가 되는 사람들이 함께 살아가는 거지."

그녀는 눈을 내리깔았다. 눈시울이 붉어진 듯했다.

"의지가 되는 사람... 태식 씨를 의지했던 많은 사람들은 어떻...."

말을 잊지 못했다. 태식은 당황했다. 오늘은 이런 분위기는 안 된다고 생각했다. 나름 앞날을 축복해 주어야 된다고 생각하고 만난 것이다.

"자기만 찾는 그 많은 노인네들은 어떡하고?"

태식은 그녀를 빤히 보면서 찻잔을 만지작거렸다.

"나는 가장 중요한 것을 위해서는 두 번째, 세 번째 중요한 것을 포기해야 한다고 믿어요."

그녀는 고개를 들었다. 눈망울에 이슬이 맺혀 있었다.

"저는 몇 번째였을까요?"

다시 고개를 숙였다. 핸드백에서 손수건을 꺼내 눈을 닦았다.

"혹시 그 순서에 들지도 못했었나요?"

태식은 답답했다. 그녀도 자기가 얼마나 어렵게 귀향을 결정했는지 알고 있었다. 특히 그녀 때문에 얼마나 망설였는지도 알고 있었다. 지금 그녀는 약간 억지를 부리고 있었다. 하지만 지금은 그녀를 달래야 했다.

"나는 당신을 순서에 넣지 않았어. 우리는 앞으로도 지금처럼 서로를 믿고 의지하며 살아가는 거야. 얼굴을 보지 않더라도."

그녀의 어깨가 들썩이고 있었다. 태식은 말없이 기다렸다.

웨이터가 테이블을 정리하고 커피 잔만 남았을 때, 그녀는 고개를 들었다. 충혈된 눈으로, 그러나 애써 미소를 지으며 조용히 말했다.

"고마워요. 저를 순서에 넣지 않아 줘서. 너무 보고 싶으면 찾아가도 되죠? 청산도로."

태식은 미소를 지었다. 손을 내밀어 다정히 잡아주었다.

"그럼, 언제든지 와. 나도 정 보고 싶으면 올게."

태식은 마음이 한결 편했다. 그녀가 극복한 것이라 믿었다. 아니 믿고 싶었다.

인연은 반드시 이별을 잉태한다. 그리고 이별이 잉태한 것은 그리움으로 태어난다. 노을빛으로 타던 해가 지고 밤이 오지만 다시 아침 해가 떠오르듯이 그리움으로 가슴에서 피어나는 것이다.

태식은 호기롭게 걸어가서 카운터에 섰다.

"오늘 제가 계산하고 싶은데…"

그녀가 태식의 등에 대고 말했다. 태식은 돌아보면서 지갑을 흔들었다.

"언제나 당신이 계산했지. 진료비 안 받은 값이라고 하면서. 오늘은 내가 사주고 싶어. 꼭!"

태식은 그녀의 손을 꼭 잡으면서 힘주어 말했다. 그녀는 카운터를 지나 먼저 나갔다. 태식은 카운터의 아가씨에게 자랑스러운 미소를 지어 보이며 지갑에서 카드를 꺼내주었다. 아가씨도 의미 있는 웃음을 띠면서 카드를 단말기에 꽂았다. 그러고는 고개를 갸웃거렸다. 다시 한번 꽂더니 태식을 보며 민망한 표정으로 카드를 주었다.

"손님, 지금 정지된 카드인데요."

태식은 눈이 주먹만 하게 커졌다.

"예? 지급정지?"

'아뿔싸!'

어제 분실신고 한 것을 잊고 그냥 그 지갑을 가지고 왔구나. 태식은 지갑을 다시 보았다. 현금은 만 2천 원이 있었다. 다시 주머니를 뒤졌다. 아가씨는 이제 한심하다는 표정으로 멋진 양복을 입은 이 얼간이를 바라보고 있었다. 태식이 진땀을 흘리면서 바지 앞뒤 주머니를 두 번째 뒤지고 있을 때, 하얀 손이 보라색 카드를 아가씨에게 내밀었다.

"그러니까 제가 낸다고 했잖아요. 예전처럼..."

그리 덥지 않은데도 이마에서 땀이 흘렀다. 그녀가 태식의 카드를 받아서 빙그레 웃으며 돌려주었다. 태식은 이마를 훔치며 앞서가는 그녀의 뒤를 따르며 중얼거렸다.

'아! 이것도 나이 탓인가?'

그녀가 돌아보았다. 양산을 펴서 태식을 자기의 그늘에 담았다.

"벌써 카드도 정리했어요? 아니면 일부러 버릴 카드를?"

태식은 이 좋은 날에 이 무슨 꼴인가 하여 애꿎은 지갑만 자꾸 털어댔다.

"아니 그게 아니고, 나이 탓인가... 사실은 어제..."

태식이 변명을 하려 하자 그녀가 웃으며 태식의 어깨를 가볍게 때렸다.

"알아요? 낼모레가 칠십이신 줄? 그러니 깜빡하시는 것이 당연하죠. 제발 제 이름이나 잊지 마세요."

오월의 하늘에 새털구름이 몇 가닥 흐르고, 민들레 씨앗들이 바람에 날렸다.

아! 지휘를 하시네요!

1

한 여사가 여느 때와 마찬가지로 조용히 진찰실로 들어왔다. 참 교양 있고 기품이 있는 분이시다. 보름달 같은 전형적인 한국형 미인이시고 언제나 말소리도 조곤조곤 침착하시다. 오늘은 진한 곤색의 원피스에 미색의 스카프를 두르고 진찰실로 소리 없이 들어왔다. 태수는 잠깐 엉덩이를 들어서 반가움을 표하고 앉았다. 김 간호사가 따라 들어와서 의자를 권했다. 조용히 앉더니 약간 수줍은 미소를 띠며 태수를 보았다. 두 손을 책상 위에 모으더니

"원장님, 죄송해요. 우리 영철이가 아픈데... 두통이거든요."

라고 말하며 미안한지 김 간호사를 돌아보았다. 태수는 만면에 웃음을 띠고 고개를 끄덕였다.

"아! 그 바이올린 한다는 막내요?"

태수의 물음에 한 여사는 밝게 웃으며

"아니... 어떻게 그걸 아세요?"

라고 되물었다. 태수는 모니터를 보면서 대답했다.

"아, 제가 이전에 왔을 때 영철이랑 이야기를 하다가 바이올린을 전 공한다기에 기억했죠. 우리 아버님도 바이올린을 좋아하셨거든요."

한 여사는 약간 긴장이 풀린 얼굴로 두 손을 조몰락거리며 말했다.

"요즘 경연대회를 앞두고 긴장을 했는지 이틀째 머리가 아프다고 하 네요. 두통약 며칠분만 처방해 주시면.. 철이가 바빠서...."

미안함에 말을 끝맺지 못했다. 태수는 얼굴이 하얗고 엄마처럼 둥근 영철이를 떠올리며 처방을 내주었다.

"중학생이지만 체격이 있으니까 아플 때만 한 알씩 복용하라고 하세 요. 너무 자주 먹지는 말고... 그런데 대회가 언제 있어요?"

"예, 모레예요. 지금까지도 잘했지만 이번 대회 성적이 좋아야 예술고 등학교에 갈 수 있거든요."

고마움의 미소를 지으며 한 여사가 태수를 바라보았다. 그 미소 속에 서 태수는 자랑스러움이 담겨 있음을 느꼈다. 영철이가 여름에 감기로 왔을 때, 춘계대회에서 3등을 했다고 자랑했던 기억이 났다.

"이번에는 1등 하겠죠. 열심히 연습한다고 하던데."

한 여사는 눈을 동그랗게 뜨고

"아니 그런 이야기까지 했어요? 영철이가?"

라고 물었다. 태수는 처방을 내서 엔터키를 누르며

"제가 바이올린을 전공한다기에 자꾸 물었죠. 기특해서..."

라고 말했다. 한 여사는 조용히 일어나더니 깊이 고개를 숙여 인사 를 했다.

"원장님, 감사해요. 제가 원장님이 응원하더라고 전할게요."

김 간호사에게도 고개를 잠깐 숙여 인사를 하고 한 여사는 들어올 때처럼 조용히 진찰실을 나갔다. 태수는 한 여사의 기품 있는 뒷모습을 보면서 괜히 흐뭇한 미소를 지었다.

'아름다운 사람이 예의도 참 밝으시다.

뒷모습이 아름다운 사람이 진정한 미인이라는 말이 있던가?'

한숙희라는 이름을 다시 쳐보니 만 40세. 태수보다 2살이 많은데, 벌써 고등학교 3학년인 큰딸이 있었다.

며칠 후에 영철이가 병원에 왔다. 녹색 추리닝 차림으로 밝게 웃으면서 들어와 의자에 앉았다.

"영철아, 어서 와. 대회는 잘했어?"

"예, 연습한 대로 열심히 했으니까요."

영철이는 자신 있는 표정으로 의자에 앉았다. 태수는 물끄러미 영철이를 보면서 물었다.

"그래, 두통은 어때? 괜찮았어?"

영철이가 약간 어두운 표정으로 대답했다.

"그런데요, 원장님. 지금도 가끔씩 아파요. 대회가 끝났는데도."

태수는 찬찬히 영철이를 보면서

"아직 안경을 안 쓰는데... 혹시 요즘 시력이 안 좋아졌니?"

태수의 물음에 영철이 반색을 하며 입을 오므렸다.

"예, 요즘 왼쪽이 약간... 거의 차이는 없는데요. 제가 눈은 좋거든요."

"으응, 두통은 이의 교합이 안 좋아서도 생기고, 코에 문제가 있어도 생기지만 양쪽 눈의 시력이 다르면 생기기도 하지."

영철이가 바짝 다가앉으면서 물었다.

"원장님, 안경을 써야 할까요?"

태수는 빙긋이 웃으면서 영철이를 보았다.

"왜? 안경 쓰고 싶어?"

영철이는 고개를 크게 저으면서 물러났다.

"아뇨, 저는 안경 쓰는 것 싫어요. 바이올린 연습할 때도 불편하고."

태수는 웃으면서 영철이 가까이 다가앉았다.

"내일 엄마랑 내가 알려주는 안과에 가서 검사해 봐. 정말 시력 차이로 두통이 생긴다면 교정해야 하니까."

그러면서 태수는 메모지에 후배가 하는 안과를 적어주었다.

"여기 가서 내가 보냈다고 말해. 내 후배니까 잘 진찰해 줄 거야."

영철은 일어나서 고개를 숙여 인사를 했다. 그때 태수가 물었다.

"영철아, 너 어떤 바이올린곡을 제일 좋아해?"

그 질문에 김 간호사가 눈을 부라렸다. 두 손을 쫙 펴 보이며

"원장님, 환자가 열 명, 열 명이 기다려요!"

라고 재촉했다. 영철이가 웃으면서 태수를 보았다.

"원장님께서 좋아하시는 곡을 일러주시면 제가 연주해 드릴게요. 언제든지 말씀해 주세요."

그리고는 핸드폰을 흔들어 보이며 잽싸게 진찰실을 나갔다.

태수는 서랍을 열고 핸드폰을 꺼내 들었다. 영철이에게 문자를 보내

려고 하는데 갑자기 손바닥이 눈앞을 가렸다.

"열 명이나 있어요!"

김 간호사가 손바닥을 펴서 핸드폰을 덮었다.

"알았다. 알았어."

태수는 쓴웃음을 흘리며 핸드폰을 서랍에 넣었다.

두 달쯤 후에 한 여사가 영선이와 함께 내원했다. 영선이는 고등학교 3학년이었다. 태수가 진로를 묻자 수시로 서울의 G 대학교 교육학과에 입학하기로 정했다고 자랑스럽게 대답했다. 검은색 누비 잠바가 깔끔했다. 그런데 한 여사는 얼굴이 초췌했다.

"원장님, 영철이는 안과에서 정밀검사를 해보라는데..."

한 여사가 조심스럽게 말을 꺼냈다. 태수는 약간 놀라며 되물었다.

"정밀검사요? 무슨 검사요?"

단순히 시력검사 하고 안경을 맞추면 될 것으로 여겼던 태수는 고개를 갸웃거렸다.

한 여사가 근심 어린 눈빛으로 태수를 보았다.

"근시가 아니고 망막이 조금 부었다네요. 그래서 단순한 근시가 아니라고 종합병원을 가보라고 하네요."

태수는 깜짝 놀랐다.

"그래요? 그럼 영철이는 요즘 어때요? 계속 머리가 아프대요?"

영선이가 빙그레 웃으면서 대신 대답을 했다.

"아뇨. 안과에 갔다 오더니 머리가 안 아프대요. 요즘은 괜찮대요."

한 여사가 태수를 뚫어져라 바라보고 있었다. 혹시 안과 후배 원장에게 들은 이야기가 있는지 궁금한 표정이었다. 태수는 입술을 지그시 다물다가 한 여사에게 말했다.

"영선이 엄마, 내가 후배에게 알아볼게요. 언제 안과에 갔었어요?"

영선이가 얼른 대답했다.

"보름 됐어요. 요즘 저희가 좀 바빠서... 이제야 왔어요."

대답하는 영선이의 허벅지를 한 여사가 치면서 눈치를 줬다. 영선이도 무슨 말을 하려다가 대충 마무리를 했다. 태수는 한 여사를 보며 다정히 말했다.

"영선 엄마, 내가 이따가 전화해서 자세히 알아볼게요. 걱정 말고 집에 가 계셔요. 제가 알아보고 전화해 드릴게요."

한 여사는 조용히 일어나서 고개를 숙여 인사를 하고 진찰실을 나갔다. 영선이가 엄마의 손을 붙잡고 나가다 태수를 돌아보며 미안한 표정으로 웃었다. 영선이와 같이 검은 누비 잠바를 입은 여사의 뒷모습이 오늘따라 애잔해 보였다.

그런데 잠시 후에 영선이가 전화를 했다.

"원장님, 안과에 아직 전화 안 하셨죠?"

밝은 목소리로 물었다.

"응, 이따가 퇴근 시간에 해서 자세히 물어보려고."

"예, 그런데요. 원장님 죄송하지만 후배 원장님에게 이야기 듣고 저에게 먼저 전화 주실래요. 사실 요즘 엄마가 힘든 일이 있어서요..."

말소리가 작아지더니 흐려졌다. 태수는 한 여사의 애잔한 뒷모습이 떠올라 고개를 끄덕이며 대답했다.

"그래, 그럴까? 핸드폰 번호는?"

태수는 퇴근 시간에 맞추어서 안과에 전화를 했다.

"아! 그 중학생이요. 선배님, 좀 이상해요. 확실한 것은 근시는 아니고요, 왼쪽 망막이 살짝 부었어요. 다른 이상은 없는데."

태수는 고개를 갸웃거리며 물었다.

"그럴 수 있는 경우가 어떤 것이 있어? 보기에 망막 자체의 질환 같아, 아니면 다른...."

"그게 저도 좀 이상해요, 선배님. 레티나(망막)의 혈관이나 디스크는 이상이 없더라구요. 그래서 정밀검사를 권했죠. 지금 당장 급한 것은 아니지만 레티나 문제라면 빠를수록 좋을듯해서요."

태수는 가벼운 신음을 뱉었다.

"끄응, 그래... 고맙다. 우리 언제 필드 한번 나가자. 요즘 날씨 좋은데."

"아이고 선배님, 좋지요. 제가 멤버 모아서 연락드릴게요. 그런 현상이 일시적으로 잠깐 있다가 없어질 수도 있기는 해요."

태수는 핸드폰을 끄고 속으로 되물었다.

'일시적으로 있다가 없어진다? 그래서 두통이 없어졌나?'

태수는 옷을 갈아입고 의원을 나왔다. 일시적일 거라는 생각에 마음이 가벼웠다. 주차장으로 가다가 태수는 영선이와의 약속이 생각났다.

"영선아, 오래 기다렸지?"

"아뇨, 방금 병원 끝났잖아요?"

태수는 차 문을 연 채 서서 입맛을 다셨다.

"영선아, 내가 깜빡하고 병원을 나왔어... 내가 아파트 근처로 갈 테니까 입구에 나와 있을래? 내가 아이스크림 사줄게."

"응... 원장님 그러면 제가 병원 가는 길에 있는 버스 정류장에 있을게요. 그리로 오세요. 그리고요 저는 살찔까 봐서 아이스크림 안 먹는데~~요!"

태수는 웃음이 나왔다. 차에 앉으면서 조용히 말했다.

"그래? 알았어. 그리로 갈 테니까 먹고 싶은 것 생각해 봐."

영선이는 낮의 모습 그대로 버스 정류장에 서 있었다. 태수가 차를 세우고 창을 내려서 불렀다. 영선이는 주변을 한번 둘러보더니 조수석에 올랐다.

"응, 생각했어? 뭘 먹고 싶어?"

영선이가 태수를 보며 방긋이 웃었다.

"원장님, 저는... 저는... 이제 곧 대학생이 되니까, 커피가 마시고 싶은데요. 멋진 원장님이랑."

그러면서 민망한지 혀를 쏙 내밀었다.

"그래, 영선 아가씨가 커피를 마시고 싶다면 내가 분위기 좋은 숲속의 찻집으로 안내하지. 그런데 저녁은 안 먹어?"

영선이가 태수를 돌아보며 눈을 크게 떴다. 그리고 살며시 소곤거렸다.

"저녁도 사~주시~~게요?"

태수는 숲속에 위치한 레스토랑으로 향하며 물었다.

"그래, 영선이 합격 축하로 내가 오늘 사줄게. 언제 좋지?"

영선이가 활짝 웃으며 박수를 쳤다. 태수는 흡족한 미소를 짓다가 조금 심각하게 물었다.

"그런데 엄마가 얼굴도 야위시고 근심스러운 표정이어서 이상했어. 무슨 일이 있니?"

그 말에 영선이 시무룩해지더니 고개를 숙이면서 고개를 끄덕였다.

"자세한 이유는 잘 모르겠고요. 아빠가 이혼을 하자고 하나 봐요."

그러더니 얼굴을 들고 태수를 바라보았다. 태수는 깜짝 놀랐다. 한 여사의 평소 모습이라면 무슨 이유로 그럴까 궁금했다. 겉보기에는 완전한 현모양처의 모습인데...

태수는 얼른 말을 바꾸었다.

"그래... 영선이는 왜 교육학과를 가려고 해?"

그 질문에 영선이는 혀를 쏙 내밀며 태수를 보았다.

"꼭 이유를 대자면.... 내신 성적이 그 정도에 맞았고요. 또 다른 이유는 우리나라의 교육제도에 문제가 있다고 생각이 되어서요."

그 말을 마치고 개구쟁이 같은 표정으로 태수에게 미소를 보였다.

"아이구, 나라의 교육제도를 바꿔볼 생각으로 교육학과를..."

태수는 차의 속도를 줄이고 영선이를 보며 엄지척을 했다.

"내가 오늘 장래 교육부 장관님을 태우고 가고 있네!"

태수의 말에 영선이는 깔깔거리며 손을 저었다.

"아유 원장님, 무슨 장관이요. 그저 그렇다는 것인데..."

단풍잎들이 식당 정원의 조명등에 형형색색으로 빛나고 있었다. 태수와 영선이는 식당의 창가에 앉아서 커피를 마시고 있었다.

"원장님, 왜 결혼을 하고 나서 혼자 살고 싶다는 생각을 할까요? 아이들까지 낳고 살다가 왜 그럴까요?"

커피를 앞에 놓고 영선이가 진지하게 물었다. 태수는 영선이를 빤히 바라보면서 어떻게 설명해야 할지 고민했다. 자신에게도 참 어려운 질문이었다. 커피를 한 모금 마셨다.

"영선아, 우리가 오늘 스테이크를 먹었지. 맛있었지?"

영선이도 커피를 한 모금 마시고 잔을 내려놓았다.

"예, 맛있어서 많이 먹었어요. 많이."

영선이가 두 손으로 배를 두드렸다.

"그런데 고기를 좋아하던 사람이 어느 날 갑자기 채식주의자가 되기도 하거든.... 어떤... 음식에 대한 가치관의 변화 같은 것이 생기면 말이야."

영선이가 고개를 끄덕였다.

"비유가 맞는지는 모르겠지만, 자신의 인생에 대한 새로운 생각, 가치관이 변하면 그럴 수가 있지. 흔하지는 않지만..."

영선이는 입술을 비틀며 생각에 잠겼다. 그러다 눈을 똑바로 뜨고 태수에게 물었다.

"그래도 가족에 대한 책임감은 있어야 하잖아요. 자신이 만든 가정인데."

태수는 다시 커피를 한 모금 마셨다. 따뜻한 커피의 온기가 가슴을 타고 내려가 온몸을 채웠다. 영선이는 태수의 다음 대답을 기다리며 눈을 반짝이고 있었다. 그러다 핸드폰을 꺼내서 녹음을 하였다.

"그것은 그 사람이 가진 특성에 속하지. 원래 책임감이 부족한 사람도 있고, 자신에 대한 애정이 다른 모든 것보다 귀하다고 생각하는 사람도 있지.

남들이 보기에는 잘못된 생각이지만, 당사자에게는 세상에서 자기가 제일 소중하니까 자기가 하고 싶은 일을 하는 것이 제일 중요한 것이지.

살다가 갑자기,

'내가 세상에서 제일 소중한 존재인데... 지금까지 내가 원하는 것을 하면서 살아왔나?'

하는 어떤 인생의 근본적인 물음을 가지게 되면...

근데 영선아, 녹음을 하니까 긴장돼서 생각이 잘 정리가 안 되는데...."

태수가 핸드폰을 보며 웃었다. 영선이가 녹음을 끄면서 말했다.

"원장님의 첫 번째 채식주의자 비유는 녹음이 필요 없이 딱 좋았고요. 두 번째 사람마다의 특성 이야기는 다시 들어봐야겠어요."

태수는 머리를 긁적이며 영선이를 보았다.

"아니, 별 특별한 이야기도 아니고 누구나 할 수 있는 이야기인데..."

그 말에 영선이는 고개를 크게 저었다.

"아뇨, 저는 이런 설명은 처음 들어요. 그리고 꼭 다시 듣고 싶어요. 저도 아빠를 이해하고 싶거든요. 아빠가 여자 문제로 이러면 그냥 포기하겠어요. 그런데 혼자 자유롭게 살고 싶으시다니까..."

차를 향해 걷는데 영선이가 팔을 붙들고 얼굴을 기대었다.

"원장님, 식사도 감사하고 커피도 감사해요. 그리고 좋은 말씀이 더

감사해요. 가끔 울적하면 뵙고 이야기를 나누고, 아니 듣고 싶어요. 저
도 이제 대학생이 되니까 세상에 대해서 배워야 하거든요."

귀를 간질이는 영선의 속삭임에 태수는 어깨를 감싸주며 대답했다.

"그래, 언제든지 이야기해. 내가 대화의 상대로 뽑혔다면 영광이지.
장래 장관님이신데."

영선은 깔깔거리며 조수석에 앉았다.

영선이는 돌아오는 동안 아무 말이 없었다. 태수도 말을 걸지 않았
다. 다만 마음속으로 두 가지를 되풀이해서 생각했다.

'저도 아빠를 이해하고 싶거든요.'

'혼자 자유롭게 살고 싶다.'

영선이는 다시 버스 정류장에서 내렸다. 아파트를 향해서 가볍게 걸
어가는 영선이의 뒷모습을 보면서 태수는 기특하다는 생각이 들었다.
그리고 돌아오면서는 두 번째 생각에 빠졌다.

'혼자 자유롭게 살고 싶다.'

이것은 자신도 가끔은 꿈꾸는 생각이었다. 아니 어쩌면 모든 남자들
의 로망일 것이었다. 다만 삶의 여건이 이것을 허락하지 않는 것일 뿐.

2

유난히 한파가 기승을 부린 새해 첫 달이었다. 태수도 몇 년 만에 감

기에 걸려서 며칠을 고생했다. 겨우 감기에서 벗어나서 중랑천 변으로 아침 산책을 나갔다. 강가에는 살얼음이 남아 있는데도 오리 몇 마리가 물 위를 유영하고 있었다. 옅은 물안개가 아침 햇살에 피어오르고 있었다. 산책에서 돌아오는 길에 태수는 저쪽에서 한 여사가 하얀 패딩을 입고 걸어오는 것을 보았다. 포켓에 두 손을 넣고 고개를 약간 숙이고 땅만 보면서 천천히 걷고 있었다. 털실로 짠 얼룩무늬의 긴 목도리가 유난히 예뻐 보였다. 태수는 한 여사가 가까이 다가왔을 때 아는 체를 했다.

"영선 엄마, 산책하시네요?"

태수의 아는 체에 한 여사는 화들짝 놀라며 발걸음을 멈추었다. 고개를 들어 태수를 보며 미소를 지었다. 태수가 보니 약간은 편안해 보이는 보름달 표정이 보였다.

"어마, 원장님!"

태수는 다가가서 반갑게 칭찬의 멘트를 날렸다.

"오랜만인데, 이리 아침에 뵈니까 더 예뻐 보이시네요. 얼굴도 좋아지셨고."

한 여사는 수줍게 얼굴을 붉히며

"아유, 원장님은 농담도... 혼자 산책하셔요?"

라며 태수 옆에 섰다. 태수는 한 여사가 가던 방향으로 돌아서며 같이 걷자고 권했다. 한 여사는 추운지 두 손을 호주머니에 넣고 걸었다.

"그러잖아도 한번 뵙고 싶었는데..."

한 여사가 조용히 소곤거렸다.

"그래요? 병원으로 오시지…"

여전히 고개를 숙인 채로 걸으며 다시 소곤거렸다.

"아뇨, 아픈 것이 아니고… 항상 바쁘신데… 저번에 영선이에게 하셨던 이야기를 저도 들었거든요. 그래서…"

태수는 손뼉을 치며

"아하, 그때 영선이가 녹음을 했는데 그걸 들으셨구나."

라고 맞장구를 쳤다.

"언제든지 연락하셔요. 한 여사님과 데이트라면 저는 즐거운 마음으로 환영합니다."

태수는 한껏 기분이 좋아진 표정으로 한 여사를 보며 말했다. 한 여사도 고개를 돌려 태수를 보며 미소를 지었다. 그 미소가 태수의 가슴을 살짝 떨리게 했다. 보일 듯 말 듯 한 잔잔한 미소!

"감사해요, 우리 영선이 저녁도 사주시고, 좋은 말씀도 해주시고…"

들릴 듯 말 듯 한 목소리로 말을 이어갔다.

"제가 연락드려도 될까요? 아니면 연락을 주실래요. 저야 언제나 시간이 있으니까요."

태수는 걸음을 멈추고 한 여사를 보며 흔쾌히 대답했다.

"여사님, 제가 이따가 연락드릴게요. 오늘이라도 차 한잔하시죠."

한 여사는 가만히 고개를 끄덕이다가 얼굴을 들어서 태수를 보았다. 맑은 눈 속에 태수가 비쳤다.

태수가 한 여사의 팔을 잡아서 호주머니에서 뺐다. 한 여사는 갑작스러운 태수의 행동에 놀라며 눈을 크게 떴다.

"여사님, 겨울에 산책하실 때는 꼭 장갑을 끼고 손을 내놓고 걸으셔요. 호주머니에 손을 넣고 다니다가 넘어지면 크게 다쳐요. 특히 얼굴을 다치게 돼요. 이 이쁜 얼굴을."

태수가 얼굴을 손으로 가리키며 웃었다. 그리고 자신의 장갑을 손에 쥐여주고는 돌아서 뛰어갔다. 엉겁결에 장갑을 받은 한 여사는 뛰어가는 태수를 멍하니 보다가 장갑을 껴보았다.

따뜻한 정이 담겨 있었다.

한 여사가 차를 마시고 잔을 조심스럽게 내려놓으며 물었다. 연분홍색 폴라 니트에는 가슴에 파란 파랑새 모양의 브로치가 달려 있었다.

"원장님, 말씀처럼 그렇게 혼자서 살고 싶을 때가 원장님도 있으세요?"

태수는 빙그레 웃으며 한 여사를 애정 어린 눈빛으로 보았다. 한 여사도 눈길을 피하지 않고 태수를 마주 보았다.

"남자들의 로망이죠. 특히 결혼한 남자들. 결혼을 안 하고 살 수는 없지만, 결혼과 가정이라는 상황이 주는 행복도 많은데... 가끔은 훌훌 털고 날아가고 싶을 때가 있죠. 여사님 가슴의 새처럼."

태수가 브로치를 보며 웃었다. 한 여사가 가슴의 브로치를 내려다보며 손으로 만졌다.

"행복해도, 내가 이렇게 사는 것이 옳은가? 진정한 삶의 의미는 무엇인가? 나라는 존재의 의미는 어디에 있는가? 뭐 이런 철학적이랄까..."

한 여사가 눈을 반짝이며 태수를 보고 있었다. 태수는 약간 부담이 되어서 다시 차를 마셨다. 한 여사도 같이 차를 마시고 두 손으로 찻잔을 잡고 더 바싹 다가앉았다. 그리고 조용히 소곤거렸다.

"살다가 갑자기 그런 생각이 들 때가 있다는 말이죠? 가정이나 부부 간에 아무 문제가 없어도."

태수도 몸을 당겨 한 여사에게 다가갔다. 진지한 목소리로 대답했다.

"그렇죠. 부처님도 그랬잖아요? 왕궁인 룸비니 동산에서 잘 살다가 갑자기 삶의 의미를 찾으려고 보리수나무 밑으로 갔잖아요."

태수는 조금 뜸을 들였다. 바로 코앞에 한 여사의 얼굴이 있었다. 보름달 같은 포근한 얼굴에 흑진주 같은 눈만이 반짝이고 있었다.

"영선이 아빠가 자기애(自己愛)가 강하신가요?"

한 여사가 한숨을 쉬더니 소곤거렸다.

"자기애라... 부잣집 외아들이었는데... 좀 이기적이고... 그래도 심하진 않고... 그리 철학적이지도 않은데... 좀 재미는 없죠."

태수는 차를 마저 마셨다. 한 여사도 몸을 뒤로 물리며 차를 마셨다.

"여사님, 영선이 아빠는 내버려두세요. 아마도 좀 시간이 걸리겠지만, 사귀는 여자가 따로 있는 것이 아니라면, 반드시 돌아옵니다. 혼자 살아보는 삶에도 공허함이 있거든요. 아주 해탈을 해버리면 다르겠지만, 스스로 이것도 진정한 자유는 아니구나 하고 느끼면 돌아옵니다. 그러니 그날을 위해서 지금은 끈을 풀어주세요."

한 여사는 가만히 들으며 고개를 끄덕였다. 그리고 태수를 보며 물었다.

"이혼을 하자고 하니까... 그건 끈을 자르자는 거니까."

목소리가 거의 들리지 않을 정도였다. 말하기 힘들다는 표시가 났다.

태수는 목소리를 높였다.

"예, 그게 어렵군요."

태수는 이마를 찌푸리며 손으로 자신의 턱을 만졌다. 서로 잠깐 동안 말없이 생각에 잠겼다. 그러다 태수가 말했다.

"음... 이렇게 제안해 보시죠. 마음껏 자유롭게 살아라. 그래도 자식들이 있고, 혹시라도 혼자 살다가 쉬고 싶으면 언제나 돌아올 따뜻한 둥지는 있어야 할 것 아니냐. 당신을 믿으니까... 이혼은 말자."

한 여사는 손을 모으고 조용히 듣고만 있었다.

차가 숲길을 돌아가는데 한 여사가 조그맣게 말했다.

"따뜻한 둥지... 지금 우리 집은 그런 둥지가 아닌가?"

"아니죠, 영선이 아빠가 못 느낄 따름이죠. 부족함이 없었으니까. 나가서 혼자 자유롭게 살다 보면 이 둥지가 참 따뜻했다고 느끼게 될 거예요."

태수가 얼굴을 돌려 한 여사를 보니 한 여사가 얼굴을 들고 자신을 뚫어져라 보고 있었다. 태수는 멋쩍어서 가볍게 웃어 보였다.

차가 산길을 벗어날 때 한 여사의 핸드폰이 울렸다. 몸을 돌리더니 핸드백에서 핸드폰을 꺼냈다.

"응, 철아, 엄마 집에 가는 중이야. 저녁은 먹었어?"

한 여사는 차가 아파트 지하 주차장에 들어서자 핸드백에서 장갑을 꺼내어서 돌려주었다. 장갑을 받아 드는데 장갑에서 향수 냄새가 풍겼다.

"원장님, 고마워요. 오늘 말씀이 큰 위로가 되고 용기를 주네요."

조용히 손을 놓고 차에서 내렸다. 태수는 활짝 웃으며 특유의 멘트를 보냈다. 장갑을 코에 대보면서 소리쳤다.

"저도 참 감사하고 좋았습니다. 오늘 참 우아하고 아름다우셨어요."

한 여사는 미소를 지으며 고개를 깊이 숙여 인사를 하고, 차가 지하 주차장을 빠져나갈 때까지 보고 서 있었다.

3

영철이 다시 머리가 아프다고 왔다. 이번에는 영선이가 같이 왔다.

"정밀검사 안 했어?"

영철이가 혀를 쏙 내밀었다. 추워서 얼굴이 빨개진 영선이가

"예, 안 아프다고, 지가 안 해도 된다고 하니까요."

영철이를 대신해서 대답했다. 태수는 머리를 좌우로 흔들며 영철이를 지그시 보았다.

"약은 주는데, 엄마와 상의해서 내일이라도 꼭 가봐라. 시력은 괜찮아?"

영철이가 미안한 표정으로 웃으며 태수를 보았다.

"그저 그래요, 약간 안 좋아요."

태수는 영선이를 보았다. 엄마가 입었던 하얀 패딩을 입고 온 것 같았다. 그런데 다리가 맨살이어서 추워 보였다.

"어머니는 요즘 어떠셔?"

태수의 물음에 영선이가 영철이를 떠밀었다.

"너는 가서 약 짓고 있어. 누나 금방 갈게."

영철이가 나가면서 물었다.

"원장님, 어떤 곡을 좋아하셔요?"

태수는 영철이를 보면서 소리쳤다.

"응, '타이스의 명상곡'하고 'G-선상의 아리아', 쉬운 곡이지?"

영철이는 다시 핸드폰을 흔들며 돌아섰다.

"원장님, 엄마가 많이 명랑... 아니, 쾌활... 아니 이걸 뭐라고 해야 하나? 아무튼 좋아지셨어요. 얼굴이 편해지셨어요. 제가 원장님 말씀을 자주 들려드렸거든요. 그리고 저는 아빠를 쪼금 이해했어요."

영선이가 방실방실 웃으며 자기 핸드폰을 보여주었다. 태수도 웃으며 고개를 끄덕였다.

"잘했네. 영선이는 요즘 뭐 하고 지내?"

태수가 영선이와 이야기를 시작하려 하자 김 간호사가 눈을 흘겼다. 손을 들어 네 손가락을 펴 보였다. 태수는 영선이를 보며 활짝 웃어 보였다.

"알았다, 김 간호사. 영선이랑은 나중에 아이스크림... 아니 찻집에서 만나자. 저 마귀 간호사가 우리의 다정한 대화를 질투한다."

구정을 열흘쯤 앞두고 오후에 한 여사가 전화를 했다. 목소리가 아주 심각하게 가라앉아 있었다.

"원장님~~, 원장니... 임."

그러더니 말을 잇지 못하고 훌쩍였다.

"아니, 한 여사님, 무슨 일이세요? 왜 그러시는... 지금 우세요?"

태수가 화들짝 놀라서 물었다. 김 간호사가 앞에 서 있다가 눈을 크게 뜨며 놀랐다. 태수는 손짓으로 김 간호사에게 나가라고 했다.

"흐으으... 원장님, 영철이가... 흐으으 아아앙..."

다시 흐느끼며 말을 못 하고 있었다. 태수는 좀 기다렸다. 그러다 흐느낌이 잦아들었을 때 조용히 말했다.

"영선 엄마, 제가 조금 있다가 한가할 때 전화드릴게요. 따뜻한 물 한 잔 드시고 마음을 가라앉히세요. 조금만 기다리세요."

태수는 한 시간쯤 후에 전화를 했다. 그런데 영선이가 전화를 받았다.

"응, 영선아, 영철이가 어때서 엄마가 저러셔?"

"예 원장님... 영철이... 뇌... 종양이래요."

영선이도 말을 제대로 잇지 못했는데, 태수는 머리에 번개를 맞은 것 같았다.

"뭐? 뇌종양? 뇌종양이 생겼대?"

영선이도 흐느끼고 있었다. 태수는 스스로도 안정이 안 되었기에 마른침을 삼켰다. 말이 절로 더듬어졌다. 그리고 잠시 숨을 고르고

"영선아, 이따가 저녁에 그 검사 결과 모두 가지고 나에게 와줄래? 내가 보고 설명해 줄게. 응?"

이라고 영선이에게 말했다.

"예 원장님, 그럴게요. 몇 시에 가요?"

"영선아, 6시 반, 반쯤 와. 엄마는 괜차, 차, 찮아? 영철이는?"

마음이 다급하니 말이 더 더듬어졌다.

"엄마는 안방에 누워 계시고요, 영철이도 자기 방에서 울고 있어요."

태수는 영철이의 MRI를 뷰 박스에 걸고 몇 번이고 훑어보았다. 시신경 교차점 왼쪽에 아주 작은 종양이 있었다. 뇌수막종이었다. 이것은 나이 든 사람에게 나타나지, 어린아이에게는 잘 나타지 않는 종양인데... 조직학적으로는 양성 종양이지만 재발이 아주 심하여 임상적으로는 악성으로 간주하는 고약한 종양이었다. 뇌수막종이 수술로 완전절제가 잘되는 종양이었지만 영철이는 발생 부위가 아주 안 좋았다. 완전절제를 하려다 보면 시신경을 손상할 수가 있었다. 그러면 실명되는 것이었다.

몇 번을 보다가 의자에 앉으며 태수는 한숨을 쉬었다. 영선이가 초조한 얼굴로 태수를 보고 있었다. 태수가 영선이를 보았다. 가슴이 답답했다.

"영선아, 이게 아주 작은 조~~옹양이고 악성도 아닌 것 같은데 생긴 자리가 아주 안 좋다. 원래 이 종양이 어린아이에게는 아~안 생기는 것인데..."

태수가 말을 더듬으며 어렵게 설명했다. 영선이는 듣다가 울먹였다.

"아빠도 안 계시는데 엄마가 혼자..."

"영선아, 너무 앞서서 걱정하지 말고, 수술을 잘하면 어렵지만 종양을 절제할 수 있으니까."

태수는 최대한 침착하게 천천히 말하고 일어나서 영선이 곁으로 갔다. 어깨를 도닥여 주니 태수의 팔을 붙잡고 울었다.

"영철이가 대회에서 1등 해서 예술고등학교에 장학생으로 뽑혔다고 얼마나 좋아했는데... 아아, 엄마 어떡해!"

태수는 난감했다. 영선이를 안아서 일으켰다. 영선이는 태수의 품에 안겨서 울었다. 태수는 등을 도닥여 주며 달랬다.

"영선아, 치료가 잘될 수 있을 것으로 기대하고, 생각을 좋은 방향으로 가져라."

영선이가 눈물 젖은 눈으로 태수를 보았다. 그러다가 다시 품에 안기며 속삭였다.

"원장님, 어려우시지만 지금 우리 집에 가서서 엄마에게 좋은 방향으로 말씀해 주시겠어요? 엄마는 원장님 말이라면 믿고 슬픔을 이겨낼 수 있을 거예요."

태수의 가슴에 묻었던 얼굴을 들고 태수를 빤히 쳐다보며 애원했다. 태수는 영선이를 다시 안아주며 대답했다.

"그럴까? 그게 좋겠다. 내가 직접 위로해 드릴게. 영철이도 만나보고."

아파트에 들어서니 집 안이 썰렁했다. 넓은 거실에 어두운 조명등 하나만 켜져 있고 사람이 살지 않는 것 같았다. 영선이가 불을 켜고 엄마를 불렀다.

"엄마, 원장님 오셨어. 어서 나와봐."

영선이가 안방 문을 열려 할 때 한 여사가 부스스한 얼굴로 안방 문을 열었다.

"어머머, 원장님. 어떻게 여기까지..."

복장이 병원에 다녀온 복장 같았다. 검은색 니트 원피스 차림이었다. 머리가 많이 헝클어져 있었다. 한 여사는 태수를 보더니 얼굴을 두 손으로 가리고 어쩔 줄을 몰라 했다. 영선이가 주방에서 물을 가져오며 엄마를 챙겼다. 태수는 마음을 가다듬었다. 절대 말을 더듬지 말자고, 침착하자고 스스로에게 다짐했다.

"엄마, 정신 차리고 여기 앉아."

"아니, 너는 원장님 오신다고 미리 연락을 해야지..."

한 여사가 거실 소파에 앉아서 머리를 매만질 때, 영철이도 방에서 나왔다. 눈이 많이 부어 있었다. 태수는 물을 한 잔 마시며 가족들을 둘러앉혔다. 한 여사도 얼굴이 전체적으로 부어 있고 눈이 충혈되어 있었다.

태수는 물을 한 번 더 마셨다. 목이 탔다. 영철이도 물을 따라 마셨다.

"제가 자세히 사진을 보니까, 종양이 있지만 아주 작고 악성, 그러니까 암은 아니에요."

태수가 말을 멈추었다. 한 여사와 영철이가 동시에 얼굴이 밝아졌다. 태수는 영철이를 보며 미소를 지었다. 그리고 심호흡을 했다.

"요즘은 감마나이프 같은 수술 방법이 있어서 두개골을 열지 않고도 뇌종양을 수술할 수가 있어요. 그리고 예후도 좋고."

태수는 다시 물을 잔에 따랐다. 병이 비자 영선이가 얼른 가서 새 물병을 가져왔다. 한 여사가 태수를 보며 간절한 표정으로 물었다.

"예, 대충 이야기는 들었는데, 그때는 너무 정신이 없어서 무슨 말을 들었는지 기억이 안 나요."

태수는 빙긋이 웃으며 한 여사의 손을 잡았다.

"너무 걱정 마시고 마침 방학이니까, 수술을 빨리하셔요. 빠를수록 예후가 좋아요. 어차피 수술은 해야 하거든요."

영철이가 걱정스러운 표정으로 머리를 주억거리며 물었다.

"수술 안 하고 약이나 방사선 치료는 없어요?"

태수는 영철이를 보며 머리를 쓰다듬었다.

"영철아, 너는 연습하다 틀리면 처음부터 다시 하니 틀린 부분부터 하니?"

영철이가 엉뚱한 질문에 눈을 굴리며 대답했다.

"대개 처음부터 다시 하죠."

태수는 고개를 끄덕이며

"그렇지, 치료도 마찬가지야. 우선 처음이 수술이야. 다음이 항암제나 방사선 치료지. 마치 처음부터 다시 연습하고, 그래도 좀 불안하면 그 부분을 집중해서 더 연습하는 것처럼. 반드시 수술로 원인인 종양을 제거해야 돼!"

라고 단호하게 말하며 영철이의 머리를 만져주었다.

"수술하면 백 퍼센트 좋아진다. 내가 책임질게. 영철아."

그 말에 한 여사가 눈물을 흘렸다. 영선이가 얼른 티슈를 뽑아서 엄마에게 주었다. 눈물을 닦고 태수의 남은 손을 잡더니 큰 숨을 몰아쉬었다.

"원장님, 고마워요. 이제야 숨을 쉴 수가 있네요. 조금 전까지도 가슴이 답답하여 죽을 것 같았는데..."

태수는 만족스러운 웃음을 띠며 몸을 일으켰다.

"자, 이제는 울지 말고, 재수가 좀 없어서 그런 병이 생겼지만 다행히 일찍 발견되었으니 얼마나 좋아요."

한 여사가 따라 일어서며 고개를 숙였다. 영철이는 안심된다는 표정으로 방실거리며 물을 마셨다.

엘리베이터에서 한 여사는 태수의 손을 꼭 잡고 있었다.

"고마워요. 정말 눈물이 나네요."

태수도 잡은 손에 힘을 주면서 물었다.

"철이 아빠는?"

한 여사가 미소를 지으며

"끈을 풀어주었죠. 지금 인도에 갔어요. 연락을 할까 말까 생각 중이에요. 어떻게 할까요? 원장님?"

그런 것까지 물으니 좀 당황스러웠다.

엘리베이터가 서고 두 사람은 여전히 손을 잡은 채로 차를 향해 걸었다. 다행히도 주차장에 다른 사람이 없었다. 태수가 그래도 혹시나 다른 주민의 눈에 띌까 하여 손을 빼며 조용히 속삭였다.

"지혜롭게 전해야죠. 조그만 종양인데 간단히 치료되는 거니까 여행 잘 마치고 오시라고. 올 때 맛있는 것 많이 사 오라고."

한 여사는 만면에 미소를 띠며 눈을 질끈 감고 웃었다. 눈두덩이 부어서 두꺼비눈처럼 보였다.

태수는 차에 오르며 한마디 칭찬을 선물했다.

"부어 있는 얼굴도 예뻐요, 한 여사님. 잘 자요."

4

구정이 지나고 일주일이 지났다. 날씨가 너무 추우면 감기 환자가 오히려 줄어든다. 한가하여 다리를 펴고 손을 머리 뒤로 모아서 편하게 쉬려는데 김 간호사가 들어왔다.

"원장님, 손님이 오셨어요. 그 영철이 아버지라고.. 근데 좀 이상해요."

태수는 영철이 아버지라는 말에 정신이 번쩍 들었다. 얼른 몸을 일으키며 자세를 고쳐 앉았다. 그리고 들어오는 남자를 보고 또 한 번 놀랐다.

허름하고 두꺼운 검은 잠바에 턱수염이 얼굴을 덮을 정도로 나 있었다. 얼굴은 며칠을 안 씻은 것 같았다.

"아이고 원장님, 우리 영철이 때문에 애를 많이 써주셨다면서요?"

악수를 청하는 손도 까무잡잡한 것이 며칠은 안 씻은듯했다. 악수를 하는데 손바닥이 까칠했다. 목소리는 쩌렁한 것이 주변을 압도했다.

"아뇨, 의사가 단골 환자에게 그 정도야... 기본이죠."

"하하하, 그래요? 아무튼 감사합니다."

태수는 이 특이한 인물이 한 여사와는 너무도 안 어울린다는 생각이 들자 마음이 좀 안타까웠다.

"안사람이 목욕하고 이발도 하고 찾아가서 인사를 하라고 했는데, 뭐 남자끼린데 괜찮죠?"

여전히 우렁우렁한 목소리로 미안함을 표했다. 태수는 미소로 동의했다.

"암요, 좋으신데요. 인도에서 막 오신 분위기가 풍기네요."

"아, 그래요? 인도, 인도, 참 매력적인 나라더군요."

그때 김 간호사가 들어왔다.

"원장님 전환데…"

그 말에 영철이 아버지는 벌떡 일어났다. 꾸벅 인사를 하며

"아이고 바쁘신데… 암튼 저희 식구 잘 부탁드립니다."

라는 우렁우렁한 목소리를 남기고 진찰실을 나갔다.

태수는 그의 뒷모습을 보면서 도무지 한 여사와는 섞이지 않는 이질감을 느끼며 전화를 받았다. 근데 한 여사의 전화였다.

"원장님, 그이가 벌써 왔어요? 내가 목욕하고 면도하고 가랬는데…"

태수는 가만히 웃었다.

"한 여사님, 그런 것에서 초월해서 살고 싶은 분이에요. 영철 아빠, 멋진데요!"

"하이고, 두 번만 멋있었다가는 거지꼴이 되겠어요."

태수는 웃으며 한 여사를 달랬다.

"저러고 싶어서 어리광을 부린 것이니까 내버려두세요. 아마 일부러 저러고 다니실 거예요. 언젠가는 돌아옵니다. 반드시!"

가벼운 한숨 소리가 들리더니

"그리 말해주시니 위로가 되네요. 원장님, 영철이는 수술하고 아주 좋아졌어요. 감사해요."

태수는 영철이가 좋아졌다는 말에 기분이 좋아졌지만, 그래도 마음 한쪽은 불안했다.

'재발(recurrance)!'

5

영선이가 교육학과 3학년이 되었고, 영철이는 고등학교 3학년이 되었다. 영선이는 휴학을 하고 아르바이트로 세상 경험을 쌓기로 했단다. 삼 년 동안 영철이는 큰 이상 없이 잘 지냈다. 몸도 키도 성장하여 태수보다 컸다. 여전히 바이올린에 정성을 쏟아서 대학도 수월하게 갈 수 있다고 한 여사가 자랑을 했다. 다만 정말 좋은 대학을 가려면 레슨을 그 대학 담당 교수에게 가서 받아야 하는데 그것이 힘들었다. 집안에 돈이 아무리 많아도 돈을 버는 사람이 없이 모두 쓰는 사람만 있으니 고액 레슨은 쉽지가 않았다. 그래도 영철이는 씩씩했다.

"대학 이름이 중요한 것이 아니라, 자기가 얼마나 열심히 하느냐에 달렸죠. 원장님도 그리 생각하시죠?"

수시로 대학을 결정한 다음 날, 독감 예방 주사를 맞으러 와서 영철이가 말했다. 세 식구가 모두 왔다. 세 사람이 진찰실에서 한꺼번에 예진을 받았다.

"그럼, 이제는 자기에게 달렸어. 영철이는 '만 시간의 법칙' 알지?"

"예? '만 시간 법칙'이요?"

영선이가 의자에 앉았고 한 여사와 영철이는 서 있었다. 태수는 영선이를 보았다.

"영선 씨는 알아?"

영선이가 수줍은 미소를 지으며 고개를 저었다.

"아하.. 그 중요한 것을 모르네. 지금은 바쁘니까 저녁에 찻집에서 만나자. 오랜만에 영철이네랑 데이트하고 싶다."

한 여사가 살며시 미소를 지으며 고개를 끄덕였다.

"제가 알아봤어요. 하루에 네 시간씩 팔 년을 열심히 한 가지 일에 전념하면 그 방면의 대가가 될 수 있다는 법칙이죠?"

영철이가 도넛을 들면서 자랑스럽게 말했다. 영선이는 웃고만 있었다. 한 여사는 같이 오지 않았다. 영선이도 태수를 보며 고개를 끄덕였다. 카페라테를 마시다 영선이가 말했다.

"그런데요, 만 시간이라는 것이 정말 긴 시간이네요. 그냥 생각하면 별로일 것 같은데..."

태수는 영선이를 그윽한 눈으로 바라보며 미소를 보냈다.

"그렇지. 한 가지를 하루 네 시간씩 연습한다는 것이, 살다 보면 어려운데 그걸 팔 년을 한다고 생각하면... 대가가 되는 길이 어렵지."

"아뇨 저는 할 수 있을 것 같아요. 제가 지금 열여덟 살이니까, 스물 여섯 살 때까지 네 시간씩 바이올린을 연습해 봐야지요. 그리고 여섯 시간씩 연습하면 육 년도 안 걸려요!"

물을 한 잔 다 마시고 컵을 내려놓으며 영철이가 자신 있게 말했다.

"그래, 그 결심이 장하다. 내가 꼭 지켜볼 거니까. '파가니니 바이올린 콩쿠르'에서 우리 영철이 이름이 제일 높은 곳에 있기를 기대한다."

영철이가 눈을 반짝였다. 포크로 크림빵을 찍으며

"원장님이 그 대회를 아시네요? 근데 저는 '차이콥스키 국제 콩쿠르'에 도전할 거예요. 그 대회가 더 마음에 들어요."

라고 말하며 태수를 바라보았다. 태수는 레몬티를 마저 마시고 영철이의 머리를 쓰다듬었다.

"그래, 자기가 좋아하는 것을 목표로 삼는 것이 중요하지. 꼭, 꼭 모스크바에 '주영철'의 이름을 날려라."

세 사람은 빵집을 나와서 주차장을 향해 걸었다. 영철의 집까지는 차로 3분 정도의 거리였다. 영철이 키가 태수보다 한 뼘은 더 컸다.

차를 타고 아파트로 막 들어서는데 영선이가 조그맣게 말했다.

"원장님, 좀 늦었지만 제가 상의드리고 싶은 것이 있는데, 시간이 있으세요?"

태수는 백미러로 뒤를 보며

"그래? 왜, 아까 이야기하지…"

라며 영선이를 보았다. 영선이가 혀를 내밀며 수줍게 웃었다.

"좀 망설였는데요, 오늘이 좋을 것 같아서요. 싫으세요?"

태수는 머리를 좌우로 저으며 큰소리로 답했다.

"아냐, 괜찮아. 좋아."

태수의 대답에 영선이가 방실거리며 영철이를 보았다.

"철아, 너 먼저 들어가. 엄마에게 나는 조금 이따 간다고 말씀드려."

"원장님, 병원으로 가요. 저는 거기가 편해요. 조용하고 돈도 안 들고…"

아파트에서 차를 돌리며 어디로 갈까 물으니 영선이가 대답했다.

태수는 웃으며 백미러로 영선을 보며 말했다.

"아이구, 영선 아씨가 내 주머니 사정까지 걱정을 해주시네. 고마워."

영선이는 고개를 살짝 숙이며 두 손을 무릎으로 모았다. 살색의 덕다운 패딩이 연분홍 얼굴과 잘 어울렸다.

의원 대기실은 불을 켜지 않아도 어둡지 않았다. 주변 상가와 가로등 불빛으로 이야기하기에는 오히려 차분하고 좋았다. 태수는 따뜻한 물을 두 잔 따라서 영선과 마주 앉았다.

"우리 공주님은 무슨 고민이 있나요?"

태수가 얼굴을 똑바로 쳐다보며 미소로 물었다. 영선이도 미소를 지으며 대답했다.

"제가 교육부 장관 되는 것을 포기하려고요."

그 말에 태수는 놀라서 눈을 크게 떴다.

"교육부 장관? 장관이 되려 했어?"

태수가 되묻자 영선이가 입을 삐죽이며 소곤거렸다.

"아이, 원장님. 잊으셨어요? 저보고 교육부 장관 될 거냐고 놀리셨으면서..."

그 말에 태수는 고개를 끄덕이며 크게 웃었다. 영선의 손을 잡으며

"아하, 그랬지. 그래, 교육학과 간다고 했을 때?"

라고 기억을 되살렸다. 영선의 손이 제법 차가웠다. 손을 비벼주며 다시 물었다.

"그런데 왜? 진로를 바꾸려고? 휴학도 했다면서?"

영선이가 약간 결연한 표정을 짓더니 말했다.

"몇 년 늦더라도 편입해서 생명공학이나 바이오 생물학과 같은 데를 가려고요."

태수는 좀 놀랐다. 이제야 이학계열로 방향을 바꾼다는 것이 좀 의아했다. 영선이는 두 손을 진회색의 스커트 위에 가지런히 모으고 태수를 뚫어져라 바라보고 있었다.

태수는 그런 영선을 찬찬히 보면서 잠시 생각에 잠겼다. 손으로 턱을 만지작거렸다. 턱수염이 까칠하게 만져졌다. 아침에 면도를 했는데도 벌써 자라나 있었다. 수염은 참 잘 자란다고 느끼면서 손을 내리다 태수는 머리를 스치는 생각에 영선이를 진지한 눈길로 보았다. 입을 굳게 다물고 태수의 대답을 기다리고 있었다.

"영선아, 영철이 병이 아직도 걱정돼? 재발되는 것이?"

갑작스러운 태수의 물음에 영선이는 눈을 크게 떴다.

"그래서 뇌를, 뇌종양을 연구해 보려고?"

태수의 나직한 물음에 영선이는 눈을 내리깔더니 태수의 손을 놓고

품 안으로 안겼다. 등을 껴안으며

"원장님, 어떻게 그걸 아셨어요? 제 마음속에 언제 다녀가셨어요?"

태수도 영선이의 등을 쓰다듬으며 마음이 따뜻해져 옴을 느꼈다. 크게 두근거리는 영선의 박동이 가슴을 벗어나 옷을 뚫고 태수의 가슴을 때렸다. 태수는 영선이를 떼어놓고 손으로 얼굴을 쓰다듬었다.

"누나답고, 큰딸다운 아름다운 생각이다. 참 귀한 결심이다. 나는 전폭적으로 응원하고 지지하지!"

그리고 다시 꼭 안아주었다. 태수의 품 안에서 영선이 속삭였다.

"아, 원장님이 알아주시니 눈물이 나요. 너무 감사해요. 정말 고민 많이 했거든요."

태수가 보니 두 눈에서 두 줄기 눈물이 볼을 타고 흘렀다. 태수는 손으로 한쪽의 볼로 흐르는 눈물을 닦아주었다.

"어떻게 그리 단번에 제 마음을 알아내셨어요?"

영선이가 신기하다는 듯한 표정으로 한쪽 볼을 마저 닦으며 물었다.

"영선이가 말했잖아. 여기 올 때 영선이 마음에 잠깐 들렀다가 쭉 살펴보고 왔거든. 착한 영선이 마음의 방을."

영선이가 환하게 웃었다. 그리고 고개를 숙이고 조용히 속삭였다.

"고교 시절에 '염화시중의 미소'라는 말을 배웠는데..."

태수는 미소를 지으며 고개만 끄덕였다.

6

영철이는 대학에 다니며 다니는 교회의 찬양대를 지휘했다. 조그만 교회에 20여 명의 대원이 있는 찬양대였지만, 그리고 어렸지만 영철이는 열심히 찬양대를 이끌었다. 바이올린도 열심히 연습했다. 한 여사는 병원에 오면 영철이 자랑이 육십 퍼센트, 영선이 자랑이 사십 퍼센트를 차지했다. 그리고 자기는 간단히 진료를 받고 조용히 고개를 숙이고 나갔다. 참 조신하기도 하고 어찌 보면 약간은 우울해 보일 정도였다.

장맛비가 추적추적 내리는 오후에 영철이가 어깨에 묻은 비를 털며 들어왔다. 잘생긴 얼굴에 키가 훤칠해서 진찰실에 들어오자 주변이 훤해지는 느낌이었다.

"원장님, 잘 지내셨어요?"

태수는 영철이를 보자 저절로 반쯤 몸이 일으켜졌다.

"아이구, 지휘자님이 오셨네. 어쩐 일로?"

그러면서 얼굴을 보는데 우측 눈이 약간 이상했다. 눈꺼풀이 약간 처진 느낌이었다.

"원장님, 다 괜찮은데요. 보름 전부터 오른쪽 눈이 좀 처져요. 뭐랄까? 뜨기가 약간 힘들어요."

영철의 말에 태수는 가슴이 뜨끔했다. 그리고 영철의 눈을 자세히 보았다. 감고 뜨기를 여러 번 시켜보니 우측 상안검의 움직임이 약간 느렸다.

"마지막으로 언제 병원에 갔다 왔지?"

"팔 개월 되었어요. 요즘은 일 년에 한 번 가니까, 십일월에 가요."

태수는 메모지에 십일월이라고 썼다. 그리고 'Oculomotor n(동안신경)'이라고 덧붙였다. 볼펜을 두드리며 물었다.

"시력은? 머리는 안 아프고?"

"예, 그냥 별로 안 아파요. 가끔 아프다가도 한 시간 정도면 사라지고. 시력은 괜찮아요."

태수는 기구를 써서 눈을 뜰 때 상안검을 약간 들어주었다.

"영철아, 지금은 어때?"

영철이가 밝게 웃었다.

"야, 많이 편하고 시야가 넓어지는데요."

태수는 고개를 끄덕이며 한숨을 쉬었다.

"영철아 요즘은 안 바빠? 찬양대는 어때?"

영철이가 몸을 흔들며 자랑을 했다.

"원장님, 대원수가 좀 늘고, 발성도 많이 좋아져서 참 신나요. 언제 녹음해서 들려드릴게요. 합창 좋아하세요?"

태수는 영철이의 어깨를 두드리며 화답했다.

"내가 합창을 참 좋아하지. 합창이 묘한 매력이 있잖아. 그런데 영철아, 내가 의뢰서 써줄 테니까. 내일이라도 담당과장님 찾아가라. 정밀검사를 좀 일찍 받아봐야겠다."

태수의 말에 영철이가 놀라며 몸을 당겼다.

"왜요? 안 좋아진 것 같아요? 원장님."

영철이의 표정은 별로 걱정하는 것은 아니었다. 태수는 웃어 보이며

"아니, 처음처럼 뭔가가 조그맣게 다시 생긴 것 같은 느낌이 들어. 그러니까 오 년 전처럼."

이라고 말하며 의뢰서를 주었다. 영철이는 가벼운 표정으로 의뢰서를 받아서 나갔다. 듬직하고 생기 넘치는 영철이의 뒷모습을 보면서도 태수는 일말의 불안감을 떨칠 수가 없었다. 볼펜을 굴리며 혼자 속으로 중얼거렸다.

'처음과는 다른 부위에 생긴 것인데... 범위가 커졌으면....'

퇴근 시간 전에 한 여사가 전화를 했다.

"그러지 않아도 전화드리려 했는데 지금 천천히 오실래요?"

태수가 애써 밝은 목소리로 말했다.

한 여사는 6시 30분쯤 왔다. 태수는 환자들이 다 끝날 때까지 기다렸다가 간호사들을 퇴근시키고 한 여사를 불렀다.

"어서 오셔요. 그동안 잘 지내셨어요?"

반갑게 웃으며 맞았다. 밝은 살색의 얇은 잠바에 연보라색 롱스커트를 입고 왔다.

"예, 요즘은 다들 아프지를 않아서요."

한 여사가 조용히 미소를 지으며 앉았다. 태수는 입이 마르는 것을 느꼈다. 일어나서 물을 한 잔 따라 왔다.

"영철이가 다시, 재발했나요?"

조심스럽게, 그러나 불안함이 잔뜩 묻은 목소리로 물었다.

"예, 제가 진찰하기에는 그렇네요. 그런데 이번에는 저번하고 부위가 약간 달라요. 이번에도 저번처럼 수술을 해야 할 것 같아요. 이 병이 이게 문제예요. 재발을 하거든요."

볼펜을 가볍게 두드리며 한 여사를 보았다. 안도의 표정과 약간의 불안한 표정이 번갈아 나타났다.

"원장님 생각에는 부위가 안 좋은 데예요? 어때요?"

침이 마르는지 혀로 입술을 축였다. 태수는 천천히 걸어가서 물을 한 잔 더 받아 왔다. 자신도 목을 축이고 한 여사를 빤히 보면서 살짝 미소를 지었다.

"내가 철이 없는 건지, 한 여사가 너무 우아하신 건지 자꾸 다른 생각이 나네."

태수의 말에 숙희가 눈을 흘기며 입을 가리고 웃었다.

"우아하기는... 놀라서 화장도 안 하고 그냥 나왔는데."

태수는 한 여사의 마음을 좀 다독였다고 생각이 들자 목소리를 높였다.

"그게 처음과 가까운 부위, 바로 옆인데 영향을 주는 신경이 달라요. 그래서 다시 정밀검사를 해봐야 돼요."

한 여사가 약간 긴장이 풀린 표정으로 물었다.

"처음처럼 수술하면 좋아지겠죠? 오 년이나 별일 없었는데."

태수는 손을 털며 몸을 일으켰다. 애써 밝은 목소리로 안심을 시켰다.

"그러죠, 오 년 만에 이 정도로 진행되었으니 크게 걱정 안 해도 돼요."

"얼마나 놀랐는지... 원장님이 이리 말해주니 마음이 놓여요."

다음 주, 금요일 오후에 영선이가 전화를 했다.

"원장님, 저 영선이예요. 잘 지내셨어요?"

차분한 목소리로 인사를 했다. 태수도 반갑게 대답했다.

"오, 영선 씨도 잘 지냈어요?"

"원장님, 오늘 영철이 결과를 확인했어요. 제가 뵙고 이야기를 듣고 싶어요. 당장 수술하게 입원하라거든요."

심각하게 어두운 목소리였다. 태수는 가슴이 떨렸다. 영선이의 목소리에 긴장이 되었다.

'아! 안 좋구나!'

김 간호사가 서서 눈치를 보고 있었다.

"그래, 우리 영선 아가씨가 온다면 나는 언제나 환영이지. 이따가 6시 반쯤 와. 기다릴게."

김 간호사가 입을 삐죽거렸다.

"원장님, 그 집 가족에게 너무 친절하신 거 아녜요? 좀 심한데..."

태수는 얼굴을 붉히며

"너희도 그걸 느끼냐? 나도 좀 심하다고 느끼는데, 조절이 안 되네."

하며 슬며시 웃었다. 김 간호사가 다시 입을 내밀었다.

"아줌마가 이쁘고 조신하니까 그러시죠? 벌써 표가 많이 났어요!"

태수는 눈을 찡그리며 대답했다.

"이쁘냐? 이쁘지는 않지. 매력이 있지."

김 간호사가 고개를 돌리고 나가며 한마디 덧붙였다.

"그게 그 말이죠. 이쁜 거나 매력적인 거나."

7

태수는 영선이가 가져온 자료를 읽어보고 다시 뷰 박스를 보았다. 가슴이 답답했다. 크지는 않았지만 이번에는 가늘고 길게 종양이 생겨 있었다. 시신경 뒤쪽의 동안신경을 침범하고 있었다.

태수는 호흡을 가다듬고 영선이를 보았다. 그리고 가까이 오라고 손짓을 했다. 영선이가 다가왔다. 잠바를 벗고 있으니 검은 니트 폴라 티에 청치마가 잘 어울렸다. 태수는 눈을 들어 영선이를 빤히 보며 물었다.

"엄마는 왜 안 오셨어?"

영선이가 눈을 내리깔더니 두 손을 비비며 속삭였다.

"예, 할아버지 댁에 갔어요."

그러더니 훌쩍거렸다. 태수가 말릴 겨를도 없이 더 훌쩍거리더니 그냥 책상에 머리를 대고 소리 내어 울었다. 태수는 놀라서 영선이의 어깨를 안았다.

"왜 그래 영선아. 엄마가 무슨 일이 있어? 안 좋은 일이?"

태수가 다급히 물었다. 머리를 책상에 대고 울던 영선이가 고개를 들더니 태수의 품에 안기며 서럽게 속삭였다.

"돈이 필요하니까 가셨어요. 항시 돈을 할아버지에게 타서 쓰거든요. 그래서 이번에는 영철이도 그렇고, 또 저도 편입을 해야 하니까..."

태수는 아버지가 돈을 안 버니까 이런 일이 생기는구나, 생각이 되어서 마음이 안타까웠다. 영선이가 몸을 빼더니 흐느끼며 말했다.

"너무 속상해요. 어머니가 구걸하러 가는 것 같아서... 이런 때는 아빠가 너무 미워요. 엄마에게 모든 짐을 다 지우고 혼자만 좋다고 저리..."

영선이가 흐느끼더니 소리를 내어 울었다. 태수는 착잡했다. 영선이를 다시 안아주었다. 이제 영철이의 병에 대해서도 안 좋은 이야기를 해야 하는데... 태수는 입맛을 다시며 영선이가 가라앉기를 기다렸다. 잠시 후에 태수 품을 벗어나더니 민망한 표정으로 그러나 밝게 말했다.

"꼭 아빠 품 같아요. 원장님, 감사해요."

그 말에 태수는 안도의 한숨을 쉬었다. 그리고 볼펜을 들고 이야기를 시작했다.

"영선아, 너만 알아. 엄마에게는 최대한 좋게 이야기할 테니까. 그런데."

태수는 영선이의 손을 꼭 잡고 설명을 시작했다.

"수술은 해야겠지만 저번보다 훨씬 안 좋아. 종양이 얇지만 길어. 그리고 부위가 좀 더 번졌어. 그래서 수술을 완벽하게 하려면 하면 신경이 다쳐..."

영선이가 손을 더 꽉 쥐었다.

"그럼, 눈이.. 실명이..."

영선이가 조심스럽게 물었다. 태수가 고개를 끄덕였다.

"응, 시력도 큰 영향을 받을 수 있고.. 눈을 뜨기가 더 어려워져. 또 완전히 감기도 힘들고..."

태수는 말을 계속하기가 힘들었다. 마음이 아파서 눈시울이 뜨거워졌다. 태수의 목소리가 잦아들자 영선이 고개를 돌려 태수를 보았다.

"원장님, 지금 우세요?"

태수가 눈을 훔치며 어색하게 웃었다.

"아니 그냥 눈이 좀..."

영선이가 놀라며 태수를 빤히 보다가 속삭였다.

"원장님, 정말 고마워요. 영철이 때문에 그리도 가슴 아파해 주시니..."

태수는 숨을 크게 들이키고 영선을 보며 슬픈 미소를 지었다.

"영선아, 나는 영철이가 내 아들이라면."

태수는 여기서 말을 멈췄다. 참 힘든 이야기를 해야 했다. 그리고 숨을 한번 크게 쉬고 말을 이었다.

"내 아들이라면 이번에는 수술을 크게 해서 시신경과 그 주변을 다 절제했으면 좋겠어. 몽땅!"

영선이가 눈이 휘둥그레졌다. 태수는 한숨을 쉬었다.

"어려운 결정이겠지만.... 영철이가 눈이 안 보여도 바이올린은 켤 수 있잖아. 차라리 머리를 열고 종양이 생긴 부위, 그리고 앞으로 생길 듯한 부위를 다 제거하면, 눈이 안 보여도 오랫동안 바이올린을 켤 수가..."

태수는 차마 말을 다 잇지 못했다. 영선이가 눈시울이 붉어지더니 눈물을 흘렸다. 태수의 얼굴을 똑바로 보며 목이 메어 물었다.

"원장님... 그렇게 안 좋아요? 지금 상태가?"

태수는 눈을 감았다. 정말 눈을 포기하고 수술을 크게 한다고 해도 재발을 안 한다는 보장도 없었다. 바이올린을 오래 하기 위해서 눈을 포기해야 할까? 태수는 목이 바싹 타들어 갔다.

"영선아, 참... 참 마음이 안 좋다. 하지만 일단 수술을 해보자. 기적이 일어나기를 기도하자. 그리고 내 마지막 제안은 네가 생각해 봐서, 모두 모여서 상의해 봐라. 아빠도 가능하면..."

영선이도 고개를 숙이며 말이 없었다.

태수는 손으로 영선이의 턱을 들었다. 영선을 똑바로 쳐다보며 다짐을 주었다.

"엄마하고 영철이에게는 처음처럼, 수술하면 일단은 좋아질 거라고 이야기해라. 알았지?"

영선이가 얼굴을 비껴 안으며 울먹였다.

"예 알았어요. 원장님도 기도해 주셔요. 우리 영철이를 위해서요."

영선이는 영철이가 잠이 든 것을 확인하고 엄마 방으로 갔다. 엄마는 침대에 앉아서 골똘히 생각에 잠겨 있었다.

"엄마, 무슨 생각 해?"

일부러 밝은 목소리로 물으며 곁에 앉았다. 숙희는 딸을 보며 쓸쓸한 미소를 지었다.

"응, 아빠에게 연락을 해야 되나, 어쩌나 하고..."

영선이는 엄마의 어깨를 안으며 머리를 기대었다.

"엄마, 아빠에게 꼭 연락해야 돼."

영선이가 힘주어 말했다. 숙희는 자기 머리를 영선이에게 기대며 힘없이 속삭였다.

"그럴까? 이번에도 또 별일 아닐 것이라고 화내면 어쩌니?"

영선이는 자세를 바로 하고 엄마를 바라보며 목소리를 바꾸었다.

"엄마, 내가 오늘 결과를 가지고 원장님을 만났어."

진지한 목소리가 약간 흐려지더니 젖어들었다. 숙희는 깜짝 놀라며 물었다.

"그래, 뭐라 하시든? 많이 안 좋대?"

영선이는 침을 삼켰다. 그리고 아주 천천히 말을 이었다. 목이 메어서 말을 잇기가 힘들었다.

"엄마, 이번에는 부위가 좀 길고... 처음보다 많이 안 좋대요. 그래서 이렇게 말씀하셨어. '내 아들이라면 실명을 하더라도 주변을 몽땅 절제하는 수술을 해서 재발을 안 하게 하고 싶다.'라고."

영선의 말에 숙희는 말문이 막혔다. 일주일 전에는 처음과 비슷할 거라고 했는데.... 숙희는 영선이의 손을 잡고 다시 물었다.

"장님이 되더라도 몽땅 제거하라고?"

영선이가 고개를 끄덕였다. 그리고 조그맣게 속삭였다. 숙희는 기가 막혔다. 증상이 처음보다 심하지 않은데 이건 청천벽력이었다.

"그런데, 원장님이 그 말을 하시면서 우시더라. 우리 영철이를 정말 사랑하시나 봐! 눈물을 흘리시더라니까..."

그러나 숙희에게는 그 말은 중요하지 않았다. 영철이의 병이 더 심해졌다는 것이 놀라웠다. 아들이 장님이 되어도 수술을 크게 하라니!

숙희는 얼굴을 두 손으로 가리고 울었다. 영선이가 엄마를 달랬다.

"엄마, 수술을 저번처럼 적당히 하면 또 재발한다니까. 그리고 바이올린은 눈이 안 보여도 연주할 수 있는 거니까 그리 말씀하신 거야. 우시면서 말씀하셨다니까!"

영철이는 수술을 받고 다시 좋아졌다. 다만 수술은 처음처럼 간단히 했다 한다. 그리고 증상이 좋아져서 지휘도 열심히 담당했다. 영철이네 가족은 수술 후 행복했다. 그러나 그 행복은 오래가지 못했다. 수술 후 몇 달 만에 다시 눈꺼풀의 운동에 장애가 생기면서 두통이 자주 발생했다. 그것은 영철이가 대학의 가을 정기 연주회와 교회 성가대의 크리스마스 공연을 앞두고 무리를 한 것도 큰 원인이었다. 증상이 심해져서 눈이 떠지지 않았다. 머리도 많이 아파했다.

다시 찍어본 MRI에는 동안신경 주변뿐만 아니라 종양이 여러 군데에서 발생하고 있었다.

한 여사가 저녁에 왔다. 수수하게 집에서 입는 편한 복장으로 왔다.

"다시 수술해야 할까요? 원장님."

애절한 목소리였다. 태수는 눈을 감았다.

'어떻게 해야 할까?

내 아들이라면 어떻게 할까?'

눈을 뜨고 한 여사를 보았다. 태수의 얼굴을 보면서 눈물을 흘리고 있었다.

태수는 티슈를 몇 장 집어주며, 자신의 두 손을 깍지 끼웠다.

"영철이 엄마. 마음 단단히 먹고 이야기 들어요. 이제 수술은 의미 없어요. 여러 군데 퍼져 있거든요. 하려면 저번에 시신경까지 제거하는 큰 수술을 했어야죠. 이번에도 수술하면 잠깐은 눈꺼풀이 좋아지죠.

그런데 얼마 못 가요."

한 여사가 흐느꼈다. 머리를 책상에 대고 울었다.

"내가 남편에게 나쁜 짓을 해서 벌을 받나 봐요. 그런데 왜 벌이 영철이에게 가죠? 나에게 와야지. 내가 벌을 받아야지!"

태수가 놀라서 물었다.

"아니, 영철이 엄마가 무슨 나쁜 일을..."

태수는 묻다가 말을 멈추었다. 그것은 지극히 개인적인 일일 것이었기에 말이다. 숙희 씨는 고개를 책상에 댄 채로 흐느끼며 중얼거렸다.

"너무 미워서. 정말 너무 미워서 먼 데서 차라리 죽어버리라고.... 아예 돌아오지 말라고..."

숙희의 흐느낌에 태수는 자신의 가슴도 찢어지는 것 같았다.

영철이 아버지가 성탄절을 며칠 앞두고 찾아왔다. 이번에는 아주 깔끔한 복장이었다. 단정한 검은 반코트에 구두도 반짝거렸다. 푸른 체크무늬 넥타이도 매고 면도를 말끔히 하니 몰라볼 정도였다. 사람이 달라진 것 같았다.

"원장님, 암도 아니라는데... 요즘에는 어지간한 암도 다 치료되던데..."

여전히 목소리는 우렁우렁 좋았다.

"예, 잘 설명은 안 되지만, 영철이가 좀 특이한 경우네요. 어린 시절에 발생하는 종양이 예후가 안 좋아요. 몸이 자라듯이 같이 자라거든요."

영철이 아빠는 뭔가 불안한 듯이 주변을 자꾸 돌아보았다.

"수술하면 안 될까요? 수술로 완치되지 않나요?"

우렁우렁한 목소리가 작아졌다. 하지만 안타까움이 진하게 배어 있었다. 혼자서 자유롭게 살고 싶은 사람이지만 아들에 대한 사랑은 다른 아버지들처럼 강했다.

"예, 지금은 수술이 큰 의미가 없어요. 보셨겠지만 종양이 여러 군데 퍼져 있어요. 수술해도 다 제거하지 못하거든요."

태수의 말을 듣더니 고개를 들어 천장을 바라보다가 벌떡 일어나서 아무 말 없이 나가버렸다. 태수는 그저 멍한 표정으로 그가 사라진 문을 바라보았다.

"영철아, 너무 힘들지? 참지 말고 두통약 먹고, 눈꺼풀은 스카치테이프를 오려서 붙여. 그러면 덜 감겨. 잘 때는 꼭 떼고 자고. 안약도 넣고."

미소를 띠고 앉아 있는 영철을 보며 태수는 안타까움에 속이 쓰렸다. 영철이는 오히려 담담했다.

"제가 많이 힘들지만, 정기 연주회는 끝났으니, 맡은 성탄절 지휘는 해야 하는데 지금 같아서는 눈만 떠지면 좋겠어요. 눈 감고 지휘할 수는 없는데... 아시겠지만 대원들을 한 사람 한 사람 쳐다보며 지휘해야 하거든요."

태수가 영철이의 눈을 보며 안타까운 한숨을 쉬었다.

"영철아 아프면 참지 말고 약 먹어. 그리고 좋은 것만 생각해."

영철이가 웃었다.

"합창이 잘되면 기분이 좋은데요.. 화음이 안 맞으면 기분이 영..."

태수는 스카치테이프 오려 붙이는 방법을 알려주고 영철이를 보냈다. 씩씩하게 나가는 모습을 보니 더 가슴이 답답했다.

영철이는 방에 앉아서 소리 없이 눈물을 흘렸다. 결코 가족들에게 눈물을 보이면 안 된다는 생각으로 살고 있지만 혼자 있으면 너무 슬펐다. 티슈로 코를 풀고 눈물을 닦았다.

내일 저녁 성탄 축하 합창을 하기 전에 꼭 아버지에게 전하고 싶은 말이 있었다. 차분한 마음으로 편지를 쓰려 했지만 눈물이 그치지를 않았다. 다시 머리가 아파왔다.

아버님께 올립니다.

아버님, 이제는 돌아와 주십시오.

제가 한 손으로 눈꺼풀을 들어 올리며 이 글을 씁니다.

아버지께서 집으로 돌아오시는 것이 저희 가족의 소망입니다.

아버님, 이제는 이 간절한 소망에 화답해 주시기를 바랍니다.

너무 오랫동안 식탁의 한 자리가 비어 있었습니다.

새해에는 빈자리 없이 아침을 먹을 수 있기를 바랍니다.

아들 영철 올림

영철이는 눈물로 편지를 썼다. 그리고 책상 앞에 붙어 있는 가족사진을 보았다. 네 가족이 환하게 웃고 있는 사진!

안약을 꺼내어 눈에 넣었다. 두통약도 먹었다.

'즐거운 일만 생각하자! 내일은 멋진 공연이 될 거야!'

영철이는 눈꺼풀의 스카치테이프를 떼고 감기지 않는 눈을 감고 잠을 청했다.

태수는 성탄절 전날 영철이가 지휘하는 교회를 갔다. 혼자 조용히 맨 뒤에 앉아서 대학생인 영철이가 지휘하는 성탄 축하 공연을 들었다. 참 아기자기하게 프로그램을 만들어서 참석한 교인들을 은혜의 바다에 빠지게 했다. 영철의 가족은 맨 앞줄에 앉아 있었는데 숙희 씨 옆에는 남편이 앉아 있었다. 태수는 미소가 지어졌다.

그리고 마지막 곡은 영철이의 바이올린 연주에 맞추어서 성가대가 'Deep river'라는 흑인영가를 합창했다. 성탄절에는 좀 안 어울리는 곡이었다. 장엄하지만 슬픈 곡이었다. 영철이 마지막 곡으로 이 곡을 선정한 이유를 태수는 알 것 같았다. 가슴이 너무 아팠다.

"깊~~은 강, 내 집은 저곳 넘어~...
......나 주님을 만나리라."

절제된 깊은 저음의 바이올린 음이 길게 이어졌다.

교회를 들썩이게 하는 박수가 터져 나오고 '아멘'의 화답이 이어졌다. 영철이가 인사를 하기 위해서 바이올린을 들고 교인들을 향해 앞으로 걸어 나오는데 태수가 보기에 걸음걸이가 약간 이상했다. 태수는 놀라서 몸을 반쯤 일으켰다. 걷는데 바이올린의 활로 바닥을 짚고 걷는 느낌이었다. 태수는 몸을 일으켜서 앞으로 걸어 나갔다. 마음이 불안하며 가슴이 벌렁거렸다.

영철이가 약간 몸이 우측으로 기울어진 상태로 교인들을 향해 서더니 바이올린을 안은 채로 쓰러졌다. 교인들이 놀라서 소리를 지를 때, 그 소리보다 더 빠르게 태수는 영철이를 향해 뛰어나갔다. 영철이는 성가대석을 향하여 모로 쓰러져 있었는데 약간의 경련을 동반하고 있었다. 활이 부러져 영철이의 오른팔에 걸려 있었다. 의식이 없었다. 태수는 얼른 손수건을 꺼내서 이 사이에 끼웠다. 경련하다가 혀를 깨무는 것을 방지하기 위해서였다. 그리고 놀라서 어쩔 줄 모르는 영선이를 향해서 소리쳤다.

"빨리 119에 연락해요. 경련 환자라고! 어서!"

한 여사와 남편 주 선생은 일어서서 발만 동동 구르고 있었다. 태수는 영철이를 반듯이 눕히고 성가대원에게서 성경책을 받아서 목뒤에 고였다. 영철이는 우측 상하지에 경련을 하고 있었다. 태수는 사람들을 안정시킬 필요가 있었다. 전화를 마친 영선이에게 영철이의 팔다리를 주무르게 하고 목사님에게 간단히 영철이의 병에 대해서 이야기를 드렸다.

"성도 여러분, 우리 주영철 지휘자님은 뇌종양이 있는데도 불구하고 이번 행사를 위해서 정성을 다했습니다. 그 후유증으로 일시적 경련이 일어난 것 같습니다. 우리 모두 지휘자님의 쾌유를 기원하는 중보기도를 드립시다."

목사님이 기도를 시작하자 온 교인들이 소리 내어 기도를 시작했다.

성가대원들 중에는 울면서 기도하는 대원도 있었다. 기도가 진행되는 중에 구급차가 왔다. 태수는 영철이의 바이올린을 들어서 영철이 아버지에게 주었다.

영철이는 의식을 회복하지 못하고 뇌사상태에 빠졌다. 고통도 없고 아픔도 모르는 깊은 평화의 강에 빠진 것이다.

새해 첫날 태수는 영철이가 입원한 병원으로 찾아갔다. 영철이 누워 있는 1인실에는 조부모님과 온 가족이 함께 와 있었다. 태수가 병실 스테이션에 들려서 동네 주치의라고 밝히고 상태를 물었다.

"뇌사죠, no response!"

진료 기록지를 주며 냉정하게 덧붙였다. 한마디로 '뇌사상태'라고 했다. 인공호흡기만 떼면 사망한다는 것이다.

병실로 가보니 영철이는 얼굴이 달덩이보다 더 부어 있었다. 영선이가 태수를 맞았다.

"영철이 치료해 주신 원장님이에요."

태수는 어르신들에게 인사를 하고 영철이의 얼굴을 쓰다듬었다. 할아버지와 할머니가 생각보다 젊어 보였다. 할 말이 없었다.

태수가 병실을 나오자 주 선생과 한 여사가 따라 나왔다.

"기관지 절개를 해야 한다는데 원장님 생각은 어때요?"

주 선생이 심각하게 물었다. 태수는 한숨을 쉬었다.

"기관지 절개를 해서 인공호흡을 시키면 앞으로도 오랫동안은 생명이 유지되죠. 저런 상태로....”

한 여사가 손으로 얼굴을 가리며 고개를 돌렸다. 흐느끼는 소리가 들렸다. 주 선생이 입맛을 다시며 되물었다.

“저런 아무런 반응 없는 상태로도 오래 산다는 말이죠?”

주 선생의 우렁한 목소리가 한 여사의 흐느낌에 섞여서 들렸다.

그때 여러 명의 사람들이 병실 복도를 채우며 다가왔다. 교회 성가대 원들이었다. 병실에 들어가 보더니 몇몇은 눈물을 흘렸다. 그리고 가족들에게 양해를 구하더니 침대 곁에 둘러섰다. 조금 후에, 인공호흡기의 소리가 쌕쌕 들리고 심장 모니터의 삐삐 소리만이 나던 병실에서 성가가 울려 나왔다.

“깊~~은 강, 내 집은 저곳 넘어~ 깊~~은 강.....”

그런데 그 순간 놀라운 일이 벌어졌다. 지금까지 어떤 자극에도 아무런 반응이 없던 영철이가 손을 올리더니 손을 내젓는 것이었다. 태수도 놀라고 모두가 놀라서 그 장면을 보는데 한 대원이 소리쳤다.

“지휘를 하시네요. 지휘를, 우리 성가를 들으시네요!”

태수는 전율을 느꼈다. 한 여사는 영철의 침대 곁에 주저앉아서 꺼이꺼이 울었다. 태수는 성가에 맞추어서 손을 흔드는 영철의 퉁퉁 부은 얼굴을 보며 숨이 막혔다.

“아! 인간의 뇌는, 아니 정신은 어떻게 설명할 수가 있단 말인가?”

꼬집어도 아픈 줄을 모르고, 눈에 불을 비춰도 동공이 반응하지 않던 환자가 자신이 가르쳤던 노랫소리에는 손을 저어서 지휘하는 이 현상

태수는 설명할 수 없는 감동을 안고 차에 올랐다.

USB를 꽂았다. 영철이 연주해 준 'G-선상의 아리아'가 흘러나왔다.

밝게 웃으며 진찰실에 앉아서 이야기를 나누던 영철이의 얼굴이 떠올랐다. 가늘게 이어지는 바이올린 선율을 타고 영철이의 얼굴이 차창 밖에서 하늘로 솟아오르고 있었다.

니가 제일 잘해!

1
=

"아이고, 피곤하다. 막내야, 주스 있냐?"

창수는 탈장 수술을 마치고 진찰실에 앉으면서 목을 흔들어 보았다. 오늘은 조금 어려웠다. 육 년 전에 종합병원에서 수술을 했는데 재발을 한 환자여서 시간이 많이 걸렸다. 막내가 아니라 유 간호사가 오렌지 주스를 가져오면서 쪽지를 주었다.

"수술 중에 전화가 왔는데요, 꼭 전해달라고 꾀꼬리 같은 목소리로 부탁을 했어요. 원장님."

"꾀꼬리? 여자분이야?"

유 간호사가 주스를 책상에 놓으며 눈웃음을 쳤다.

"목소리가 참 좋았어요. 근데 '꼭'이라고 여러 번 말했거든요? 누구일까요?"

창수는 쪽지를 보았다. 전화번호 밑에 '조명희'라고 쓰여 있었다. 창수는 고개를 갸우뚱했다.

기억이 나지 않는 번호요, 이름이었다.

"흐음, 원장님의 옛 여친이 또, 또 나타나셨다. 이번이 도대체 몇 번째냐..."

유 간호사는 혀를 날름거리며 방을 나갔다. 창수는 쪽지를 다시 보았다.

'조명희? 합창단 후배인가? 테니스 동호회원인가?'

"아, 그려, 조명희가 바로 자네였구나. 이제 기억나네."

창수는 선 너머에서 들려오는 반가운 목소리에 더 반갑게 반응했다.

대학교 2학년 때니까, 20년 전의 추억이 강물 흐르듯이 기억 속에서 흘러나왔다.

"자 모여라. 이번 크리스마스에 우리가 멋진 뮤지컬을 할 거니까 배역을 정하자."

1977년 11월 마지막 토요일 오후였다. 창수는 교회 초등부 6학년 아이들을 모아놓고 크리스마스 행사계획을 세우고 있었다. 예수의 탄생 과정을 짧은 뮤지컬로 만들어 보려고 연습을 시작할 계획이었다. 우선 배역을 정해야 했다.

"요셉은 지성이가 하고 마리아는 명희가 해라. 가브리엘 천사는 효순이, 다른 천사들은 나머지 여자, 목동들은 남자들이 하면 좋겠다. 동방박사 세 사람은 누가 하고 싶냐?"

배역을 정하고 시작하려는데 효순이가 뾰로통하니 앉아서 일어나지를 않았다.

"효순아, 얼른 이리 와서 천사들 앞에 서야지. 천사 대장이."

창수가 불러도 안 일어나더니 창수가 가서 손을 잡아끄니까, 손을 뿌리치고 나가버리는 것이었다. 그래도 노래를 제법 잘해서 나머지 천사들과 합창을 이끌어야 하는데 난감했다. 옆에 서 있는 다른 여자아이에게 물었다.

"효순이가 왜 저러니?"

"마리아를 안 시켜줘께... 지가 질 이쁘고 노래도 잘한다고 했는디, 안 뽑아줘께..."

창수는 머리가 띵했다. 창수가 듣기에는 노래는 명희가 더 나았다. 성량도 음감도 좋았다. 효순이도 잘하긴 했지만 마리아 역에는 부족했다. 그런데 요 녀석이 무조건 자기가 주인공 역을 하고 싶어서 저러는 모양이었다. 우선 달래보기로 하고 연습을 시작했다. 그런데 명희가 영기운을 안 내고 시무룩했다. 주인공이 열심을 안 내니 힘들었다. 일단 첫날 연습을 마무리하고 명희를 따로 불렀다. 명희는 고개를 푹 숙이고 죄지은 아이처럼 말없이 앉아 있었다. 톱밥 난로 앞에 앉아서 명희를 달랬다.

"명희야, 왜 그리 기운이 없어? 점심 못 먹었어?"

명희네 집은 사업을 하시던 아버지가 일 년 전에 갑자기 돌아가셔서 아버지가 남긴 빚 때문에 많이 가난했다. 어머니는 시장에서 채소 장사를 하셨다. 교회를 나오지도 않았다. 명희만 교회를 다녔다. 아버지가 살아 있을 때는 살만해서 명희는 다른 아이보다는 체격이 컸다. 명희는 두 손을 쥐고 조몰락거리며 기어가는 목소리로 말했다.

"밥은 먹었어요. 근디 선생님, 마리아는 효순이 시켜요. 저는 그냥 천사 해도 되는디..."

창수는 명희의 손을 잡았다. 손이 시리도록 차가웠다. 그리고 오른쪽 손등에 넓은 흉터가 있었다. 혼자 밥을 지어 먹다 화상을 입은 것이다. 손을 꼭 쥐면서 다정히 말했다.

"명희야, 니가 노래를 제일 잘해. 그러니 딴생각하지 말고 열심히 연습해라. 효순이는 내가 잘 달래볼게."

창수는 명희의 머리를 쓰다듬어 주었다. 그리고 일어서려는데 명희가 손을 잡았다.

"아녀요. 선생님, 지는 엄마가 교회도 안 댕기고, 노래도..."

창수는 그 순간 효순이 부모가 장로님과 권사님이라는 사실에 마음이 걸렸다.

'아니 이 아이들이 벌써 교회의 권력에 길들여지나?'

창수는 다시 명희 앞에 앉았다. 그리고 손을 더욱 다정히 꼭 잡아주었다. 명희는 더욱 고개를 숙이고 어깨가 처져 있었다.

"명희야, 그런 것은 니가 신경 쓸 일이 아녀. 너는 열심히 연습해서 노래만 잘하면 돼! 그리고 니가 노래를 제일 잘한다니까."

다음 날 오후 연습에 효순이는 아예 안 나왔다. 명희도 여전히 기운이 없었다. 창수는 연습을 마치고 명희를 다시 불렀다. 그리고 딱 한마디 했다.

"명희야, 니가 주인공이야. 딴생각하지 말고 열심히 해..."

그리고 창수는 효순의 집으로 갔다. 효순의 아버지인 박 장로님 댁은 마당이 넓은 단독주택이었다. 정원에는 소나무와 철쭉이 가득했다. 장로님은 반갑게 맞아주셨다. 효순은 집에 있었지만 얼굴도 안 내비쳤다. 단단히 삐진 것이다. 사모님께서 사과를 깎아서 내오셨다.

"효순이 보러 왔는데요. 집에 없나요?"

"아니 있어요. 내가 데려올게요."

권사님이 나가시며 효순이를 불렀다. 장로님과 주일학교 행사에 대해서 이야기하는데 효순이가 권사님과 함께 들어왔다. 효순이는 장로님 옆에 다소곳이 앉았고 권사님은 효순이의 뒤에 앉으셨다.

"효순아, 니가 노래를 잘하지만 성량이 조금 부족해. 그리고 마리아는 어른이잖아. 그러니까 좀 큰 사람이 해야지."

권사님이 중간에 나섰다. 창수에게 약간 섭섭한 표정으로 효순이를 거들었다.

"그래도 성탄절 행산데, 효순이가 마리아를 너무 하고 싶어 하는데..."

창수는 여기서 물러서면 안 된다고 생각했다. 준비해 간 뮤지컬 악보를 꺼냈다.

"권사님, 보시면요. 주인공은 마리아와 요셉이지만... 노래는 천사들이 더 많이 해요. 천사들의 합창이 세 번 나오고 곡 중 솔로도 있어요. 그때 효순이가 솔로를 하거든요. 그러니까..."

듣고 계시던 장로님이 창수를 거들었다. 효순의 어깨를 두드리시면서.

"들어보니까 효순이가 주인공이네. 중요한 노래는 다 효순이가 하누만."

창수는 장로님에게 감사의 눈길을 보냈다. 권사님은 장로님의 한마디에 일단 물러섰다.

"막내는 이제 빠지지 말고 열심히 연습해라. 니가 제일 중요허니께."

창수는 효순이의 어깨를 다독여 주고 마루를 내려왔다. 권사님이 따라오시면서 문을 열어주셨다. 문을 나서는 창수의 등 뒤로 나지막한 권사님의 목소리가 들렸다.

"그래도 마리아가 좋은데..."

효순이가 나와서 열심히 해준 덕에 명희도 더 열심히 했다. 둘이 경쟁하듯이 열심히 했다. 사실 마리아는 딱 한 곡 '영광송'을 부를 뿐이었지만 뮤지컬의 하이라이트였다. 예상대로 명희는 풍부한 성량을 뽐내며 하나님께 영광의 찬양을 올렸다. 효순은 효순대로 천사들을 이끌고 합창을 열심히 연습했다. 그런데 효순의 어머니가 가끔 나와서 연습하는 것을 보시면서 자꾸 간섭을 했다. 창수가 견제를 했지만 권사님의 고집도 어지간했다. 어떻든 자기 딸을 더 돋보이게 하려고 하는 것은 좋은데, 명희에게 이유 없이 핀잔을 주었다. 명희는 어린 마음에 많이 힘들었지만 묵묵히 노래만을 열심히 불렀다. 가끔 억울한 핀잔을 들은 날은 연습 후에 혼자서 교회 뒤뜰에서 울고 앉아 있었다.

"명희야, 오늘 참 잘했어. 힘내."

창수가 다가가서 위로를 해주면 고개를 숙이고 훌쩍거리다가도 곧 고개를 들고 웃어 보였다.

"선생님, 제 목소리가 그렇게 큰가요?"

아마도 너무 목소리가 크다고 핀잔을 들은 모양이었다. 창수는 강하게 고개를 저었다. 차가운 명희의 손을 다정히 잡으며 힘을 북돋아 주었다.

"너는 크게 불러야 해. '영광송'이니까. 구주를 자신에게 주신 하나님께 어떻게 조용히 감사를 드리니? 있는 힘껏 목청껏 영광과 감사를 올려야지. 크게, 크게!"

창수는 다음 날 털장갑을 사서 연습을 마친 명희 손에 끼워주었다.

"흉터가 있는 부분이 더 추위에 약해."

명희는 고개를 숙이고 또 훌쩍거렸다.

크리스마스이브에 축하 공연이 있었다. 고등부, 중등부, 초등부 순서로 공연을 했다. 공연을 마치고 교인들의 칭찬 속에 단원들을 돌려보내고, 창수는 난로 앞에 앉아서 무사히 마친 것에 감사를 드렸다. 대충 무대를 정리하고 나서려는데 명희가 들어왔다. 창수는 반갑게 맞으며 난로 앞에 같이 앉았다.

"선생님, 저 오늘 잘했어요?"

명희가 우울한 표정으로 물었다. 창수는 명희를 마주 보면서 양어깨를 잡았다.

"아주 잘했지. 역시 마리아, 니가 제일 잘했어! 니 곡이 하이라이트였잖아."

명희는 얼굴을 들고 희미하게 웃었다. 그리고 다시 고개를 숙였다. 목소리가 모깃소리만 했다.

"근디 끝나고 아무도 칭찬을 안 히줘서.."

그러고 보니 공연이 끝나고 효순이는 부모님과 함께 다른 교인들과 꽃다발에 둘러싸여 칭찬받느라 정신이 없었는데, 명희는 아무도 와서 칭찬을 해주지 않았던 것이다. 창수는 입맛이 썼다.

인간들이 사는 곳에는 언제나 작건 크건 권력이라는 것이 존재하고, 그 권력에 잘 보이려 하고, 권력을 좇는 사람들이 종교에 상관없이 많았다.

창수는 다시 힘주어 명희를 칭찬했다. 그리고 꼭 안아주었다.

"명희야, 너는 성량도 좋고, 음감도 좋아. 니가 제일 잘해!"

2

명희는 안양에 살고 있었다. 창수는 명희를 강남의 대형 백화점 앞에서 만나기로 했다. 서로 시간을 맞추기가 힘들어서 첫 통화를 하고도 한 달 후, 토요일에 만났다. 서로 얼굴을 몰라볼까 봐서 창수가 백화점 앞 로비에서 타임지를 들고 있기로 했다. 창수는 미리 가서 로비에 서서 주변을 둘러보았다. 그러나 아는 얼굴, 아니 알만한 얼굴이 없었다. 기억을 되돌려 보아도 체격이 좀 크고 통통했다는 것만이 생각났다. 로비 앞을 어슬렁거리며 기억을 살리고 있는데 누가 뒤에서 어깨를 쳤다. 놀라서 돌아보니 예쁜 아가씨가 방실거리며 서 있었다. 키가 좀 크고 몸이 보기 좋게 통통한 얼굴이 보름달같이 예쁜 아가씨였다.

"명희 씨?"

창수가 물었다. 생글거리며 작은 고동색 핸드백을 흔들면서 창수의 앞에서 깡충거렸다. A라인의 빨간색 플레어스커트에 하얀 페전트블라우스를 입고 있었다.

"어쩜 선생님은 하나도 안 변하셨어요. 대학생 때 모습 그대로예요. 저는 많이 변했죠?"

아가씨가 오른쪽 손등을 보여주었다. 회상의 흉터가 명희임을 증명해 주었다.

그러더니 와락 창수를 안았다. 창수는 당황했지만 피할 수도 없었다. 워낙 갑자기 포옹을 했기에 그저 명희에게 안길 수밖에 없었다. 큰 가슴의 탄력이 창수의 가슴에도 느껴졌다. 창수는 주변 사람들을 의식하여 얼른 떨어지고 싶었는데 명희가 포옹을 안 풀었다.

"제가 얼마나 보고 싶어 했는지 모르시죠. 좀 더 이대로 안아야 돼요."

명희는 더 꼭 안으면서 말했다. 창수는 그저 포옹을 당하고 있을 수밖에 없었다. 숨이 막힐 지경이었지만 빠져나올 수가 없었다. 지나가는 사람들이 쳐다보고 있었다. 명희가 포옹을 풀었다. 창수는 그때야 큰 숨을 쉬었다. 사실 창수는 명희의 얼굴이 어렴풋하긴 했지만 확실히 기억나지는 않았다. 몸이나 얼굴이 오동통했다는 것밖에는. 명희가 밝게 웃으면서 팔짱을 끼었다. 마치 오래 사귄 연인처럼 행동했다. 창수는 많이 당황스러웠다. 명희가 백화점 안으로 이끌었다. 창수의 타임지를 받아서 자기 핸드백에 넣었다.

"여기 5층에 맛있는 한식집이 있어요. 오늘 제가 살게요."

에스컬레이터를 타고 올라가면서도 옆에 꼭 붙어서 팔짱을 끼었다. 마치 오래 사귄 연인 같았다. 창수는 명희의 적극적인 태도가 많이 부담스러웠다. 그런데 명희는 아무렇지도 않은 태도였다. 아니 오히려 싱글벙글 즐거운 표정이었다.

식사를 하면서 명희는 자신이 그동안 살아온 이야기를 쏟아놓았다.

그 크리스마스 행사 이후에 창수도 의대 본과로 올라가서 주일학교 반사를 그만두었다. 그런데 명희도 교회를 옮겼단다. 중등부에서 학생회 활동을 하는데 효순이 엄마의 입김인지, 아무튼 교회생활에서 알게 모르게 불편함이 생겼고, 그래서 다른 작은 교회를 다니게 되었단다.

교회가 작으니 노래를 잘하는 것이 금방 드러나서 자주 노래할 기회가 생겼고, 그럴수록 자신감도 더 생겼단다. 예배시간에 특송도 가끔씩 하고 찬양대에서 열심히 활동을 하면서 노래 실력이 점차 향상되었다. 그러나 엄마의 채소 장사로는 명희와 두 남동생이 학교에 다니는 것이 너무도 힘들었다. 명희도 시간이 나는 대로 시장에 나가서 엄마를 도왔다. 엄마는 몸도 여기저기 아팠지만 병원에 가거나 쉴 수가 없었다.

사는 게 힘들어서 겨우겨우 학교를 다녔지만 명희는 그때의 경험과 자신감으로 노래를 열심히 불렀다고 했다. 고등학교 때는 아예 성악을 전공하고자 결심하고, 교회와 학교에서 열심히 찬송가와 가곡을 불렀다. 돈이 없어서 제대로 성악 레슨을 받지는 못했지만, 결심은 변하지 않았다. 수업이 끝나면 무조건 음악실로 찾아갔다. 음악 선생님은 전공이 피아노였다. 그러니 발성을 제대로 가르칠 수가 없었다. 명희가 하도 열심히 하는데 돈이 없는 것을 아시고 성악을 전공한 자기 후배를 소개해 주었다. 싸게 아니면 공짜로라도 잠깐씩 발성 레슨을 해주라고 부탁을 해주셨다.

명희는 남들의 레슨이 다 끝난 다음에 5분 정도를 배우고도 기쁘게 돌아왔다. 매일 무조건 선생님의 피아노에 맞추어서 발성 연습을 하고 이태리 가곡을 연습했다. 명희의 열심과 음악 선생님의 정성으로 어렵게, 어렵게 음대에 갈 수 있었고, 졸업 후에 음악 선생님이 되어서 안양의 중학교에 근무하고 있다고 했다. 직장을 다니기 시작하면서부터 창수를 찾아 고마움을 전하려 했는데 그것도 쉽지는 않았단다.

간간이 학창시절의 어려움을 이야기하면서는 눈시울을 붉히기도 했다. 그렇게 살다 어머님이 대학교 때 돌아가시고, 직장을 다니면서 동생들을 보살피다 보니 여유가 없었는데, 동생들이 다 졸업하고 직장에 다니니 이제 좀 여유가 생겨서 창수를 찾게 되었단다.

"세상이 좋아져서 선생님을 찾기는 쉬웠지만 연락하기는 어렵더라고요. 제일 어려운 것이 나를 기억 못 하면 어쩌나 하는 걱정이었죠. 저야 선생님을 잊을 수가 없지만요."

밥상을 물리고 물을 마시며 명희가 빤히 창수를 보았다. 창수도 수저를 놓으며 물었다.

"왜 나를 못 잊어?"

명희는 몸을 앞으로 숙이며 눈을 반짝거렸다.

"그 크리스마스 공연 끝나고 제게 하신 말씀 생각나셔요?"

창수는 고개를 주억거렸다. 생각이 가물가물할 뿐이었다. 명희가 웃으며 명랑한 목소리로

"'니가 제일 잘해!'였어요. 그 말이 지금의 저를 만들었어요."

라고 말하더니 갑자기 고개를 숙이고 훌쩍거렸다. 손수건을 꺼내서 눈과 코를 닦았다. 다시 고개를 들면서 미소를 보였다.

"살면서, 노래하면서, 힘들 때마다 그 말씀을 기억했어요. 그래 내가 제일 잘한다고 했어. 쓰러지지 말자, 좌절하지 말자."

창수는 담담히 들었다. 자신은 기억에도 없는 그 여섯 글자가 그렇게 한 사람에게 큰 영향을 주었구나 생각하니 갑자기 전율이 느껴졌다. 오늘 보았던 환자 중에는 자신의 말로 인해 삶에 영향을 받은 사람이 없었을까 돌이켜 보았다.

"선생님, 그런 말씀 하신 것은 기억나셔요?"

다시 몸을 당기며 명희가 물었다. 창수는 명희에게로 눈길을 돌리며 웃었다.

"칭찬을 했던 기억은 있지. 그날 '영광송'을 니가 참 잘 불렀거든."

명희가 함박웃음을 지었다. 손수건으로 눈을 훔치며 말했다.

"사실 효순이에게 지기 싫었거든요. 일단 성량은 제가 크니까, 정확하게 피아노에 맞추자고 생각하고 불렀죠. 저는 교회에서 아무도 봐주는 사람이 없으니까, 그냥 악을 썼죠."

명희가 손수건을 높이 들어서 흔들었다. 창수는 함께 웃었다. 손수건의 흔들림 속에서 20년 전 그 시절이 두 사람의 식탁으로 소환되었다.

두 사람은 깔깔거리고 조잘거리며 20년 전의 12월을 추억하고 있었다.

"선생님만이 저를 알아주셨어요. 그래서 이렇게 꼭 뵙고 싶었어요."

3

　두 사람은 식당을 나와서 노래방을 찾았다. 명희가 꼭 들려주고 싶은 노래가 있고, 자기가 얼마나 노래를 잘하는지 보여드리고 싶어 했다. 창수도 그것이 궁금했다. 어린 시절에 노래를 잘하는 것과 성악가가 되는 것은 별개이다. 자신의 칭찬으로 수많은 역경을 헤치고 음악 선생님이 되었다니 참으로 대견했다. 또 얼마나 잘하는지도 듣고 싶었다. 노래방은 이미 몇 군데에서 시끄러운 노랫소리가 들리고 있었다. 우리 민족은 노래하는 것을 참 좋아하는 민족이다. 노래방은 IMF 때도 살아남았으니까 말이다.

　"선생님이 먼저 한 곡 해주실래요? 제가 먼저 하는 것이 예의가 아닌 것 같아요."

명희가 마이크를 주었다. 주인이 맥주를 두 캔 가지고 들어왔다.

창수는 해바라기의 '사랑으로'를 불렀다.

"...우리 타는 가슴 가슴마다 햇살은 다시 떠오르네..."

명희가 작게 같이 부르면서 높은음으로 화성을 넣었다. 화면에 95점이 나오며 '가수의 자질이 보인다.'는 멘트가 떴다.

"멋져요. 딱, 선생님다우신 노래예요."

명희는 자신의 차례에 안치환의 '우리가 어느 별에서'를 불렀다. 이번에는 창수가 간간이 따라 불렀다. 화음도 넣어주었다.

"...어두움 밝히는 그대, 그대와 나..."

이 대목에서 명희는 애잔한 눈빛으로 창수를 보았다.

97점이 나오며 '참 잘했어요.'가 떴다. 노래를 마치고 둘이 맥주 캔을 마주치며 건배를 했다. 창수가 캔을 내려놓으며 물었다.

"이 노래가 꼭 들려주고 싶었던 노래야? 좋은 곡인데."

명희는 고개를 저었다.

"이것은 선생님에게 드리는 감사의 노래고요. 정말 드리고 싶은 노래는..."

그리고 곡을 찾더니 시작을 눌렀다. 조용필의 '친구여'였다. 눈을 감고 한껏 분위기를 살려서 노래했다. 창수는 감탄사가 나왔다. 가요를 성악가가 불러도 이렇게 감동을 주는구나 하고 느꼈다. 팡파르와 함께 100점이 나왔다. 노래가 끝나고 박수를 치며 물었다.

"가끔 가요를 부르나 봐. 아주 잘 부르는데."

명희가 캔을 들며 정색을 했다.

"어머 이 곡은 음악 교과서에 실린 명곡이에요. 명곡!"

"아, 그래, 교과서에도 실렸어?"

창수는 세상이 많이 변했구나, 하고 느꼈다. 좋은 변화 같기는 했다. 하긴 크로스오버의 시대이니까 말이다. 명희가 다시 캔을 들어서 마주치며 건배를 했다. 그리고 곁에 앉아서 눈을 감고 속삭였다.

"저는 이 노래를 부를 때면 언제나 친구가 아니라 선생님이 생각이 나요."

창수가 맥주를 마시며 물었다.

"어떤 선생님이? 그 음악 선생님?"

명희가 눈을 뜨더니 흘겨보았다. 검지로 창수의 가슴을 찔렀다.

"학교 선생님 아닌, 요 선생 아닌 선생님이요."

창수는 명희의 손을 잡고 잔잔히 노래를 불렀다.

"친구여, 꿈속에서 만날까. 조용히 눈을 감네..."

명희가 핸드백을 뒤적이더니 조그만 상자를 꺼냈다. 그리고 창수의 손에 쥐여주었다.

"선생님, 감사의 선물이에요. 마음으로는 더 좋은 것을 해드리고 싶지만..."

창수는 조심스럽게 상자를 열었다. 금빛 찬란한 넥타이핀이었다. 창수는 입이 떡 벌어졌다.

"명희야! 이것이 순금이냐?"

명희는 얌전히 고개를 숙였다. 창수는 너무 놀라서 한참을 번쩍이는 핀을 쳐다보았다.

"받기에 너무 과하다, 명희야."

상자를 덮어서 돌려주었다. 명희가 두 손을 내저으며 뒤로 물러섰다.

"아뇨 선생님, 절대 과하지 않아요. 제 마음은 더, 더 해드리고 싶으니까... 꼭 받으셔야 돼요. 그래서 멋진 자리에 가실 때 가슴에 차셔요. 빛나는 훈장처럼."

창수는 눈시울이 붉어졌다. 자신은 기억도 못 하는 말 한마디가 이런 가치가 있었단 말인가?

그리고 이 물건을 고르면서 명희가 가졌을 그 수많은 생각과 정성이 가슴을 파고들었다.

명희가 천천히 걸으며 물었다.

"어때요? 성악을 전공하니 그 어린 소녀하고 어떻게 달라요?"

창수는 주머니에 손을 넣고 어깨를 움츠렸다. 명희가 앞으로 나와서 얼굴을 마주하며 대답을 재촉했다.

"그 작은 소녀는 내가 평가할 수 있었는데... 지금 큰 소녀는 평가가 어렵네. 이제는 자네가 나를 평가해 줘야지. 독창회 같은 것은 안 하나?"

창수는 말을 돌렸다. 명희는 발로 바닥을 차며 웃었다.

"독창회는 어렵지만 여럿이 어울려서 발표회는 하죠. 그럴 때 연락드리면 와주실래요?"

"암, 가야지. 연락해, 꼭 꽃다발 들고 갈게."

명희는 핸드백을 흔들며 앞서 걸었다가 돌아왔다.

"꽃다발을 안 주셔도 되고요. 와주시기만 해도 감사하죠."

"선생님, 안양과 의정부지만 참 멀어요. 마음만 있으면 금방이라도 만날 수 있겠지만 서로의 삶이 있으니까..."

명희가 손을 잡았다. 창수가 명희의 손을 잡고 흉터를 만져주었다. 명희가 손을 들어 올리며 창수에게 물었다.

"털장갑을 주신 것은 기억나셔요?"

창수는 또 고개를 갸웃거렸다. 장난기 어린 목소리로 말하며 명희의 눈을 똑바로 보았다.

"장갑을 준 소녀들이 너무 많아서... 기억이..."

명희가 갑자기 손을 뺐다. 삐진 표정을 지으며

"나 말고도 여러 명에게 장갑을 주셨구나. 나는 그것도 모르고 아직까지도 고이 간직했는데, 이젠 버려야겠다."

라고 실망스러운 목소리로 소리를 높였다. 창수는 또 한 번 놀랐다.

'그 장갑을 아직도 간직하고 있었다고? 돈 없던 때라 별로 좋은 것을 사 주지도 못했는데....'

"명희야, 그거 별로 좋은 것도 아닌데... 사실 너만 사 주긴 했어. 나도 그때는 돈 없는 학생이었으니까."

"선생님의 크리스마스 선물이잖아요. 정말 소중한 거죠, 저에게는."

명희가 다시 창수의 팔짱을 끼며 명랑하게 웃었다.

"힘들 때면 가끔씩 꺼내서 보고 힘을 얻고 다시 옷장에 넣어두었죠.

살아보니까 자기를 알아주고 약한 부분을 챙겨주는 분이 제일 기억에 남고 고맙더라고요."

창수가 다시 명희의 흉터 난 손을 잡았다. 손으로 흉터를 쓰다듬었다. 어린 시절보다 조금 더 튀어나온 것 같았다. 명희는 물끄러미 보고 있었다. 창수가 손을 만지면서 말했다.

"명희야, 학교 선생님이니까... '장무상망(長毋相忘)'이라는 말을 알아?"

"아뇨? 처음 듣는데... 고사성어죠?"

명희가 눈을 반짝이며 창수를 보았다. 창수는 손을 잡고 힘차게 흔들며 걸었다.

"명희가 이렇게 나를 찾아준 것은 참 고맙고 감사하네. 이제 앞으로 지금보다 더 씩씩하게 살아야지. 그 말은 집에 가서 차차 찾아보고."

전철역에서 두 사람은 헤어졌다. 악수를 나누며 창수가 칭찬을 해주었다.

"우리 둘이 노래를 했는데도... 니가 제일 잘해!"

명희는 깔깔거리며 웃었다.

웃음소리가 하늘로 올랐다. 잘게 부서져서 두 사람의 마음에 내렸다. 노란 은행잎도 웃음소리를 담고 함께 떨어졌다.

전철에 앉아서 명희는 창수의 말을 잊지 않으려고 속으로 외웠다.

'장무상만, 장무망상... 아니 장무만상이었나?'

아내가 갑자기 많이 아파서 귀국을 하게 되었다.

귀국하여 지내는 동안 단편소설집을 내보고 싶어서 써왔던 글을 USB에 담아 왔다. 아내가 입원해 있는 동안에 글을 다시 읽어보면서 재정리를 했다.

책을 내려고 생각하니 갑자기 조심스러운 마음이 들었다.

재미는 있는지, 모든 글들에서 교훈을 얻을 것은 있는지... 돌아보게 되었다. 그리고 봄에 출간했던 《지평선》에 너무 많은 오자가 있었기에, 이번에는 몇 번을 읽으면서 수정을 했다.

《지평선》을 읽은 친구가 오자가 너무 많으면 독자가 짜증이 난다고 충고를 했었다. 이번에는 단 한 글자도 오자가 없도록 여러 번을 수정 했다. 독자들이 이런 정성을 알아주기 바란다.

오 년 전에 썼던 《나는 병신년생》은 딱 대학 시절까지의 이야기였다. 책이 출간되었을 때, 바른 출판사 편집장님께서 다음번 이야기는 언제

쓰실 거냐고 물었었다. 이번의 글들은 내가 의원을 개업한 이후의 이야기이다. 연애소설도 있고, 안타까운 질병에 대한 이야기도 있고, 모두 나의 청년기 이후에 내가 경험하고 가슴에 남는 기억들을 소설화해 보았다. 어떤 글이든지 나름대로 정성을 다해서 열심히 썼다. 그것에 자부심을 느낀다.

나와 같은 직업적인 소설가가 아닌 문학도가 소설을 쓴다는 것은 결국 자신의 기억과 경험에 의존할 수밖에 없는 것 같다. 조각가가 돌을 깎고 다듬어서 작품을 만들듯이, 내 삶의 추억과 기억의 조각들을 모아 잘 다듬어서 글을 써보았다. 조각가의 솜씨는 아니지만 얼룩덜룩한 글들에서 독자들이 나름대로 재미를 느끼고 작은 교훈이나마 얻기를 바란다.

변함없이 부족한 나를 응원해 주는 아내와 기도로 격려해 주는 가족들에게 감사를 드리며, 어설픈 글을 멋지게 책으로 만들어 주시는 바른북스의 여러분들에게 감사를 드린다.

세상
사는 법

초판 1쇄 발행 2025. 1. 2.

지은이 박창업
펴낸이 김병호
펴낸곳 주식회사 바른북스

편집진행 황금주
디자인 이강선

등록 2019년 4월 3일 제2019-000040호
주소 서울시 성동구 연무장5길 9-16, 301호 (성수동2가, 블루스톤타워)
대표전화 070-7857-9719 | **경영지원** 02-3409-9719 | **팩스** 070-7610-9820

•바른북스는 여러분의 다양한 아이디어와 원고 투고를 설레는 마음으로 기다리고 있습니다.

이메일 barunbooks21@naver.com | **원고투고** barunbooks21@naver.com
홈페이지 www.barunbooks.com | **공식 블로그** blog.naver.com/barunbooks7
공식 포스트 post.naver.com/barunbooks7 | **페이스북** facebook.com/barunbooks7

ⓒ 박창업, 2025
ISBN 979-11-7263-906-8 03810